Da ist zum Beispiel die fünfzehnjährige Alison. Als sie, den Kopf voller grandioser Weltumarmungsgefühle, von einem Fremden entführt zu werden droht, steht der Nachbarjunge, der alles mit ansieht, vor einer schweren Entscheidung: Soll er ignorieren, dass das schönste aller Mädchen vermutlich Opfer eines Verbrechens wird, oder soll er sich über alle moralischen Gebote, nach denen ihn seine Eltern großgezogen haben, hinwegsetzen und eingreifen? Oder da ist in der Titelgeschichte der dicke, einsame Junge, der sich auf unsicheres Eis begibt und dabei die Selbstmordabsichten eines alten kranken Mannes durchkreuzt; beide leben in ganz unterschiedlichen Welten und Phantasien, beide sträuben sich gegen die Einmischung des anderen, und doch laufen ihre Lebenswege in einem Schicksalsmoment unentrinnbar aufeinander zu … Diese beeindruckenden Erzählungen sind von höchster sprachlicher wie gedanklicher Klarheit und Tiefe – diese Erzählungen vergisst man lange nicht.

GEORGE SAUNDERS wurde 1958 in Amarillo, Texas, geboren, lebt heute mit seiner Frau und zwei Töchtern in Oneonta, New York, und ist Dozent an der Syracuse University. Er hat mehrere Bände mit Kurzgeschichten veröffentlicht, erhielt u. a. 2013 den PEN/Malamud Award und 2014 den Folio Prize. Das Echo auf seinen ersten Roman »Lincoln im Bardo« war überwältigend: Man Booker Prize 2017, Shortlist für den Golden Man Booker Prize, Premio Gregor von Rezzori 2018, *New York Times*-Nr.1-Bestseller, SWR-Bestenliste Platz 1 und SPIEGEL-Bestseller.

GEORGE SAUNDERS

# Zehnter Dezember

Stories

*Aus dem amerikanischen Englisch*
*von Frank Heibert*

btb

Die Originalausgabe erschien 2013 unter dem Titel
»Tenth of December« bei Random House, New York.

Der Übersetzer dankt dem Deutschen Übersetzerfonds für die
Förderung seiner Arbeit am vorliegenden Text.

Penguin Random House Verlagsgruppe FSC® N001967

3. Auflage
Genehmigte Taschenbuchausgabe Dezember 2015
btb Verlag in der Penguin Random House Verlagsgruppe GmbH,
Neumarkter Str. 28, 81673 München
Copyright © der Originalausgabe 2013 George Saunders
Copyright © der deutschsprachigen Ausgabe 2014
Luchterhand Literaturverlag, München, in der
Verlagsgruppe Random House GmbH
Umschlaggestaltung: semper smile, München nach einem
Umschlagentwurf und -illustration von buxdesign, München
Druck und Einband: GGP Media GmbH, Pößneck
CP · Herstellung: sc
Printed in Germany
ISBN 978-3-442-71303-5

www.btb-verlag.de
www.facebook.com/penguinbuecher

Für Pat Pacino

# INHALT

## SPRUNG ZUM SIEG

Als nur noch drei Tage fehlten, bis sie fünfzehn wurde, blieb Alison Pope oben an der Treppe stehen.

Angenommen, es war eine Marmortreppe. Angenommen, sie schritt hinunter, und alle drehten sich nach ihr um. Wo war {Herzbube}? Kam jetzt näher, verbeugte sich leicht und rief aus, Wie kann so viel Anmut in so einer halben Portion verpackt sein. Ups. Hatte er gerade *halbe Portion* gesagt? Und einfach so dagestanden? Breites Prinzengesicht ohne jeden Ausdruck? Armes Würstchen! Sorry, vergiss es, durchgefallen, der war ganz sicher nicht {Herzbube}.

Und der Typ hinter Mr Halbe Portion, beim Home Entertainment Center? Dicker, bauernsolider Nacken, aber sanfte volle Lippen, der ihr, eine Hand unten auf dem Rücken, zuflüsterte, Tut mir furchtbar leid, dass du gerade den Spruch mit der halben Portion ertragen musstest. Komm, wir stellen uns auf den Mond. Äh, in den Mond. Ins Mondlicht.

Hatte er gerade gesagt, *Komm, wir stellen uns auf den Mond*? Tja, da sollte sie wohl besser so {Augenbrauen hoch} machen. Und falls kein trockener Konter kam, sie dann so, Äh, für den Mond hab ich nicht ganz das Richtige an, der ist doch, wenn ich mich nicht irre, superkalt?

Na los, Jungs, sie konnte doch nicht ewig im Geist diese Marmortreppe runtertrapsen! Die herzige alte Weißlocke mit ihrem Diadem wurde so total, *Warum lassen diese angeblichen Prinzen das Goldschätzchen hier bis zum Exstress auf der Stelle trippeln?* Plus, sie hatte heute Abend einen Auftritt und musste noch ihre Leggings aus dem Trockner holen.

Götter! Du stehst ja immer noch oben an der Treppe.

Mach jetzt mal die Sache, wo du nach oben guckst, die Hand am Geländer, und die Stufen eine nach der anderen runterhüpfst, was in letzter Zeit immer schwieriger wird, weil da wohl bei jemandem die Füße ganz offensichtlich jeden Tag wachsen.

*Pas de chat, pas de chat.*

*Changement, changement.*

Hüpf über das dünne Metalldings zwischen Flurfliesen und Wohnzimmerteppich.

Knicks dir im Dielenspiegel selber zu.

Na los, Mom, komm endlich. Wir wollen nicht schon wieder von Ms Callow in den Kulissen gegeiselt werden.

Obwohl, eigentlich liebte sie Ms C. So streng! Und genauso die anderen Mädchen in dem Kurs. Und die aus der Schule. Liebte sie total. Die waren alle so nett. Plus die Jungs an ihrer Schule. Plus die Lehrer an ihrer Schule. Die gaben alle ihr Bestes. Eigentlich liebte sie die ganze Stadt. Diesen großartigen Obst- und Gemüsehändler, der seinen Salat besprühte! Pfarrerin Carol mit ihrem großen gemütlichen Hintern! Den pummeligen Briefträger, der mit seinen wattierten Umschlägen wedelte! Früher war das mal eine Textilstadt gewesen. Verrückt, oder? Was bedeutete das überhaupt?

Und ihr Haus liebte sie. Auf der anderen Seite vom Bach

stand die russische Kirche. So folkloristisch! Dieser Zwiebelturm, der in ihrem Fenster aufragte, seit sie Pu-der-Bär-Strampler getragen hatte. Gladsong Drive liebte sie auch. Jedes Haus am Gladsong Drive war ein Corona-del-Mar-Modell. Unglaublich! Wenn du mit wem befreundet warst, der am Gladsong wohnte, wusstest du genau, wo bei ihm oder ihr zu Hause alles war.

*Jeté, jeté, rond de jambe.*

*Pas de bourrée.*

Vor lauter Übermut Purzelbaum schlagen, auf die Füße springen, das Bild von Mom und Dad küssen, in der Steinzeit geknipst bei Penney's, damals warst du noch das kleine süße Ding {Kuss} mit der süßen Schleife im Haar, der wahrscheinlich längsten Praline der Welt.

Manchmal, wenn sie so glücklich war wie jetzt, stellte sie sich ein Rehbaby vor, das draußen im Wald zitterte.

Wo ist denn deine Mama, Kleines?

Weiß nicht, sagte das Reh mit der Stimme von Heathers kleiner Schwester Becca.

Hast du Angst?, fragte sie es. Hast du Hunger? Soll ich dich in den Arm nehmen?

Okay, sagte das Rehbaby.

Jetzt kam der Jäger an und zerrte die Rehmutter an den Hörnern. Ihre ganzen Eingeweide hingen raus. Schöne Bescherung, du lieber Himmel! Sie hielt dem Baby die Augen zu und meinte so, Habt Ihr nichts Besseres zu tun, o dräuelnder Jäger, als die Mama von diesem Kleinen hier totzuschießen? Eigentlich wirkt Ihr doch ganz nett.

Ist meine Mama totgeschossen?, fragte das Rehbaby mit Beccas Stimme.

Nein, nein, sagte sie. Und dieser Herr hier wollte gerade gehen.

Der Jäger, gefesselt von ihrer Schönheit, lupfte oder zupfte seine Mütze, ging auf ein Knie und sagte, Könnt ich diesem Kitz hier wieder Leben einhauchen, ich tät's, in der Hoffnung, dass du unserer ältlichen Stirn vielleicht einen zarten Kuss verabsondern könntest.

Geht, sagte sie. Aber, um Eurer Bußepflicht nachzukommen, dürft Ihr die Arme nicht verspeisen. Bahrt sie auf einem Kleefeld auf und verstreut Rosen ringsum. Und veranlasst einen Chor, der leise von ihrem üblen Ende singen möge.

Wen aufbahren?, fragte das Rehbaby.

Niemand, sagte sie. Lass mal. Und stell nicht so viele Fragen.

*Pas de chat, pas de chat.*

*Changement, changement.*

Sie hegte Hoffnungen, dass {Herzbube} aus der Ferne kam. Die Jungs von hier hatten ein gewisses *je ne sais quoi*, auf das sie, um ehrlich zu sein, nicht *beaucoup* stand, beispielsweise: Die gaben echt ihren eigenen Nüssen Vornamen. Hatte sie selber gehört! Und wollten unbedingt für ihren Stromversorger arbeiten, weil die Arbeitshemden von CountyPower so cool waren und außerdem gratis.

Also, *never* für die Jungs von hier. Und fettes *never* für Matt Drey, das größte Froschmaul im Lande. Den zu küssen, gestern beim Stimmungmachen vor dem Spiel, das war, als würdest du ne Unterführung küssen. Gruselig! Als würde sich plötzlich so n Ochse im Pulli über dich hermachen, der sich nicht abweisen lässt, und sein riesiger Ochsenkopf ist überschwemmt von Drogen, die auch noch sein letztes bisschen Verstand rausspülen.

Selber die Kontrolle über sich haben, das gefiel ihr. Über ihren Körper, ihren Geist. Ihre Gedanken, ihre Karriere, ihre Zukunft.

Das gefiel ihr.

So sollte es sein.

Jetzt könnten wir zu einer kleinen Zwischenmahlzeit schreiten.

*Un petit repas.*

War sie etwas Besonderes? Fand sie sich besonders? Ach, na ja, keine Ahnung. Im weltgeschichtlichen Vergleich war sie nicht so besonders. Helen Keller war cool; Mutter Teresa war der Hammer; Mrs Roosevelt war ein ziemlicher Kracher, trotz ihrem Mann so als Behinderter, außerdem war sie lesbisch, mit ihren dicken fetten Zähnen, lange bevor sich irgendwer, rein hypothekisch, überhaupt vorstellen konnte, dass ne Lesbe die First Lady war. Bei solchen Ladys überhaupt mitzuhalten brauchte Alison nicht zu hoffen. Jedenfalls noch nicht!

Es gab so viel, was sie nicht wusste! So wie man Öl wechselt zum Beispiel. Oder überhaupt den Ölstand. Wie die Motorhaube aufgeht. Wie man Muffins backt. Das war sogar peinlich, sie als Mädchen und so. Und was war eine Hypothek? Kaufte man die mit dem Haus? Und beim Stillen, wurde da die Milch so rausgedrückt oder was?

Götter. Wer war denn diese Hungerharke, die den Gladsong Drive hochtrottete? Sie sah ihn durchs Wohnzimmerfenster. Kyle Boot, das blasseste Bleichgesicht im ganzen Land? Immer noch seine komischen Cross-Country-Klamüsen an?

Armes Würstchen. Er sah aus wie ein Skelett mit Vokuhila. Und diese Waldlauf-Shorts, stammten die so aus *Drei Engel für Charlie*-Zeiten oder *quoi*? Wie konnte er so gut laufen, wo er aussah, als hätte er buchstäblich keine Muskeln? Jeden Tag rannte er so nach Hause, ohne Hemd, aber mit Rucksack, und wenn er unten bei den Fungs war, hieb er schon auf die Fernbedienung und zischte zu Hause in die Garage, ohne abzubremsen.

Fast schon bewundernswert, der arme Tölpel.

Sie waren zusammen groß geworden, hatten als Dreikäsehochs in dem öffentlichen Sandkasten unten am Bach zusammen gespielt. Hatten sie nicht als Winzlinge zusammen gebadet oder irgend so ein Dreck? Hoffentlich kam das nie raus. Weil in puncto Freunde war Kyle praktisch bei Feddy Slavko angelangt, der sich beim Gehen so krass zurücklehnte und sich ständig irgendein Zeugs aus den Zähnen pulte, den Namen von dem rausgepulten Ding auf Griechisch verkündete und es dann wieder aß. Kyles Mom und Dad erlaubten ihm nicht das Geringste. Wenn der Lehrfilm in Weltkulturen nackte Bommis zeigte, musste er zu Hause anrufen. Alles, was er in der Lunchbox hatte, trug ein deutliches Etikett.

*Pas de bourrée.*

Und Knicks.

Schütte die vorgesehene Menge Käsechips in eins der vorgesehenen Fächer von deinem altmodischen Tupperware-Dings.

Danke, Mom, danke, Dad. Eure Küche fetzt total.

Jetzt das Tupperware-Dings schütteln, als wär's ein Goldsieb, dann einer imaginären Runde Bedürftiger anbieten, die sich versammelt hat.

Greift zu. Kann ich noch was für euch tun?

Du hast schon genug getan, Alison, schon dass du dich überhaupt herablässt, mit uns zu sprechen.

Das ist so was von nicht wahr! Versteht ihr denn nicht? Alle Menschen haben Respekt verdient. Jeder von uns ist ein Regenbogen.

Ach ja? Schau dir mal die große offene Wunde in meiner armen welken Flanke an.

Gestatte mir, etwas Vaseline für dich zu holen.

Das würde ich sehr begrüßen. Dieses Ding bringt mich um.

Aber von wegen Regenbogen und so? Daran glaubte sie. Die Menschen waren der Hammer. Mom war großartig, Dad war großartig, ihre Lehrer arbeiteten so hart und hatten eigene Kinder, und ein paar ließen sich sogar scheiden wie Mrs Dees, nahmen sich aber trotzdem immer Zeit für ihre Schüler. Besonders inspirierend an Mrs Dees war, dass sie, obwohl Mr Dees sie mit der Frau betrog, die die Kegelbahn betrieb, weiterhin den besten Ethik-Kurs überhaupt gab, in dem Fragen gestellt wurden wie: Kann Güte siegen? Oder werden die Guten immer aufs Kreuz gelegt, weil das Böse viel rücksichtsloser ist? Der letzte Teil hörte sich so an, als wollte Mrs Dees der Kegelbraut eins auswischen. Aber im Ernst jetzt! Macht das Leben Spaß oder Angst? Sind die Menschen gut oder böse? Einerseits dieses Video, auf dem die hageren bleichen Leichen plattgewalzt werden, während dicke deutsche Damen kaugummikauend zuschauen. Andererseits blieben manchmal die Leute vom Lande noch bis spät auf und füllten Sandsäcke, obwohl ihre eigenen Höfe in den Bergen lagen.

In ihrer Probeumfrage hatte sie dafür gestimmt, dass die Menschen gut sein sollten und das Leben Spaß machte, wobei Mrs Dees ihr einen mitleidigen Blick zuwarf, als sie ihre

Meinung äußerte: Um etwas Gutes zu tun, musst du nur beschließen, etwas Gutes zu tun. Du musst tapfer sein. Du musst dich für das einsetzen, was richtig ist. Bei dem letzten Satz hatte Mrs Dees so ein Stöhnen von sich gegeben. Schon okay. Mrs Dees musste viel Leid in ihrem Leben aushalten, aber interessanterweise? Offenbar fand sie immer noch Spaß am Leben und Gutes an den Menschen, warum sollte sie sonst manchmal bis abends spät an den Klassenarbeiten sitzen und am nächsten Tag ganz erledigt erscheinen, die Bluse falsch rum, weil sie das im morgendlichen Halbdunkel übersehen hatte, liebes vertrotteltes Tantchen?

Jetzt klopfte es an der Tür. Hintertür. In-te-re-ssant. Wer konnte das sein? Pater Dmitri von drüben? UPS? FedEx? Mit *un petit* Scheck *pour Papa*?

*Jeté, jeté, rond de jambe.*

*Pas de bourrée.*

Tür auf und –

Da stand ein Mann, den sie nicht kannte. Ziemlich großer Bursche, mit so ner Zählerableserjacke.

Eine Stimme sagte ihr, zurückweichen und Tür zuknallen. Aber das kam ihr unhöflich vor.

Stattdessen erstarrte sie, lächelte und machte so {Augenbrauen hoch}, um anzudeuten: Was kann ich für Sie tun?

Kyle Boot sauste durch die Garage in den Wohnbereich, wo der große standuhrähnliche Anzeiger auf *Alle weg* stand. Unter den anderen Möglichkeiten gab es: *Mom & Dad weg; Mom weg; Dad weg; Kyle weg; Mom & Kyle weg; Dad & Kyle weg;* und *Alle da.*

Wofür brauchten sie überhaupt *Alle da*? Würden sie das

nicht sowieso wissen, wenn *Alle da* waren? Würde er das gern Dad fragen? Der den Familienstatus-Anzeiger in seiner hervorragenden, komplett schallgedämpften Holzwerkstatt im Keller entworfen und gebaut hatte?

Ha.

Haha.

Auf der Kücheninsel lag ein ArbeitsAuftrag.

*Scout: Neue Geode auf Terrasse. Im Garten lt. beiliegender Zeichnung einsetzen. Kein Rumhampeln. Fläche erst rechen, dann Plastikplane auslegen, wie gezeigt. Dann weißen Stein einsetzen. DIESE GEODE WAR TEUER. Bitte sorgfältig behandeln. Sehe nicht, warum du das nicht fertig haben kannst, bis ich nach Hause komme. Das = fünf (5) Arbeitspunkte.*

Menno, Dad, findest du das wirklich fair, dass ich mich bis zum Dunkelwerden im Garten abrackern soll, nachdem ich schon ein heftiges Cross-Country-Training hinter mir habe, sechzehnmal 400 Meter, achtmal 800 Meter, anderthalb Kilometer auf Zeit, Billiarden Drake-Sprints und einen Acht-Kilometer-Indian-Relay?

Schuhe aus, Mister.

Wurks, zu spät. Er stand schon beim Fernseher. Und hatte eine belastende Spur Mikroklümpchen hinterlassen. Voll verboten. Konnten die Mikroklümpchen handgezupft werden? Obwohl, Problem: Wenn er die Mikroklümpchen im Rückwärtsgang handzupfte, würde er eine neue belastende Spur Mikroklümpchen hinterlassen.

Er zog seine Schuhe aus und stand da, probte im Kopf

eine kleine Show, die er immer WAS WENN ... GENAU JETZT? nannte.

WAS WENN sie GENAU JETZT nach Hause kamen?

Es ist total witzig, Dad! Ich bin reingekommen, ohne nachzudenken! Und hab erst dann gemerkt, was ich getan hatte! Und was mich echt freut, wenn ich drüber nachdenke? Wie schnell meine Selbstkorrektur kam! Und warum ich so gedankenlos reingekommen bin, ich wollte gleich an die Arbeit, Dad, laut deinem Auftrag!

Er flitzte auf Socken in die Garage, warf seine Schuhe in die Garage, schnappte sich den Staubsauger, saugte die Mikroklümpchen weg, merkte dann, heiliger Bimbam, dass er seine Schuhe in die Garage geworfen hatte, statt sie wie erforderlich auf die Schuhplane zu stellen, Schuhspitzen von der Tür wegweisend, zum einfacheren Anziehen später.

Er trat in die Garage, stellte seine Schuhe auf die Schuhplane und ging wieder ins Haus.

Scout, sagte Dad in seinem Kopf, hat dir noch nie jemand mitgeteilt, dass selbst in der pieksaubersten Garage mit etwas Öl am Boden zu rechnen ist, welches sich jetzt an deinen Socken befindet und überall auf dem beigen Berber Spuren hinterlässt?

O Menno, er war am Arsch.

Aber nein – *celebrate good times, come on* –, kein Ölfleck auf dem Teppich.

Er zerrte sich die Socken von den Füßen. Es war ihm absolut verboten, im Wohnbereich barfuß herumzulaufen. Wenn Mom und Dad nach Hause kämen und ihn so herumtarzanisieren sähen wie der übelste weiße Abschaum, das wär eine voll verkackte –

Fluchst du etwa im Kopf?, sagte Dad in seinem Kopf. Vorgetreten, Scout, sei ein Mann. Wenn du fluchen willst, tu's laut.

Ich will nicht laut fluchen.

Dann fluch auch nicht im Kopf.

Mom und Dad würde das Herz schwer, wenn sie hören könnten, wie er manchmal im Kopf fluchte, Marke fette Fotze Scheißhaufen Schwanzpickel Vollverarsche. Warum konnte er damit nicht aufhören? Sie hielten so große Stücke auf ihn, schickten beiden Großelternpaaren wöchentlich prahlende E-Mails, Marke: Kyle hat superviel zu tun, dass seine Noten so gut bleiben, während er für die Schulmannschaft Cross Country läuft, obwohl er noch in der Zehnten ist, während er jeden Tag ein bisschen Zeit abzweigt, um solche Klasseteile zu basteln wie Fotzenschlabber Arschfick –

Was war los mit ihm? Warum konnte er nicht dankbar für all das sein, was Mom und Dad für ihn taten, statt –

Schieb ihn der Pickelfotze hinten rein.

Fratzfick die Scheiß-Käsefresse mit deinem Rammelkolbenknie.

Du könntest immer noch für einen klaren Kopf sorgen, wenn du dir selber mal ordentlich in dein eigenes minimales Hüftgold zwickst.

Aua.

Hey, heute war Dienstag, ein Sonderbelohnungstag. Die fünf (5) neuen Arbeitspunkte für das Einsetzen der Geode, dazu seine bestehenden zwei (2) Arbeitspunkte, Summe sieben (7) Arbeitspunkte, die zusammen mit seinen acht (8) angesammelten Übliche-Hausarbeitspunkten fünfzehn (15) Gesamtbelohnungspunkte ergaben, was ihm eine Sonderbelohnung einbringen konnte (beispielsweise zwei Hand-voll Rosinen mit Joghurtüberzug), plus zwanzig Fern-sehminuten nach seiner Wahl, obwohl er die tatsächliche Sendung zum Zeitpunkt der Einlösung noch mit Dad aus-handeln musste.

Eins kann ich dir jetzt schon sagen, Scout, *Amerikas unver-blümteste Motocrossfahrer* guckst du dir nicht an.

Egal.

Egal, Dad.

Wirklich, Scout? »Egal«? Wird es »egal« sein, wenn ich dir deine ganzen Sonderbelohnungspunkte wegnehme und dich dazu zwinge, Cross Country aufzugeben, womit ich schon mehrfach gedroht habe, wenn du nicht ein bisschen fröhlicher spurst?

Nein, nein, nein. Ich will das nicht aufgeben, Dad. Bitte. Ich kann das gut. Wirst sehen, beim ersten Wettlauf. Sogar Matt Drey hat gesagt –

Wer ist Matt Drey? Ein Affe aus der Footballmannschaft?

Ja.

Ist sein Wort Gesetz?

Nein.

Was hat er gesagt?

*Der Hosenscheißer kann laufen.*

Hübsch, wie du redest, Scout. So reden Affen. Wie dem auch sei, zum ersten Wettlauf schaffst du es womöglich gar nicht. Anscheinend hast du ein geradezu überbordendes Ego. Und warum? Weil du joggen kannst? Jeder kann joggen. Jedes Tier des Feldes kann das.

Ich hör aber nicht auf! Arschschwanz-Kackfrosch-Rektal-fritz! Bitte, ich flehe dich an, das ist das Einzige, was ich einigermaßen gut kann! Mom, wenn er mich zwingt aufzuhören, dann schwör ich dir, ich –

Kein Drama, geliebter einziger Sohn, das passt nicht zu dir.

Wenn du das Privileg genießen willst, bei einem Mannschaftssport anzutreten, Scout, dann zeig uns, dass du nach den Leitlinien unseres vollkommenen vernünftigen Systems leben kannst, welches wir nur zu deinem Besten entwickelt haben.

Hallo.

Ein Lieferwagen war gerade auf den Parkplatz von St. Mikhail gefahren.

Kyle schritt mit kontrolliertem Gentleman-Gang zum Küchentresen. Darauf lag Kyles Reiselogbuch, das die Doppelfunktion hatte, (1) Dads Forderung argumentativ zu unterfüttern, dass Pater Dmitri eine Schallschutzmauer bauen lassen sollte, und (2) den Datensatz eines möglichen Schulwettbewerb-Projekts für ihn, Kyle, darstellte, betitelt (von Dad) »Korrelation zwischen Kirchparkplatzlautstärke und Wochentag, mit zusätzlicher Untersuchung der Sonntagslautstärke übers Jahr«.

Mit einem zuvorkommenden Lächeln, als genösse er es, das Logbuch auszufüllen, füllte Kyle sehr leserlich das Logbuch aus:

Fahrzeug: LIEFERWAGEN.

Farbe: GRAU.

Marke: CHEVY.

Baujahr: UNBEKANNT.

Ein Kerl stieg aus dem Lieferwagen. Einer von den üblichen Russkis. »Russki« war erlaubte Umgangssprache. Wie auch »verflixt«. Und »heiliger Bimbam«. Und »Klo«. Der Russki trug eine Jeansjacke über einem Kapuzenshirt, was nach Kyles Erfahrung keine unübliche Kirchgangskleidung bei den Russkis war, manchmal kamen die direkt vom Ölwechsel in Arbeitsoveralls rüber.

Unter »Fahrer« schrieb er: »VERMUTLICH GEMEINDE-MITGLIED«.

Das war voll öde. Nein, voll der Mist. Weil der Kerl ein Fremder war, musste er, Kyle, jetzt drinnen bleiben, bis der Fremde das Viertel wieder verlassen hatte. Was das ganze Geo-den-Einsetzen total versemmelte. Der würde da bestimmt bis Mitternacht draußen bleiben. Schwerer Nachteil.

Der Kerl zog eine reflektierende Jacke an. Ah, der Typ war Zählerableser.

Der Zählerableser schaute nach links, dann nach rechts, sprang über den Bach, ging bei den Popes hintenrum in den Garten, zwischen der Fußball-Kickwand und dem eingelassenen Pool durch, dann klopfte er bei den Popes an die Tür.

Guter Sprung, Boris.

Die Tür öffnete sich.

Alison.

Kyles Herz sang. Er hatte immer geglaubt, das wäre nur eine Phrase. Alison war wie ein Nationalheiligtum. Im Lexikon sollte unter »Schönheit« ein Foto von ihr in diesem Jeansrock sein. Obwohl sie ihn in letzter Zeit anscheinend nicht so richtig mochte.

Jetzt ging sie ein Stück über ihre Terrasse, damit der Zählerableser ihr etwas zeigen konnte. Irgendwas Elektrisches auf dem Dach nicht in Ordnung? Der Kerl schien ganz begierig zu sein, es ihr zu zeigen. Genauer gesagt, er hielt sie am Handgelenk. Und zerrte irgendwie so.

Das war komisch. Oder? Hier in der Gegend war bis jetzt noch nie irgendetwas komisch gewesen. Also war es vielleicht doch okay. Wahrscheinlich war der Kerl einfach nur ein ganz neuer Zählerableser?

Irgendwie hatte Kyle Lust, raus auf die Terrasse zu treten. Er trat hinaus. Der Kerl erstarrte. Alison schaute wie ein erschrockenes Pferd. Der Kerl räusperte sich und drehte sich ein Stück zur Seite, damit Kyle etwas sehen konnte.

Ein Messer.

Der Zählerableser hatte ein Messer.

Du tust jetzt Folgendes, sagte der Kerl. Du bleibst genau da stehen, bis wir weg sind. Wenn du einen Finger rührst, erstech ich sie. Ins Herz. Ich schwör's bei Gott. Alles klar?

Kyles Mund war so speichellos, dass er nichts anderes machen konnte, als seinen Mund in die Form zu zwingen, mit der er normalerweise ja sagte.

Jetzt gingen sie quer durch den Garten. Alison warf sich zu Boden. Der Kerl zerrte sie hoch. Sie warf sich hin. Er zerrte sie hoch. Es war seltsam, Alison so zu sehen, herumgeschleudert wie eine Stoffpuppe in dem Heiligtum des perfekten Gartens, den ihr Dad für sie angelegt hatte. Sie warf sich hin.

Der Kerl zischte ihr etwas zu, und sie stand auf, plötzlich gefügig.

In seiner Brust fühlte Kyle die ganzen Leitlinien, Große Leitlinien und Kleine, die er gerade alle verletzte. Er stand ohne Schuhe auf der Terrasse, ohne Hemd auf der Terrasse, war draußen, während sich ein Fremder in der Nähe befand, hatte Kontakt zu dem Fremden aufgenommen.

Letzte Woche hatte Sean Ball eine Perücke in die Schule mitgebracht, um noch wirksamer nachzuäffen, wie Bev

Mirren auf ihren Haaren herumkaute, wenn sie nervös war. Kyle hatte kurz überlegt, ob er sich einschalten sollte. Beim Abendmeeting hatte Mom gesagt, sie fände Kyles Entscheidung, sich nicht einzuschalten, klug. Dad hatte gesagt, Das ging dich nichts an. Du hättest dir schwere Verletzungen zuziehen können. Mom hatte gesagt, Denk daran, wie viel wir in dich investiert haben, geliebter einziger Sohn. Dad hatte gesagt, Ich weiß, wir kommen dir manchmal streng vor, aber du bist buchstäblich alles, was wir haben.

Jetzt waren sie bei der Fußball-Kickwand, Alisons Arm war auf ihrem Rücken verdreht. Sie gab einen stetigen leisen Laut der Ablehnung von sich, als wollte sie ein Geräusch erfinden, das angemessen ausdrückte, wie sie das fand, was gleich – sie erkannte es erst in diesem Augenblick – mit ihr passieren würde.

Er war doch noch ein Kind. Er konnte nichts tun. In seiner Brust spürte er das intensive Nachlassen von Druck, zu dem es immer kam, wenn er sich einer Leitlinie unterwarf. Dort zu seinen Füßen lag die Geode. Die sollte er einfach anschauen, bis sie weg waren. Es war ein großes Exemplar. Vielleicht das überhaupt größte. Die Kristalle an der Schnittfläche glitzerten in der Sonne. Sie würde schön im Garten aussehen. Wenn er sie dann mal eingesetzt hätte. Er würde sie einsetzen, sobald die weg waren. Dad würde beeindruckt sein, dass er, selbst nach den Ereignissen, daran gedacht hatte, die Geode einzusetzen.

So ist es richtig, Scout.

Wir sind sehr angetan, geliebter einziger Sohn.

Super gemacht, Scout.

Heilige Scheiße. Es lief tatsächlich. Sie marschierte genauso fügsam und treuherzig mit, wie er es immer gewusst hatte. Er hatte sie im Kopf seit der Taufe von Dings. Sergeis Kleinem. In der russischen Kirche. Da hatte sie in ihrem Garten gestanden, und ihr Dad oder irgend so einer hatte sie fotografiert.

Er so, Hallo, Mieze.

Kenny so, Bisschen jung, Alter.

Und er so, Für dich vielleicht, Opa.

Wenn man Geschichte studierte, Kulturgeschichte, dann kam einem die eigene Epoche kleinlich vor. Es gab verschiedene Theorien der Einwilligung. In biblischen Zeiten konnte ein König über ein Feld reiten und sagen: Die da. Und dann wurde sie zu ihm gebracht. Und sie wurden ordentlich vermählt, und wenn sie einem Sohn das Leben schenkte, super, holt die Wimpel raus, die behalt ich. Ob sie in jener ersten Nacht drauf stand? Wahrscheinlich nicht. Ob sie zitterte wie Espenlaub? Egal. Nicht egal waren die Nachkommen und das Weiterleben des Geschlechts. Plus die Begeisterung des Königs, die zu berechtigter königlicher Macht führte.

Da war der Bach.

Er führte sie direkt hindurch.

Die folgenden Punkte blieben in der Entscheidungsmatrix: zur Seitentür des Lieferwagens bringen, reinschubsen, hinterher, Handgelenke/Mund mit Klebeband umwickeln, an Kette legen, Ansage machen. Er hatte die Ansage voll drauf. Hatte sie sowohl auswendig gelernt, als auch mit Aufnahme geübt: *Beruhige dich, mein Liebling, ich weiß, du hast Angst, weil du mich noch nicht kennst und das heute nicht erwartet hast, aber gib mir eine Chance, und du wirst sehen, wir werden schweben.*

*Siehst du, ich lege das Messer da drüben hin, und ich gehe davon aus, dass ich es nicht benutzen muss, nicht wahr?*

Falls sie nicht in den Lieferwagen einstieg, hart in den Bauch boxen. Dann hochheben, zur seitlichen Tür des Lieferwagens tragen, reinwerfen, Handgelenke/Mund mit Klebeband umwickeln, an die Kette legen, Ansage machen usw. usf.

Stopp, stehen bleiben, sagte er.

Mädchen blieb stehen.

Scheißkram. Seitentür des Lieferwagens war zu. Wie undiszipliniert war das denn. Sichergehen, dass die Tür offen war, gehörte ganz klar zu der missionsvorbereitenden Matrix. Melvin tauchte vor seinem geistigen Auge auf. Auf Melvins Gesicht lag der Ausdruck heißer Enttäuschung, der stets dem Hinternversohlen vorausgegangen war, das stets der anderen Sache vorausgegangen war. Behalt die Hände oben, sagte Melvin, verteidige dich.

Wohl wahr. Kleiner Fehler. Hätte die missionsvorbereitende Matrix noch mal checken sollen.

Keine große Sache.

Freude, keine Angst.

Melvin war seit fünfzehn Jahren tot. Mom seit zwölf.

Die kleine Schlampe hatte sich jetzt umgedreht, schaute zum Haus zurück. Diesen Eigensinn konnte man nicht durchgehen lassen. Der musste im Keim erstickt werden. Er durfte nicht vergessen, ihr früh wehzutun, um eine Grenze zu ziehen.

Dreh dich um, verdammt noch mal, sagte er.

Sie drehte sich um.

Er entriegelte die Tür, riss sie auf. Augenblick der Wahrheit.

Wenn sie einstieg und ihn das Klebeband anbringen ließ, hatten sie es geschafft. Er hatte einen Ort in Sackett gefunden, ein Mordsmaisfeld mit Zugang über einen Feldweg. Wenn es ficktechnisch gut lief, konnten sie da gleich auf den Freeway. Praktisch den Lieferwagen klauen. Der gehörte Kenny. Hatte ihn für heute ausgeliehen. Scheiß auf Kenny. Kenny hatte ihn mal dämlich genannt. Dumm gelaufen, Kenny, der Spruch hat dich mal eben einen Lieferwagen gekostet. Wenn es ficktechnisch schlecht lief und sie ihn nicht richtig geil machte, würde er die Aktion abbrechen, die Zielperson kappen, raushieven, Lieferwagen säubern, falls nötig, Mais kaufen gehen, Wagen bei Kenny abliefern und sagen, Hey, Alter, da haste n Riesenhaufen Mais, danke für den Wagen, mit meinem Auto hätt ich niemals ne anständige Menge Mais kaufen können. Dann Ball flach halten, Zeitung lesen, wie damals nach der ungeilen Rothaarigen draußen in –

Mädchen sah ihn flehend an, so, Bitte nicht.

War das ein guter Zeitpunkt? Ihr eine in den Bauch zu verpassen, dass sie keine Luft mehr kriegte?

Genau.

Er tat es.


Die Geode war wunderschön. Was für eine wunderschöne Geode. Was machte sie wunderschön? Was waren die Haupteigenschaften einer wunderschönen Geode? Los, denk nach. Los, konzentrier dich.

Sie wird schon drüber wegkommen, geliebter einziger Sohn.

Das geht uns nichts an, Scout.

Wir sind beeindruckt von deinem guten Urteilsvermögen, geliebter einziger Sohn.

Schwach nahm er wahr, dass Alison einen Boxhieb abgekriegt hatte. Ohne den Blick von der Geode zu lassen, hörte er das leise *uuf.*

Ihm wurde ganz schlecht bei dem Gedanken, was er da gerade geschehen ließ. Sie hatten Goldfischfutter als Spielgeld genommen. Sie hatten Brücken aus Steinen gebaut. Unten an dem kleinen Bach. In der guten alten Zeit. O Gott. Er hätte niemals nach draußen kommen sollen. Sobald sie weg waren, würde er wieder reingehen, so tun, als wäre er nie draußen gewesen, an der Modelleisenbahnstadt weiterbauen, die ganze Zeit, bis Mom und Dad nach Hause kamen. Und wenn ihm irgendwann jemand davon erzählen würde? Dann würde er so ein Gesicht machen. Er konnte schon das Gesicht auf seinem Gesicht spüren, das er machen würde, so, Was? Alison? Vergewaltigt? Ermordet? O Gott. Vergewaltigt und ermordet, während ich ganz unschuldig an meiner Modelleisenbahnstadt gebaut habe, im Schneidersitz am Boden und ahnungslos wie ein kleiner kleiner –

Nein. Nein, nein, nein. Bald würden sie weg sein. Dann konnte er nach drinnen gehen. Den Notruf wählen. Aber dann würden alle erfahren, dass er nichts unternommen hatte. Und sein zukünftiges Leben wäre versaut. Für immer und ewig wäre er der Typ, der nichts unternommen hatte. Außerdem würde ein Anruf auch nichts nützen. Die wären ja längst weg. Die Schnellstraße war gleich auf der anderen Seite von Featherstone, mit einer Million Nebenadern und Kleeblättern und was da sonst noch alles von abging. Und das wär's dann. Er würde reingehen. Sobald sie weg waren. Weg, weg, weg, dachte er, los, damit ich reingehen kann, endlich vergessen, was –

Dann rannte er. Über den Rasen. O Gott! Was machte er da, was machte er da? Himmel, Scheiße, die ganzen Leitlinien, die er verletzte! Durch den Garten rennen (schlecht für die Grasnarbe); eine Geode ohne Schutzhülle transportieren; über den Zaun springen, was den Zaun strapazierte, der ein hübsches Sümmchen gekostet hatte; den Garten verlassen; den Garten barfuß verlassen; den Sekundärbereich ohne Erlaubnis betreten; den Bach barfuß betreten (Glasscherben, gefährliche Mikroorganismen), und nicht nur das, o Gott, plötzlich begriff er, was sein leichtfertiger Anteil vorhatte, nämlich eine derart Große und absolute Leitlinie zu verletzen, dass es nicht mal mehr eine Leitlinie war, denn es brauchte keine Leitlinie, um zu wissen, wie total verboten es war, zu –

Er schoss aus dem Bach heraus, der Kerl drehte sich immer noch nicht um, und ließ die Geode gegen seinen Kopf fliegen, aus dem ein komisches randsickerndes Blutrinnsal kam, noch bevor der Schädel eine deutliche Delle kriegte und der Kerl sich auf seinen Arsch setzte.

Ja! Tor! Das machte Spaß! Spaß, einen Erwachsenen zu besiegen! Spaß, mit Hilfe der verblüffendsten gazellenschnellen Laufgeschwindigkeit, die die Menschheitsgeschichte je gesehen hatte, lautlos durch den Raum zu sausen und diesen Monstergoliath zu bezwingen, der andernfalls in diesem Augenblick gerade –

Was, wenn er es nicht getan hätte?

Gott, was, wenn er es nicht getan hätte?

Er stellte sich vor, dass der Kerl Alison zusammenfaltete wie einen bleichen Kleidersack, sie an ihren Haaren riss und grob drauflosstieß, während er, Kyle, geduckt und gehorsam dahockte, das klitzekleine Modellbahnviadukt in seinen lächerlichen Babypfoten und –

Himmel! Mit einem Satz war er da und schleuderte die Geode durch die Windschutzscheibe des Lieferwagens, die implodierte und einen Scherbenregen ins Innere schickte, begleitet von dem Klang tausender kleiner Windspiele aus Bambus.

Er krabbelte die Motorhaube hoch und holte die Geode wieder raus.

Ernsthaft? Ernsthaft? Du wolltest ihr Leben ruinieren und meins, du fotzenstocherndes schwanzkauendes Vieh? Du hast wohl den Arsch offen! Wer ist jetzt hier der Boss? Arschkrater, Rotzlippen, Scheißefresser –

Noch nie hatte er sich so stark/wütend/wild gefühlt. Wer ist der Mann? Wer ist dein Daddy? Was musste er noch tun? Um sicherzugehen, dass das Vieh keinen Schaden mehr anrichtete? Bewegst dich noch, Perversling? Hast noch Pläne, Wichser? Willst noch ein Loch im Kopf, reicht dir das eine nicht, das du schon hast, Großkotz? Denkst du, das mach ich nicht? Denkst du, ich –

Ruhig, Scout, du rastest aus.

Brems mal etwas ab, geliebter einziger Sohn.

Ruhe. Ich bin mein eigener Boss.


FUCK!

Was zum Teufel? Was machte er denn da am Boden? War er gestolpert? Hatte ihn einer getatzt? War ein Ast runtergefallen? Verflucht. Er berührte seinen Kopf. Blut an der Hand.

Der Bohnenstangenbubi bückte sich. Um was aufzuheben. Einen Stein. Wieso war der Knabe nicht mehr auf der Veranda? Wo war das Messer?

Wo war das Mädchen?

Krabbelte auf den Bach zu.

Flog durch den Garten.

Ging ins Haus.

Scheiße, alles war beschissen. Lieber n Abgang machen. Und womit, seinem guten Aussehen? Er hatte insgesamt so zirka acht Dollar.

O Mist! Der Junge hatte die Windschutzscheibe zertrümmert! Mit dem Stein! Das würde Kenny aber gar nicht gefallen.

Er versuchte aufzustehen, schaffte es aber nicht. Das Blut lief nur so aus ihm raus. Er würde nicht noch mal in den Knast gehen. Vergiss es. Er würde sich die Handgelenke aufschlitzen. Wo war das Messer? Er würde es sich in die Brust rammen. Das hatte was Edles. Dann würden die Menschen sich seinen Namen merken. Wer von denen hatte schon die Eier, Harakiri zu machen, Messer in die Brust?

Keiner.

Kein Mensch.

Los, Feigling. Mach schon.

Nein. Der König nimmt sich nicht das Leben. Der überlegene Mann nimmt schweigend den hirnlosen Protest des Pöbels hin. Wartet, bis er wieder aufstehen kann, um erneut zu kämpfen. Außerdem wusste er nicht, wo das Messer war. Na, er brauchte es ja auch nicht. Er würde in den Wald kriechen und irgendwas mit bloßen Händen töten. Oder eine Falle aus Gras bauen oder so. Puh. Musste er gleich kotzen? Da, bitte. Voll in seinen Schoß.

Passt ja, dass du noch das einfachste Ding verkackst, sagte Melvin.

Melvin, Mann, siehst du nicht, wie schlimm mein Kopf blutet?

Das war ein Junge. Du bist ein Witz. Ein kleiner Junge hat dich aufs Kreuz gelegt.

Oh, Sirenen, super.

Tja, trauriger Tag für die Bullen. Das würde einen Nahkampf Mann gegen Mann geben. Er würde bis zum letzten Augenblick sitzen bleiben, beobachten, wie sie anrückten, und dann ein stummes Todesmantra sprechen, das all seine Lebenskraft in den Fäusten konzentrierte.

Er saß da und dachte an seine Fäuste. Sie waren riesige Granitblöcke. Jeder ein Pitbull. Er versuchte sich aufzurappeln. Irgendwie funktionierten seine Beine nicht. Er hoffte, die Bullen wären bald da. Sein Kopf tat ihm echt weh. Wenn er das da oben anfasste, bewegte sich alles. Es war, als hätte er eine Mütze aus geronnenem Blut auf. Das musste genäht werden. Hoffentlich würde es nicht allzu wehtun. Würde es aber wahrscheinlich.

Wo war die Bohnenstange?

Ah, da war er.

Ragte über ihm auf, verdeckte die Sonne, mit hochgerecktem Stein, schrie irgendwas, das er nicht verstehen konnte, weil es so in seinen Ohren rauschte.

Dann sah er, dass der Junge den Stein gleich auf ihn niedersausen lassen würde. Er schloss die Augen und wartete, ganz und gar nicht im Frieden, er spürte, wie die ersten Anzeichen einer entsetzlichen Angst in ihm hochkamen, und wenn diese Angst weiter so schnell wachsen würde, dann gab es, das wurde ihm in einem Geistesblitz klar, einen Namen für den Ort, wo er dann wäre, und der lautete Hölle.

Alison stand am Küchenfenster. Sie hatte sich in die Hose gemacht. Was okay war. Das taten Menschen. Wenn sie voll Schiss hatten. Sie bemerkte es, als sie anrief. Ihre Hände hatten so krass gezittert. Taten sie immer noch. Ein Bein machte so klopf-klopf. Gott, was der für ein Zeug zu ihr gesagt hatte. Er hatte sie geboxt. Erst Knuff, dann Kniff. Sie hatte einen fetten blauen Flecken auf dem Arm. Wie konnte Kyle immer noch da draußen sein? Aber da war er, in seinen albernen Shorts, so selbstsicher, dass er herumhüpfte, Hände über dem Kopf verschränkt wie ein Boxer aus so einem süßen Paralleluniversum, wo ein dermaßen magerer Junge echt einen Kampf gegen einen Kerl mit Messer gewinnen konnte.

Moment.

Seine Hände waren nicht verschränkt. Er hielt den Stein hoch und schrie den Kerl an, der auf Knien vor ihm lag, wie der Gefangene mit verbundenen Augen, den sie auf diesem Video in Geschichte gesehen hatten, wo ihn gleich so ein total förmlicher Helm-Typ mit seinem Schwert köpfen würde.

Kyle, nicht, flüsterte sie.

Noch Monate später hatte sie Albträume, in denen Kyle den Stein niedersausen ließ. Sie stand auf der Veranda und versuchte seinen Namen zu schreien, aber kein Ton kam raus. Und der Stein sauste nieder. Dann hatte der Kerl keinen Kopf mehr. Der Schlag löste buchstäblich seinen Kopf auf. Dann kippte sein Körper zur Seite, und Kyle drehte sich zu ihr um, mit todunglücklichem Blick, so, Mein Leben ist gelaufen. Ich hab jemanden umgebracht.

Wie kam es bloß, fragte sie sich manchmal, dass wir im Traum oft die einfachsten Dinge nicht tun können? So, ein weinendes Kätzchen steht mitten in Glasscherben, und du willst es hochnehmen und ihm die Scherben von den Pfoten streichen, aber das kannst du nicht, weil du einen Ball auf dem Kopf balancierst. Oder du fährst, und da ist dieser alte Knacker auf Krücken, und du sagst so zu Mr Feder, deinem Fahrlehrer, Soll ich ausweichen? Und er so, Ähm, würd ich sagen. Aber dann hörst du es fett scheppern, und Feder schreibt ein Minus in sein Buch.

Manchmal wachte sie aus dem Traum mit Kyle weinend auf. Letztes Mal waren Mom und Dad schon da und sagten, So war es gar nicht. Weißt du noch, Allie? Wie ist es passiert? Sag es. Sag es laut. Allie, kannst du Mommy und Daddy sagen, wie es wirklich passiert ist?

Ich bin rausgelaufen, sagte sie. Ich hab gebrüllt.

Genau, sagte Dad. Du hast gebrüllt. Gebrüllt wie ein Sieger.

Und was hat Kyle gemacht?, fragte Mommy.

Den Stein hingelegt, sagte sie.

Euch Kindern ist was Schlimmes passiert, sagte Dad. Aber es hätte schlimmer kommen können.

So viel schlimmer, sagte Mom.

Aber euch Kindern ist es zu verdanken, sagte Dad, dass es nicht schlimmer kam.

Das habt ihr so gut gemacht, sagte Mom.

Großartig gemacht, sagte Dad.

# GESTELL

Jedes Jahr zu Thanksgiving strömten wir abends nach draußen, hinter Dad her, der den Anzug vom Weihnachtsmann auf die Straße zerrte und über eine Art Kruzifix drapierte, das hatte er im Garten aus Metallstangen gebastelt. In der Super-Bowl-Woche hatte das Gestell ein Football-Trikot an und Rods Helm auf, und Rod brauchte das Okay von Dad, wenn er den Helm runternehmen wollte. Am 4. Juli war das Gestell Uncle Sam, am Veteranentag ein Soldat, zu Halloween ein Gespenst. Das Gestell war Dads einziges Zugeständnis an den Übermut. Wir kriegten immer jeder nur einen Wachsmalstift aus der Schachtel. Heiligabend kreischte er Kimmie an, als sie einen Apfelschnitz liegenließ. Wenn wir Ketchup aufs Essen taten, saß er uns im Nacken und sagte immer, Reicht reicht reicht. Auf Geburtstagsfeiern gab es nur Cupcakes, kein Eis. Als ich zum ersten Mal ein Mädchen mit nach Hause brachte, sagte sie, Was ist denn mit deinem Dad und diesem Gestell da los?, und ich saß blinzelnd da.

Wir zogen zu Hause aus, heirateten, bekamen selber Kinder und stellten fest, dass die Saat der Bosheit auch in uns aufging. Inzwischen schmückte Dad das Gestell aufwändiger, und die Logik war schlechter zu erkennen. Am Tag des Murmeltiers drapierte er irgendein Fell darüber und schleppte ein Flutlicht nach draußen, damit es einen Schattenwurf gab. Als Chile von einem Erdbeben erschüttert wurde, legte er das Gestell auf die Seite und sprühte einen Erdspalt auf den Boden. Mom starb, und er verkleidete das Gestell als Tod und hängte Babyfotos von ihr an die Querstange. Wenn wir zu Besuch kamen, fanden wir merkwürdige Talismane aus seiner Jugend um den Fuß des Gestells arrangiert: Medaillen aus der Army, Theaterkarten, alte Sweatshirts, Make-up-Tuben von Mom. Einen Herbst strich er das Gestell hellgelb an. Im selben Winter bedeckte er es mit lauter Wattebäuschen, um es zu wärmen, und sorgte auch für Nachkommen, indem er sechs Stangenkreuze in den Gartenboden rammte. Er zog Bindfäden zwischen dem Gestell und den Kreuzen und klebte Briefe daran, in denen er sich entschuldigte, Irrtümer zugab, um Verständnis bat, alles mit manischer Hand auf Karteikarten geschrieben. Er malte ein Schild mit LIEBE drauf und hängte es ans Gestell, dann noch eins mit VERGEBUNG?, und dann starb er in der Diele, bei laufendem Radio, und wir verkauften das Haus an ein junges Paar, das das Gestell herausriss und für die Müllabfuhr an die Straße stellte.

# WELPE

Schon zweimal hatte Marie auf das Funkeln der Herbstsonne auf dem perfekten Maisfeld hingewiesen, denn durch das Funkeln der Herbstsonne auf dem perfekten Maisfeld kam ihr ein Spukhaus in den Sinn – nicht ein Spukhaus, das sie selbst einmal gesehen hätte, sondern das mythische, das ihr manchmal im Geist erschien (mit angrenzendem Friedhof und Katze auf dem Zaun), immer wenn sie das Funkeln der Herbstsonne sah, auf dem perfekten usw. usf. –, und sie wollte sichergehen, dass, falls die Kinder ein entsprechendes mythisches Spukhaus hatten, das ihnen im Geist erschien, immer wenn sie das Funkeln der usw. usf. sahen, es ihnen jetzt einfiel, damit sie es alle gemeinsam erleben konnten, wie Freunde, wie Studienfreunde auf einem gemeinsamen Trip, minus Hasch, hahaha!

Aber nichts. Als sie ein drittes Mal sagte: »Wow, Leute, guckt euch das mal an«, meinte Abbie, »Okay, Mom, kapiert, da ist Mais«, und Josh, »Nicht jetzt, Mom, ich lasse gerade meinen Teig gehen«, was kein Problem für sie war; sie hatte überhaupt keine Schwierigkeiten damit, *Der edle Bäcker* war ihr viel lieber als *Stopf den BH*, das Computerspiel, das er sich eigentlich gewünscht hatte.

Tja, große Frage. Vielleicht hatten sie überhaupt keine mythischen Embleme im Kopf. Oder vielleicht waren die mythischen Embleme, die sie im Kopf hatten, total anders als diejenigen, die sie selber im Kopf hatte. Was ja das Schöne daran war, denn schließlich war jeder von ihnen sein eigenes Menschlein! Man war doch nur ein Betreuer. Sie brauchten nicht zu fühlen, was man selber fühlte; sie mussten nur darin unterstützt werden, ihre eigenen Gefühle zu fühlen.

Trotzdem, wow, dieses Maisfeld – ein Klassiker.

»Immer wenn ich so ein Feld sehe, Leute?«, sagte sie. »Dann denk ich irgendwie an ein Spukhaus!«

»Brotmesser! Brotmesser!«, schrie Josh. »Du Nimrod-Dingens von Computer! *Das* hatte ich mir ausgesucht!«

Apropos Halloween, da fiel ihr letztes Jahr ein, als ihre Maiskolbensäule den Einkaufswagen zum Umkippen gebracht hatte. Hilfe, hatten sie da gelacht! Ach, Familiengelächter war Gold; in ihrer Kindheit hatte sie nichts dergleichen gehabt, Dad war immer so mürrisch gewesen und Mom so genant. Wenn Moms und Dads Einkaufswagen umgekippt wäre, hätte Dad ihm einen entnervten Tritt gegeben, und Mom wäre absichtlich davongeschlendert, um Lippenstift nachzulegen und sich von Dad zu distanzieren, und sie, Marie, hätte nervös an ihrem grässlichen Plastiksoldaten, den sie Brady getauft hatte, genuckelt.

Also, in dieser Familie sollte nach Herzenslust gelacht werden! Gestern Abend, als Josh sie andauernd mit seinem Gameboy piekte, hatte sie eine Fontäne Zahnpasta über den Spiegel gespritzt, und sie hatten sich alle kaputtgelacht und waren mit Goochie am Boden herumgerollt, und Josh sagte mit solcher Sehnsucht in der Stimme: »Mom, weißt du noch, wie Goochie ganz klein war?« Und da brach dann Abbie in Tränen aus, weil sie mit ihren fünf Jahren keine Erinnerung daran hatte, wie Goochie noch ein Welpe war.

Daher dieser Familienausflug. Und Robert? Ach, Robert, der Gute! Was für ein Mann. Der hätte überhaupt kein Problem mit diesem Familienausflug. Sie liebte es, wie er »Ho HO!« ausrief, immer wenn sie irgendetwas Neues, Unerwartetes nach Hause brachte.

»Ho HO!«, als er nach Hause kam und den Leguan vorfand. »Ho HO!«, als er nach Hause kam und das Frettchen vorfand, das versuchte, in den Leguankäfig zu kommen. »Sieht ganz so aus, als wären wir die glücklichen Betreiber einer Menagerie!«

Sie liebte ihn dafür, wie übermütig er war – man hätte ein Nilpferd nach Hause bringen können, auf Kreditkarte (so wie Frettchen und Leguan auch), und er hätte bloß »Ho HO!« gesagt und gefragt, was das Vieh denn so fresse und wann es schlafe, und wie zum Kuckuck nennen wir jetzt den kleinen Scheißer.

Auf dem Rücksitz machte Josh *git, git, git* wie immer, wenn sein Bäcker im Backmodus war und die Laibe in den Ofen zu kriegen versuchte, während er diverse Hungrige Mitbürger abwehrte, etwa einen Fuchs mit aufgeblähtem Magen; oder ein tuntiges Rotkehlchen, das unglaublicherweise einen Laib davonschleppte, und zwar auf den Schnabel gespießt, nachdem es ihm gelungen war, einen Klotzigen Kiesel auf den Bäcker fallen zu lassen – das hatte Marie alles im Lauf des Sommers aus dem Handbuch zum *Edlen Bäcker* gelernt, während Josh schlief.

Und es hatte etwas gebracht, doch, wirklich. Josh war in

letzter Zeit weniger in sich gekehrt, und wenn sie jetzt mal hinter ihm auftauchte, während er spielte, und so was sagte wie »Wow, Liebes, ich wusste ja gar nicht, dass du Pumpernickel kannst« oder »Schatz, versuch mal das mit Sägeschliff, es schneidet schneller. Versuch es gleichzeitig mit Fenster Verriegeln«, dann griff er mit seiner Nichtspielhand nach hinten und klapste liebevoll nach ihr, und gestern hatten sie herzhaft gelacht, als er ihr aus Versehen die Brille von der Nase klapste.

Da konnte ihre Mutter noch so laut verkünden, sie würde die Kinder verziehen, bitte sehr. Diese Kinder wurden nicht verzogen. Diese Kinder wurden richtig geliebt. Immerhin hatte *sie* noch keines von ihnen nach einer Schulfete zwei Stunden lang im Schneesturm stehen lassen. Immerhin hatte *sie* noch keines von ihnen betrunken angeschnauzt: »Dich kann man wohl kaum als Uni-Kandidaten bezeichnen.« Immerhin hatte *sie* noch keines von ihnen in einem Schrank eingeschlossen (einem Schrank!), während sie einen waschechten Kanalarbeiter im Wohnzimmer empfing.

O Gott, was war die Welt schön! Die Herbstfarben, der glitzernde Fluss und die bleifarbene Wolke, wie ein abgerundeter Pfeil zeigte sie nach unten auf den halb umgebauten McDonald's, der den Highway I-90 festungsartig überragte.

Diesmal würde es anders ablaufen, da war sie ganz sicher. Die Kinder würden sich selber um dieses Haustier kümmern, denn ein Welpe hatte keine Schuppen und biss auch nicht. (»Ho HO!«, hatte Robert ausgerufen, als der Leguan ihn zum ersten Mal biss. »Ich sehe, du vertrittst eine entschiedene Meinung in der Sache!«)

Danke, lieber Gott, dachte sie, während der Lexus durch

das Maisfeld rauschte. Du hast mir so viel geschenkt: Kämpfe und die Kraft, sie zu überwinden; Gnade und jeden Tag neue Möglichkeiten, diese Gnade weiterzugeben. Und im Geiste sang sie laut, wie sie es manchmal tat, wenn sie spürte, dass die Welt gut war und sie endlich ihren Platz gefunden hatte: »Ho HO, ho HO!«

Callie zog den Vorhang beiseite.

Genau. Hammer. Es war einfach die *perfekte* Lösung.

Da hinten konnte er eine Menge machen. Ein Garten konnte eine ganze Welt sein, so wie ihr Garten, in dem sie als Kind gespielt hatte. Durch die drei Löcher in ihrem Holzzaun damals konnte sie Exxon sehen (Loch eins) und die Unfallecke (Loch zwei), und Loch drei bestand eigentlich aus zwei Löchern, bei denen die Augen, wenn man sie richtig in Position brachte, so komisch schielten, und man konnte Gott-bin-ich-high spielen und mit schielenden Augen wegtorkeln und »Peace, Man, Peace« sagen.

Wenn Bo erst mal älter wäre, würde sich alles ändern. Dann würde er seine Freiheit brauchen. Jetzt brauchte er nur eins: nicht draufgehen. Einmal hatten sie ihn ganz weit weg in der Testament Street gefunden. Und die lag jenseits der I-90. Wie war er da rübergekommen? Sie wusste es. Wie der Blitz. So überquerte er jede Straße. Einmal hatte ein völlig Fremder sie vom Hightown Plaza angerufen. Sogar Dr. Brile hatte es ihr gesagt: »Callie, dieser Junge wird eines Tages draufgehen, wenn Sie das nicht in den Griff kriegen. Nimmt er denn seine Medikamente?«

Tja, manchmal ja und manchmal nein. Von den Pillen knirschte er mit den Zähnen und ließ urplötzlich die Faust runtersausen. So hatte er schon Teller zerbrochen, einmal sogar eine Tischplatte aus Glas, das musste mit vier Stichen am Handgelenk genäht werden.

Heute brauchte er seine Medikamente nicht, weil er im Garten in Sicherheit war und weil sie es so *perfekt* gelöst hatte.

Er war da draußen und übte Werfen mit seinem Yankees-Helm, den hatte er mit Kieselsteinen gefüllt, die er gegen den Baum schleuderte.

Er sah hoch, bemerkte sie und machte die Nummer mit dem Luftkuss.

Süßer kleiner Mann.

Jetzt hatte sie nur noch eine Sorge, den Welpen. Sie hoffte, die Dame, die angerufen hatte, würde auch wirklich auftauchen. Es war ein hübscher Welpe. Weiß, mit Braun um ein Auge herum. Süß. Wenn die Dame auftauchte, würde sie ihn ganz bestimmt wollen. Und wenn sie ihn nahm, war Jimmy aus dem Schneider. Er hatte das damals mit den Kätzchen ganz schrecklich gefunden. Aber wenn keiner den Welpen wollte, würde er es wieder tun. Müssen. Weil er fand, wenn du sagst, du machst etwas und machst es dann nicht – so fangen Kids mit Drogen an. Außerdem war er auf einer Farm groß geworden, oder jedenfalls in der Nähe, und jeder, der auf einer Farm groß geworden ist, weiß, dass man bei kranken Tieren tun muss, was zu tun ist, oder bei zu vielen Tieren – weil der Welpe ja nicht krank war, nur zu viel.

Damals mit den Kätzchen hatten Brianna und Jessi ihn einen Mörder genannt, worüber sich Bo furchtbar aufregte, und Jimmy hatte gebrüllt: »Hört mal, Kinder, ich bin auf einer Farm groß geworden, und da muss man tun, was zu tun ist!« Dann, im Bett, hatte er geweint und gesagt, die Kätzchen hätten auf dem ganzen Weg zum Teich in der Tüte miaut, und er wünschte, er wäre nie auf einer Farm groß geworden, und beinahe hätte sie gesagt: »Du meinst, in der Nähe einer Farm« (sein Dad hatte außerhalb von Cortland eine Autowaschanlage gehabt), aber manchmal, wenn sie zu klugscheißerisch wurde, machte er diese Sache an ihrem Arm, wo er sie fest reinkniff und dann quer durchs Schlafzimmer tanzen ließ, als wäre die Stelle, wo er sie kniff, ihr Henkel oder was, und die ganze Zeit sagte: »Ich weiß nicht, ob ich ganz richtig verstanden habe, was du gerade zu mir gesagt hast.«

Drum hatte sie damals nach den Kätzchen bloß gesagt: »Ach, Schatz, du hast getan, was zu tun war.«

Und er darauf: »Ja, das hab ich wohl, aber es ist echt nicht leicht, Kinder richtig zu erziehen.«

Und dann, weil sie ihm nicht durch Klugscheißerei das Leben schwerer gemacht hatte, hatten sie dagelegen und Pläne gemacht, so, wir könnten doch hier alles verkaufen und nach Arizona gehen und eine Autowaschanlage kaufen, wir könnten doch den Kids *Lern spielend buchstabieren* kaufen, wir könnten doch Tomaten pflanzen, und dann waren sie langsam ins Herumbalgen gekommen, und dann (sie wusste gar nicht, warum sie sich das so gemerkt hatte) hatte er so ein, während er sie ganz fest umarmt hielt, so ein plötzliches Lachen/Verzweiflungsschnauben in ihre Haare hinein gemacht, wie ein Niesen oder als müsste er gleich heulen.

Was ihr das Gefühl gab, etwas Besonderes zu sein, dass er sich das bei ihr traute.

Also was sie heute Abend richtig toll fände? Den Welpen verkauft kriegen, die Kids früh ins Bett stecken, und dann, wenn Jimmy merkte, sie hatte das mit dem Welpen voll gemanagt, konnten sie noch rummachen und nachher daliegen und Pläne schmieden, und er konnte wieder dieses Lachen/ Schnauben da machen, in ihre Haare hinein.

Warum ihr das Lachen/Schnauben so viel bedeutete, null Ahnung. War wohl eine der komischen Seiten von dem »Wunder namens Callie«, hahaha.

Draußen sprang Bo auf die Füße, plötzlich neugierig, weil (jetzt geht's los) eben gerade die Dame, die angerufen hatte, vorfuhr?

Jawoll, und noch dazu in einem schicken Auto, sprich: Mist, dass sie »billig« in die Anzeige geschrieben hatte.

Abbie quäkte: »Den find ich süß, Mommy, den will ich!«, als der Welpe trübe aus seinem Schuhkarton hochsah und die Dame des Hauses wegschlurfte und eins-zwei-drei-vier eben mal vier *Hundehäufchen* vom Teppich klaubte.

Na wow, dachte Marie, was für ein super Ausflug für die Kinder, haha (der Dreck, der Schimmelgeruch, das trockene Aquarium mit der einbändigen Enzyklopädie drin, die Pastaschüssel im Bücherregal, aus der aus unerfindlichen Gründen eine aufblasbare Zuckerstange ragte), und obwohl sich manch einer mit Grausen gewendet hätte (angesichts des Ersatzreifens *auf dem Esstisch* und der tristen Mutterhündin, vermutlich die Kackerin des Hauses, die ihr Hinterteil über einen Stapel Kleider in der Ecke zog und sich dann mit gespreizten Hinterbeinen und einem tumb-genüsslichen Gesichtsausdruck darauf niederließ), wurde Marie klar (während sie den Drang, zur Spüle zu laufen und sich die Hände zu waschen, unterdrückte, teilweise auch, weil in der Spüle ein *Basketball* lag), dass das hier vor allem eines war, nämlich todtraurig.

*Bitte fasst nichts an, bitte nichts anfassen,* sagte sie zu Josh und Abbie, aber nur in ihrem Kopf, die Kinder sollten miterleben, wie demokratisch und offen sie war, und nachher konnten sie sich alle in dem halb umgebauten McDonald's gründlich die Hände waschen, solange sie sich bitte bitte einfach nicht die Hand in den Mund steckten oder, Gott behüte, die Augen rieben.

Das Telefon klingelte, und die Dame des Hauses stapfte in die Küche und legte die zierlich gehaltenen und appetitlich in Haushaltsrolle geschlagenen Hundehäufchen *auf die Arbeitsfläche.*

»Mommy, den will ich«, sagte Abbie.

»Ich geh bestimmt so zweimal am Tag mit ihm raus«, sagte Josh.

»Sag nicht ›so‹«, sagte Marie.

»Ich geh bestimmt zweimal am Tag mit ihm raus«, sagte Josh.

Na schön, na gut, dann würden sie eben einen Hund von ungepflegten weißen Asozialen adoptieren. Haha. Sie konnten ihn Zeke nennen, ihm eine kleine Maiskolbenpfeife und einen Strohhut kaufen. Sie stellte sich den Welpen vor, wie er gerade auf den Teppich gekackt hatte und zu ihr hochschaute, *kann nich anners.* Aber was denn. War *sie* etwa aus einem perfekten Elternhaus gekommen? Alles ließ sich verändern. Sie stellte sich den Welpen als ausgewachsenen Hund vor, der sich ein paar Freunde nach Hause eingeladen hatte und mit britischem Akzent zu ihnen sagte: *Meine Herkunftsfamilie zählte, ähm, eher nicht zu den, sagen wir, angesehensten ...*

Haha, wow, der Geist war doch verblüffend, was er da ständig auswarf an –

Marie trat ans Fenster und war, als sie aus anthropologischem Interesse das Rollo zur Seite schob, schockiert, so schockiert, dass sie das Rollo zurückfallen ließ und den Kopf schüttelte, als müsste sie wach werden, schockiert, einen Jungen zu sehen, der nur wenige Jahre jünger war als Josh und ein Geschirr trug und an einen Baum gekettet war, über irgendein Dingens, durch das – sie zog das Rollo wieder weg, sie konnte doch wohl nicht gesehen haben, was sie zu sehen geglaubt hatte –

Wenn der Junge losrannte, spulte sich die Kette ab. Er rannte jetzt, schaute zu ihr zurück, angeberisch. Als er das Ende der Kette erreichte, ruckte es, und er fiel hin wie erschossen.

Er erhob sich in eine sitzende Haltung, schimpfte über die Kette, schlug sie hin und her und kroch dann auf einen Napf mit Wasser zu, den er zum Mund führte, um einen Schluck zu trinken: einen Schluck Wasser *aus einem Hundenapf.*

Josh stellte sich neben sie ans Fenster.

Sie ließ ihn hinsehen.

Er sollte erfahren, dass die Welt nicht nur aus Unterricht und Leguanen und Nintendo bestand. Sondern auch aus diesem verdreckten, beschränkten Jungen, der wie ein Tier angebunden war.

Sie erinnerte sich, wie sie aus dem Schrank kam, und überall lag die Wäsche ihrer Mutter verstreut herum, und die orangen Klamotten des Kanalarbeiters hingen alle auf einem Metallbügel. Sie erinnerte sich, wie sie vor der Schule in der bitteren Kälte wartete, der Schnee fiel immer heftiger, und sie zählte immer wieder bis zweihundert und nahm sich jedes Mal vor, sobald sie zweihundert erreichte, würde sie sich zu Fuß auf den langen Nachhauseweg machen –

Gott, was hätte sie darum gegeben, wenn nur ein einziger anständiger Erwachsener ihrer Mutter gegenübergetreten wäre, sie geschüttelt und gesagt hätte: »Sie dumme Kuh, das ist Ihr Kind, Ihr Kind, das Sie –«

»Na, Leute, wie wollt ihr ihn nennen?«, sagte die Frau, als sie aus der Küche trat.

Grausamkeit und Ignoranz strahlten aus ihrem fetten Gesicht mit dem kleinen Lippenstiftflecken.

»Ich fürchte, wir nehmen ihn doch nicht«, sagte Marie kalt.

Was für ein Aufschrei von Abbie! Aber Josh – sie musste ihn nachher unbedingt loben, ihm vielleicht das Zusatzpaket Italienisches Brot kaufen – zischte Abbie irgendetwas zu, und schon waren sie auf dem Weg nach draußen, durch die zugemüllte Küche (vorbei an einer Art *Kurbelwelle* auf einem Blatt Backpapier, vorbei an einem Stück roter Paprika, das in einer *Büchse grüner Farbe* schwamm), während die Dame des Hauses hinter ihnen hertrippelte und sagte: »Halt, halt, Sie können ihn umsonst haben, bitte nehmen Sie ihn doch« – sie wollte wirklich, dass sie ihn nahmen.

Nein, sagte Marie, sie könnten ihn zur Zeit wirklich nicht nehmen, sie habe das Gefühl, man solle wirklich nicht etwas besitzen, wenn man nicht bereit sei, sich auch richtig darum zu kümmern.

»Oh«, sagte die Frau und sackte in der Tür in sich zusammen, den zappelnden Welpen über einer Schulter.

Draußen im Lexus fing Abbie leise an zu weinen und sagte: »Aber das war wirklich der perfekte Welpe für mich.«

Und er war auch ein hübscher Welpe, aber Marie wollte zu einer solchen Situation nicht das Geringste beitragen.

Wollte sie einfach nicht.

Der Junge kam an den Zaun. Hätte sie ihm nur mit einem einzigen Blick sagen können, *Das Leben wird nicht immer so sein. Dein Leben könnte ganz plötzlich zu etwas Wunderschönem aufblühen. Es kann passieren. Mir ist es passiert.*

Aber heimliche Blicke, Blicke, die ganze Welten der Bedeutung übermitteln konnten mit ihrem subtilen Blablabla – alles Blödsinn. Kein Blödsinn allerdings war ein Anruf beim Jugendamt, wo sie Linda Berling kannte, eine Frau, die nicht lange fackelte und diesen armen Jungen so schnell da rausholen würde, dass seiner fetten Mutter der tumbe Kopf nur so schwirrte.

Callie rief: »Bo, gleich zurück!«, und lief, den Mais mit ihrem Nichtwelpen-Arm aus dem Weg wischend, so lange, bis nur noch Mais und Himmel zu sehen waren.

Er war so klein, dass er sich nicht rührte, als sie ihn absetzte, er schnüffelte nur ein bisschen und kippte zur Seite.

Ach, was machte das schon für einen Unterschied, in einer Tüte ersäuft oder in einem Maisfeld verhungert? Auf diese Weise musste es Jimmy wenigstens nicht machen. Er hatte genug Sorgen. Der Junge, den sie einst kennengelernt hatte, mit hüftlangen Haaren, war heute ein alter, sorgenverschrumpelter Mann. Was das Geld betraf, sie hatte sechzig beiseitegelegt. Sie würde ihm zwanzig davon geben und sagen: »Die Leute, die den Welpen gekauft haben, waren supernett.«

*Nicht zurückschauen, nicht zurückschauen*, sagte sie sich, während sie durch den Mais davonrannte.

Dann marschierte sie die Teallback Road entlang wie eine Walkerin, wie eine Dame, die jeden Abend hier Walking machte, um schlank zu werden, nur dass sie selber, das wusste sie, alles andere als schlank war, und genauso wusste sie, dass man Walking nicht in Jeans und offen stehenden Wanderstiefeln machte. Haha! Sie war ja nicht blöd. Sie traf nur schlechte Entscheidungen. Einmal hatte Schwester Lynette gesagt, das wusste sie noch: »Callie, du bist schon klug, aber du neigst zu Dingen, die dir nicht guttun.« *Tja, Schwester, da haben Sie wohl recht*, sagte sie im Geiste zu der Nonne. Aber Scheiß drauf. Schwamm drüber. Sobald die Dinge in puncto Geld erst mal besser standen, würde sie sich ein Paar anständige Turnschuhe besorgen und mit dem Walking anfangen und schlank werden. Und auf die Abendschule gehen. Schlanker. Vielleicht auf MTA hin. Richtig schlank würde sie nie werden. Aber Jimmy mochte sie so, wie sie war. Und sie mochte ihn so, wie er war. Vielleicht war das Liebe: wenn man jemanden so mochte, wie er war, und ihm half, noch besser zu werden.

So wie sie im Augenblick Jimmy half, indem sie ihm das Leben leichter machte, indem sie etwas tötete, damit er – nein. Sie tat nur eins, Walking, und zwar weg von –

Was hatte sie gerade gedacht? Das war gut gewesen. *Liebe ist, wenn man jemanden so mag, wie er ist, und ihm hilft, noch besser zu werden.*

Bo zum Beispiel, der war nicht perfekt, aber sie liebte ihn, wie er war, und versuchte ihm zu helfen, noch besser zu werden. Wenn sie es schafften, ihm Sicherheit zu geben, würde er vielleicht etwas ruhiger werden mit den Jahren. Wenn er ruhiger würde, könnte er vielleicht eines Tages eine Familie gründen. Ja, jetzt saß er da im Garten, ganz ruhig, und guckte die Blumen an. Klopfte mit seinem Baseballschläger vor sich hin, ziemlich glücklich. Er sah hoch, winkte ihr mit dem Schläger zu, schenkte ihr das besondere Lächeln. Gestern hatte er noch todunglücklich im Haus festgesessen. Als der Tag vorbei war, hatte er vor lauter Frust im Bett geschrien. Und heute guckte er sich Blumen an. Wer war auf diese Idee gekommen, die Idee, die aus heute einen besseren Tag gemacht hatte als gestern? Wer liebte ihn genug, um darauf zu kommen? Wer liebte ihn mehr als irgendwer sonst auf der Welt?

Sie.

Sie war das.

# FLUCHT AUS DEM SPINNENKOPF

## I

»Infusion läuft?«, sagte Abnesti über Lautsprecher.

»Was ist drin?«, fragte ich.

»Selten so gelacht«, sagte er.

»Roger«, sagte ich.

Abnesti betätigte seine Fernbedienung. Mein MobiPak™ surrte. Schon bald sah der Innere Garten echt hübsch aus. Alles wirkte gestochen scharf.

Ich sagte laut, was ich fühlte, so wie ich es sollte.

»Garten sieht hübsch aus«, sagte ich. »Gestochen scharf.«

Abnesti sagte: »Jeff, wie wär's, wir boosten die Sprachzentren mal?«

»Klar«, sagte ich.

»Infusion läuft?«, sagte er.

»Roger«, sagte ich.

Er fügte der Infusion etwas Verbaluce™ bei, und schon bald fühlte ich dasselbe, formulierte es aber besser. Der Garten sah immer noch hübsch aus. Es war so, als wären die Büsche total dicht und die Sonne würde alles hervorheben? Es war, als würden jeden Augenblick irgendwelche Viktorianer mit ihren Teetassen reinspazieren. Es war, als wäre der Garten zu einer Verkörperung häuslicher Träume geworden, einem wesentlichen Grundbestandteil des menschlichen Bewusstseins. Es war, als könnte ich plötzlich in dieser zeitgenössischen Miniatur die antike Entsprechung erkennen, durch die Plato vielleicht mit einigen Zeitgenossen geschlendert war; kurz, ich spürte das Ewige im Flüchtigen.

Ich saß da, angenehm in diese Gedanken vertieft, bis das Verbaluce™ nachließ. So dass der Garten wieder nur hübsch aussah. Es hatte irgendwie mit den Büschen und was noch mal zu tun? Man hätte am liebsten nur so dagelegen und Sonnenstrahlen eingefangen und sich seinen glücklichen Gedanken hingegeben, so die Wirkung. Wenn Sie verstehen, was ich meine.

Dann ließ noch irgendwas in der Infusion nach, und ich hatte gar kein rechtes Gefühl mehr zu dem Garten. Mein Mund war allerdings trocken, und im Bauch fühlte es sich so post-Verbaluce™-mäßig an.

»Und das Coole an dem Zeug?«, sagte Abnesti. »Folgendes, nehmen wir an, ein Typ muss lang aufbleiben, um eine Grenze zu bewachen. Oder steht vor einer Schule, wartet auf sein Kind und langweilt sich. Aber in der Nähe gibt es ein Stück Natur? Oder sagen wir, ein Parkwächter, der eine Doppelschicht fahren muss?«

»Das wird echt cool«, sagte ich.

»Das ist ED763«, sagte er. »Wir überlegen, es NatuGleit zu nennen. Oder vielleicht ErdGlück.«

»Die sind beide gut«, sagte ich.

»Danke für Ihre Hilfe, Jeff«, sagte er.

Das sagte er immer.

»Nur noch eine Million Jahre«, sagte ich.

Das sagte ich immer.

Dann sagte er: »Verlassen Sie jetzt den Inneren Garten, Jeff, und begeben Sie sich in den Kleinen Arbeitsraum 2.«


## II


In den Kleinen Arbeitsraum 2 schickten sie so ein blasses großes Mädchen.

»Was meinen Sie?«, sagte Abnesti über Lautsprecher.

»Ich?«, fragte ich. »Oder sie?«

»Beide«, sagte Abnesti.

»Ziemlich gut«, sagte ich.

»Okay, ja«, sagte sie. »Normal.«

Abnesti forderte uns auf, uns gegenseitig quantifizierbarer zu bewerten, bezüglich gutaussehend und sexy.

Wie es aussah, fanden wir uns eher durchschnittlich, also weder sehr anziehend noch abstoßend, beiderseits.

Abnesti sagte: »Jeff, Infusion läuft?«

»Roger«, sagte ich.

»Heather, Infusion läuft?«, sagte er.

»Roger«, sagte Heather.

Dann schauten wir uns an, so, Was kommt als Nächstes?

Als Nächstes kam Folgendes: Heather sah schon bald supergut aus. Und ich merkte, das fand sie auch von mir. Es passierte dermaßen plötzlich, dass wir beide irgendwie lachen mussten. Wie konnten wir übersehen haben, wie süß das Gegenüber aussah? Zum Glück gab es eine Couch in dem Arbeitsraum. Es fühlte sich so an, als hätte unsere Infusion neben dem Zeug, das sie gerade testen wollten, auch ED556 drin, was die Schamschwelle so ungefähr auf Null runterschraubt. Denn bald legten wir los, da auf der Couch. Es lief megaheiß. Und nicht bloß so rammelnde-Köter-mäßig. Heiß, ja, aber auch genau richtig. So als hättest du dein ganzes Leben von einem bestimmten Mädchen geträumt, und plötzlich ist sie da im selben Arbeitsraum wie du.

»Jeff«, sagte Abnesti. »Ich hätte gern Ihr Einverständnis, dass wir Ihre Sprachzentren boosten.«

»Nur zu«, sagte ich, jetzt unter ihr.

»Infusion läuft?«, fragte er.

»Roger«, sagte ich.

»Ich auch?«, sagte Heather.

»Kriegen Sie«, sagte Abnesti lachend. »Infusion läuft?«

»Roger«, sagte sie, ganz außer Atem.

Bald nachdem wir in den Genuss der günstigen Wirkung des in unsere Infusionen laufenden Verbaluce™ gekommen waren, fickten wir nicht nur echt gut, sondern redeten auch ziemlich krass dabei. Statt nur so die üblichen Sexsätze abzusondern (Marke »wow« und »o Gott« und »ouh ja« und so weiter), gingen wir jetzt zum Freestyle über, von wegen unserer Empfindungen und Eindrücke, in gehobener Sprache, mit achtzig Prozent aufgestocktem Vokabular, und unsere wohlformulierten Gedanken wurden zwecks späterer Analyse aufgenommen.

Mein Gefühl entsprach in etwa Verblüffung, als mich eine Ahnung befiel, dass diese Frau in Echtzeit direkt von meinem eigenen Geist erschaffen wurde, gemäß meinen tiefsten Sehnsüchten. Endlich, nach all den Jahren (so dachte ich) hatte ich genau das Zusammenspiel aus Körper/Gesicht/Geist gefunden, das für mich alles Begehrenswerte personifizierte. Wie ihr Mund schmeckte, wie der Halo blonder Haare rings um ihr engelhaftes und zugleich unanständiges Gesicht prangte (jetzt war sie unter mir, die Beine ganz hoch), sogar (ohne jetzt derb reden oder meine erhabenen Gefühle beflecken zu wollen) die Empfindungen, die ihre Vagina entlang meinem zustoßenden Penis hervorrief, entsprachen haargenau dem, wonach ich mich immer gesehnt hatte, obwohl mir bis zu diesem Augenblick nie klar gewesen war, wie brennend diese Sehnsucht war.

Will sagen: Ein Begehren entstand, und zeitgleich entstand auch die Befriedigung dieses Begehrens. Es war, als ob a) ich mich nach einem bestimmten (bisher ungeschmeckten) Geschmack sehnte, bis b) diese Sehnsucht nahezu unerträglich wurde, und als ob ich dann c) einen Bissen mit genau diesem Geschmack bereits in meinem Mund vorfand, was mein Begehren vollkommen befriedigte.

Jede Äußerung, jede Anpassung der Körperhaltung zeugte von derselben Tatsache: Wir kannten uns schon seit Ewigkeiten, waren Seelenverwandte, waren uns in zahlreichen früheren Leben begegnet und hatten uns geliebt und würden uns in vielen zukünftigen Leben wiederbegegnen und lieben, immer mit denselben transzendierend verblüffenden Ergebnissen.

Dann kam es zu einem schwer greifbaren, aber sehr realen Abdriften in Traumsequenzen, die sich am besten als eine Art nicht-narrativer mentaler Landschaften beschreiben lassen, mit anderen Worten, eine Reihe undeutlicher Bilder vor dem geistigen Auge, Orte, an denen ich nie gewesen war (ein

Tal, dicht bestanden mit Kiefern, in einem hohen weißen Gebirge; eine Art Chalet in einer Sackgasse, dessen Garten von tolkienhaften Bäumen überwuchert war) und die allesamt tiefe Nostalgie auslösten, Sehnsüchte, die sich bald zu einer zentralen Sehnsucht verbanden und verdichteten, nämlich dem intensiven Begehren nach dieser Frau, Heather, und niemand sonst.

Dieses Phänomen der Landschaften vorm geistigen Auge war am stärksten bei unserer dritten (!) Runde. (Offenkundig hatte Abnesti meiner Infusion auch noch etwas Vivisteif$^{TM}$ beigefügt.)

Danach strömten unsere Liebesbeteuerungen simultan, sprachlich komplex und metaphernreich hervor: Ich möchte geradezu behaupten, wir waren Dichter geworden. Wir durften mit verschlungenen Gliedern fast eine Stunde liegen bleiben. Das war Seligkeit. Das war Vollkommenheit. Das war das Unmögliche: ein Glück, das nicht dahinwelkt, damit die zarten Triebe irgendeines neuen Begehrens aufkeimen können.

Wir kuschelten mit einer Begierde/Beharrlichkeit, die mit der Begierde/Beharrlichkeit unserer vorherigen Bumserei wetteiferte. Dem Kuscheln fehlte im Vergleich zum Bumsen nichts, will ich damit sagen. Wir wälzten uns herum wie liebevoll spielerische Welpen, oder wie Eheleute, die sich zum ersten Mal wiedersehen, nachdem einer von ihnen dem Tod ins Auge geblickt hat. Alles erschien feucht, durchlässig, *sagbar.*

Dann flaute irgendwas in der Infusion ab. Ich denke, Abnesti hatte das Verbaluce$^{TM}$ rausgenommen? Und vielleicht auch den Schamreduzierer? Im Grunde schrumpelte alles allmählich ein. Plötzlich wurden wir scheu. Aber immer noch liebevoll. Wir versuchten, post-Verbaluce™ zu reden: immer ein unbeholfener Vorgang.

Aber ich konnte in ihren Augen lesen, dass sie immer noch Liebe für mich empfand.

Und ich empfand definitiv immer noch Liebe für sie.

Und warum auch nicht? Wir hatten gerade dreimal miteinander gebumst! Warum heißt es wohl »Liebe machen«? Das hatten wir gerade dreimal gemacht: Liebe.

Dann sagte Abnesti: »Infusion läuft?«

Wir hatten sogar fast vergessen, dass er immer noch hinter seinem Polizeispiegel saß.

Ich sagte: »Müssen wir? Es gefällt uns doch gerade so gut.«

»Wir wollen bloß versuchen, euch wieder auf den Boden zu holen, Leute«, sagte er. »Wir haben heute noch mehr zu erledigen.«

»Scheiße«, sagte ich.

»Mist«, sagte sie.

»Infusion läuft?«, sagte er.

»Roger«, sagten wir.

Schon bald veränderte sich etwas. Ich meine, sie war okay. Ein gutaussehendes blasses Mädchen. Aber nichts Besonderes. Und ich konnte sehen, dass sie dasselbe von mir fand, von wegen: Was sollte das Riesentheater denn eben?

Warum hatten wir nichts an? Wir zogen uns superschnell wieder an.

Irgendwie peinlich.

Liebte ich sie? Liebte sie mich?

Ha.

Nein.

Dann war es Zeit für sie zu gehen. Wir schüttelten uns die Hände.

Dann ging sie raus.

Das Mittagessen kam rein. Auf einem Tablett. Spaghetti mit Hühnchenstücken.

Mann, hatte ich einen Hunger.

Beim Mittagessen dachte ich die ganze Zeit nach. Es war merkwürdig. Ich erinnerte mich daran, Heather gebumst zu haben, erinnerte mich an die Gefühle für sie und an die Dinge, die ich zu ihr gesagt hatte. Ich hatte quasi einen rauen Hals, so viel hatte ich gesagt und so schnell hatte ich es unbedingt loswerden müssen. Aber die Gefühle selbst? *Nada*, so gut wie.

Nur heiße Wangen und etwas Scham, von wegen dreimal vor Abnesti gebumst.

# III

Nach dem Mittagessen kam ein anderes Mädchen rein.

Ungefähr gleichermaßen so lala. Dunkle Haare. Durchschnittliche Figur. Nichts Besonderes, genau wie Heather, die beim Reinkommen erst mal auch nichts Besonderes gehabt hatte.

»Das ist Rachel«, sagte Abnesti über Lautsprecher. »Das ist Jeff.«

»Hi, Rachel«, sagte ich.

»Hi, Jeff«, sagte sie.

»Infusion läuft?«, sagte Abnesti.

Wir rogerten.

Das Gefühl, das ich schon bald empfand, hatte etwas überaus Vertrautes. Plötzlich sah Rachel supergut aus. Abnesti fragte unser Einverständnis ab, für das Boosten unserer Sprachzentren mittels Verbaluce™. Wir rogerten. Und bald fickten auch wir wie die Kaninchen. Bald sprachen auch wir wie sprachgewandte Irre über unsere Liebe. Und wieder entstanden bestimmte Empfindungen, um meinen gleichzeitig entstehenden verzweifelten Hunger nach genau diesen Empfindungen zu stillen. Bald wurde meine Erinnerung an den perfekten Geschmack von Heathers Mund überschrieben durch die Gegenwart des Geschmacks von Rachels Mund: so viel eindeutiger der Geschmack, den ich jetzt begehrte. Ich fühlte nie dagewesene Emotionen, obgleich diese nie dagewesenen Emotionen (das erkannte ich irgendwo in meinem Bewusstsein) exakt *dieselben* Emotionen waren, die ich zuvor gefühlt hatte, für jene inzwischen unwürdig erscheinende Hülle Heather. Ich will damit sagen, Rachel war's. Ihre schmale Taille, ihre Stimme, ihr Mund/ihre Hände/ihre Lenden, allesamt hungrig – sie waren's.

Ich liebte Rachel so sehr.

Dann kamen die geographischen Traumsequenzen (siehe oben): dasselbe Tal voller Kiefern, dasselbe chaletartige Haus, begleitet von derselben Sehnsucht-nach-Orten, die sich in eine Sehnsucht nach (diesmal) Rachel verwandelte. Während wir weiterhin einen Pegel sexueller Energie hielten, der ein, ich will es mal so beschreiben, immer enger werdendes Gummiband der Süße um unsere Brustgegend spannte, wodurch wir sowohl verbunden als auch vorwärtsgetrieben wurden, flüsterten wir fiebrig (präzise, poetisch), wie lange wir uns schon zu kennen meinten, mit anderen Worten, seit Ewigkeiten.

Wieder belief sich die Anzahl unserer Liebesakte auf drei.

Dann kam, wie zuvor, das Schrumpeln. Wir redeten nicht mehr so erstklassig. Weniger Worte, kürzere Sätze. Aber ich liebte sie immer noch. Liebte Rachel. Alles an ihr schien einfach *perfekt* zu sein: das Muttermal auf ihrer Wange, ihr schwarzes Haar, der kleine Powackler, den sie ab und zu machte, als wollte sie sagen: Mmmm, war das gut.

»Infusion läuft?«, fragte Abnesti. »Wir versuchen jetzt, euch wieder auf den Boden zu holen.«

»Roger«, sagte sie.

»Äh, Moment mal«, sagte ich.

»Jeff«, sagte Abnesti verärgert, als wollte er mich daran erinnern, dass ich nicht aus freiem Willen hier war, sondern weil ich ein Verbrechen begangen hatte, für das ich meine Zeit absitzen musste.

»Roger«, sagte ich. Und schenkte Rachel einen letzten Blick voller Liebe, ich wusste ja (anders als sie), dass das der letzte Blick voller Liebe sein würde, den ich ihr schenkte.

Bald kam sie mir nur noch okay vor, wie ich ihr. Sie schaute, wie Heather, peinlich berührt drein, so: Was war denn das grad eben? Warum bin ich bloß mit diesem Otto Normalverbraucher hier so durch die Decke gegangen?

Liebte ich sie? Oder sie mich?

Nein.

Als es Zeit für sie war zu gehen, schüttelten wir uns die Hände.

Am unteren Rücken, wo sie meinen MobiPak$^{TM}$ operativ befestigt hatten, war ich wund von den vielen Stellungswechseln. Plus endlos müde. Plus total traurig. Warum traurig? War ich nicht ein Macker? Hatte ich nicht gerade zwei verschiedene Mädchen gebumst, insgesamt sechsmal, an einem Tag?

Und doch war ich, ehrlich gesagt, so traurig wie noch nie.

Wahrscheinlich machte mich traurig, dass die Liebe nicht echt war? Oder jedenfalls nicht besonders echt? Wahrscheinlich machte mich traurig, dass sich die Liebe so echt anfühlen und eine Minute später weg sein konnte, und nur, weil Abnesti irgendwas machte.

# IV

Nach der Zwischenmahlzeit rief mich Abnesti ins Kommando. Das Kommando ähnelt dem Kopf einer Spinne. Deren diverse Beine unsere Arbeitsräume sind. Manchmal mussten wir Abnesti im Kopf der Spinne zuarbeiten. Oder, wie wir es nannten: im Spinnenkopf.

»Hinsetzen«, sagte er. »Schauen Sie in den Großen Arbeitsraum I.«

Im Großen Arbeitsraum I saßen Heather und Rachel nebeneinander.

»Erkennen Sie sie?«, fragte er.

»Ha«, sagte ich.

»So«, sagte Abnesti. »Jetzt werde ich Sie vor eine Entscheidung stellen, Jeff. Folgendes ist unser Spiel. Sehen Sie diese Fernbedienung? Sagen wir so, Sie können auf diesen Knopf drücken, dann kriegt Rachel Dunkelfloxx™. Oder Sie drücken diesen Knopf hier, dann kriegt Heather das Dunkelfloxx™. Verstehen Sie? Ihre Wahl.«

»Die haben Dunkelfloxx™ in ihren Mobipaks™?«, fragte ich.

»Sie alle haben Dunkelfloxx™ in Ihren Mobipaks™, Dummerchen«, sagte Abnesti liebevoll. »Verlaine hat es am Mittwoch eingefüllt. Als Vorbereitung auf genau diese Studie.«

Na, das machte mich jetzt aber nervös.

Versuchen Sie sich mal daran zu erinnern, wie es Ihnen richtig schlecht ging, so schlecht wie noch nie. Dieses Gefühl hoch zehn kommt nicht mal in die Nähe von dem, was Dunkelfloxx™ mit Ihnen macht. Das eine Mal, als es uns bei der Einführung verabreicht wurde, ganz kurz, zu Demonstrationszwecken, ein Drittel der Dosis, die jetzt auf Abnestis Fernbedienung ausgewählt war? Noch nie ist es mir so grässlich gegangen. Wir saßen alle mit gesenkten Köpfen da und stöhnten, so, Wie konnten wir jemals das Gefühl haben, das Leben sei lebenswert?

Ich mag nicht mal daran denken.

»Wie entscheiden Sie, Jeff?«, sagte Abnesti. »Kriegt Rachel das Dunkelfloxx™? Oder Heather?«

»Das kann ich nicht sagen«, sagte ich.

»Müssen Sie aber«, sagte er.

»Kann ich nicht«, sagte ich. »Das wäre so willkürlich.«

»Sie finden, Ihre Wahl wäre willkürlich«, sagte er.

»Ja«, sagte ich.

Und das stimmte auch. Es war mir eigentlich egal. Es war so, als würde ich *Sie* in den Spinnenkopf setzen und sagen: Welche von diesen beiden Fremden möchten Sie lieber in das dunkle Tal des Todes schicken?

»Zehn Sekunden«, sagte Abnesti. »Wir versuchen mit diesem Test herauszufinden, ob noch Reste von Zuneigung in Ihnen verblieben sind.«

Es war ja nicht so, dass ich sie beide mochte. Ganz ehrlich hatte ich ihnen beiden gegenüber neutrale Gefühle. So als hätte ich keine von beiden je gesehen, geschweige denn gebumst. (Ich schätze, ich will damit sagen, die hatten es wirklich geschafft, mich auf den Boden zurückzuholen.)

Aber nachdem ich einmal gedunkelfloxx™t worden war, wollte ich das einfach niemandem antun. Nicht einmal jemandem, den ich nicht besonders mochte oder gar hasste.

»Fünf Sekunden«, sagte Abnesti.

»Ich kann mich nicht entscheiden«, sagte ich. »Es ist willkürlich.«

»Vollkommen willkürlich?«, sagte er. »Okay. Dann gebe ich Heather das Dunkelfloxx™.«

Ich saß einfach da.

»Nein, besser gesagt«, sagte er, »ich gebe es Rachel.«

Saß einfach nur da.

»Jeff«, sagte er. »Sie haben mich überzeugt. Für Sie wäre es willkürlich. Sie haben tatsächlich keine Präferenz. Das sehe ich. Und deshalb muss ich es nicht tun. Verstehen Sie, was wir gerade gemacht haben? Mit Ihrer Hilfe? Zum ersten Mal? Via ED289/290 in Folge? Was wir heute getestet haben? Sie müssen zugeben: Sie waren verliebt. Zweimal. Stimmt's?«

»Ja«, sagte ich.

»Sehr verliebt«, sagte er. »Zweimal.«

»Ich hab doch ja gesagt«, sagte ich.

»Aber Sie haben jetzt keine Präferenz formuliert«, sagte er. »Ergo ist keine Spur dieser beiden großen Lieben geblieben.

Sie sind völlig davon gereinigt. Wir haben Sie hochgeschraubt und wieder runtergebracht, und jetzt sitzen Sie hier, emotional genau da, wo Sie vor unserer Testreihe waren. Das ist Power, das ist Hammer. Wir haben ein mysteriöses ewiges Geheimnis entschlüsselt. Eine bahnbrechende, fantastische Sache! Angenommen, jemand kann nicht lieben? Jetzt kann er oder sie es. Wir können ihn oder sie dazu bringen. Angenommen, jemand liebt zu sehr? Oder liebt jemanden, der oder die von seinem oder ihrem Betreuer als unpassend erachtet wird? Wir können den ganzen Mist runterfahren. Angenommen, jemand hat den Blues, der großen Liebe wegen? Wir schalten uns ein, alternativ auch sein oder ihr Betreuer: Schluss mit Blues. In puncto emotionale Kontrollierbarkeit sind wir keine dahintreibenden Schiffe mehr. Keiner. Wir sehen ein Schiff dahintreiben, wir klettern an Bord, installieren ein Ruder. Und führen ihn/sie zur Liebe. Oder weg von ihr. ›All You Need Is Love‹, heißt es immer? Schaut mal, hier kommt ED289/290. Können wir den Krieg beenden? Wir können ihn schon mal runterschrauben, todsicher. Plötzlich fangen die Soldaten auf beiden Seiten an zu ficken. Oder mögen sich total, bei geringer Dosierung. Oder angenommen, wir haben zwei Diktatoren, die sich auf den Tod nicht ausstehen können. Angenommen, ED289/290 entwickelt sich auch schön in Pillenform, dann tu ich jedem von ihnen einfach was davon in den Drink. Schon bald stecken sie sich gegenseitig die Zunge in den Hals, und Friedenstauben kacken ihnen auf die Epauletten. Oder, je nach Dosis, sie fallen sich bloß in die Arme. Und wer hat uns geholfen, das zu schaffen? Sie waren das.«

Die ganze Zeit hatten Rachel und Heather im Großen Arbeitsraum 1 nur dagesessen.

»Das war's, Mädels, danke«, sagte Abnesti über Lautsprecher.

Und sie gingen, ohne zu ahnen, dass ihnen das Dunkelfloxx™ fast aus allen Löchern gekommen wäre.

Verlaine brachte sie hinten raus, d. h. nicht durch den Spinnenkopf, sondern durch die Hintergasse. Die eigentlich gar keine Gasse ist, nur ein Flur mit Teppichboden, der zurück zu unserem Bereichscluster führt.

»Überlegen Sie mal, Jeff«, sagte Abnesti. »Überlegen Sie mal, wenn Sie an Ihrem schicksalhaften Abend von ED289/290 profitiert hätten.«

Ehrlich gesagt war ich es langsam leid, dass er immer von meinem schicksalhaften Abend redete.

Den hatte ich sofort danach bedauert, und das hatte sich danach nur verstärkt, und jetzt bedauerte ich das Ganze so sehr, dass mein Bedauern kein bisschen stärker wurde, wenn er es mir ein weiteres Mal reinrieb, ich fand bloß, dass er ein ziemliches Arschloch war.

»Kann ich jetzt ins Bett?«, fragte ich.

»Noch nicht«, sagte Abnesti. »Das dauert noch Stunden, bis Sie schlafen.«

Dann schickte er mich in den Kleinen Arbeitsraum 3, wo ein Kerl saß, den ich nicht kannte.

## V

»Rogan«, sagte der Kerl.

»Jeff«, sagte ich.

»Was geht?«, sagte er.

»Nicht viel«, sagte ich.

Wir saßen lange da, angespannt, ohne weiterzureden.

Ich wartete die ganze Zeit darauf, dass ich plötzlich Lust kriegte, Rogan zu bespringen.

Aber nichts.

Etwa zehn Minuten vergingen.

Wir haben hier ganz schön harte Burschen drin. Ich bemerkte, dass sich Rogan eine Ratte auf den Hals hatte tätowieren lassen, eine Ratte, die gerade mit einem Messer durchbohrt worden war und weinte. Doch selbst unter Tränen erstach sie noch eine kleinere Ratte, die bloß überrascht dreinschaute.

Schließlich meldete sich Abnesti über Lautsprecher.

»Das war's, Jungs, danke«, sagte er.

»Was war das denn für n Scheiß?«, sagte Rogan.

Gute Frage, Rogan, dachte ich. Warum hatten sie uns da einfach sitzen lassen? Genau wie sie Heather und Rachel da einfach hatten sitzen lassen? Dann hatte ich eine Ahnung. Um meine Ahnung zu testen, sprintete ich kurz in den Spinnenkopf. Den Abnesti immer unabgeschlossen ließ, um zu demonstrieren, wie sehr er uns vertraute und wie wenig er uns fürchtete.

Und ratet mal, wer da drin war?

»Hey, Jeff«, sagte Heather.

»Jeff, raus mit dir«, sagte Abnesti.

»Heather, hat Mr Abnesti dich gerade wählen lassen, wer

von uns, Rogan oder ich, eine Ladung Dunkelfloxx™ kriegen soll?«, fragte ich.

»Ja«, sagte Heather. Sie muss wohl auf VeriSprech™ gewesen sein, weil sie die Wahrheit sagte, obwohl Abnesti versuchte, sie mit einem vernichtenden Blick zum Schweigen zu bringen.

»Hast du vor kurzem mit Rogan gefickt, Heather?«, sagte ich. »Zusätzlich zu dem Fick mit mir? Und hast du dich auch in ihn verliebt, so wie in mich?«

»Ja«, sagte Heather.

»Heather, also ehrlich«, sagte Abnesti. »Stecken Sie sich doch ne Socke rein.«

Heather sah sich nach einer Socke um, VeriSprech™ macht einen ziemlich wortwörtlich.

Als ich wieder in meinem Bereich war, fing ich an zu rechnen: Heather hatte dreimal mit mir gefickt. Heather hatte wahrscheinlich auch mit Rogan dreimal gefickt, da Abnesti wegen der Konsistenz der Versuchsanordnung Rogan und mir sicher die relativ gleiche Dosis Vivisteif™ gegeben hatte.

Aber apropos Konsistenz der Versuchsanordnung, da steckte noch eine Hiobsbotschaft drin, wenn ich meinen Abnesti kannte, der in Sachen Datensymmetrie immer pingelig gewesen war, nämlich: Müsste Abnesti nicht auch Rachel entscheiden lassen, wer gedunkelfloxx™t werden sollte, also Rogan oder ich?

Nach einer kurzen Pause bestätigte sich mein Verdacht: Ich landete wieder im Kleinen Arbeitsraum 3 mit Rogan!

Wieder saßen wir lange da und sagten nichts. Die meiste Zeit kratzte er an der kleineren Ratte rum, und ich versuchte ihn dabei zu beobachten, ohne dass er es merkte.

Dann sagte, wie zuvor, Abnesti über Lautsprecher: »Das war's, Jungs, danke.«

»Lassen Sie mich raten«, sagte ich, »Sie haben Rachel da drin.«

»Jeff, wenn Sie nicht damit aufhören, ich schwör's Ihnen«, sagte Abnesti.

»Und sie hat gerade abgelehnt, mir oder Rogan Dunkel-floxx™ zu verabreichen?«, sagte ich.

»Hi, Jeff!«, sagte Rachel. »Hi, Rogan!«

»Rogan«, sagte ich, »hast du zufällig heute früher am Tag mit Rachel gefickt?«

»Ziemlich«, sagte er.

In meinem Kopf drehte sich alles. Rachel hatte mit mir plus Rogan gefickt? Heather hatte mit mir plus Rogan ge-fickt? Und jeder, der mit jemand anders gefickt hatte, hatte sich erst in diesen jemand anders verliebt und dann wieder entliebt?

Was für ein durchgeknalltes Projektteam war das denn?

Ich meine, ich hatte schon bei einigen durchgeknall-ten Projektteams mitgemacht, etwa bei dem, wo die Infu-sion irgendwas enthielt, das das Hören von Musik köstlich machte, und als dann Schostakowitsch reingeleitet wurde, war es, als würden in meinem Bereich echte Fledermäuse ihre Kreise ziehen, oder bei dem anderen, wo sich meine Beine ab der Hüfte total taub anfühlten, und doch stellte ich fest, dass ich fünfzehn Stunden am Stück hinter einer gefakten Kasse stehen und wundersamerweise plötzlich äußerst schwierige Divisionsaufgaben im Kopf lösen konnte.

Aber von all meinen durchgeknallten Projektteams war dies bei weitem das durchgeknallteste.

Ich fragte mich, was der morgige Tag bringen würde, ich konnte nicht anders.


## VI

Bloß dass der heutige noch gar nicht vorbei war.

Ich wurde noch einmal in den Kleinen Arbeitsraum 3 bestellt. Und saß da, als ein unbekannter Typ reinkam.

»Ich heiße Keith!«, sagte er und kam gleich auf mich zu, um mir die Hand zu schütteln. Ein großer Südstaatler, Schlaks, viele Zähne, wallendes Haar.

»Jeff«, sagte ich.

»Freut mich sehr!«, sagte er.

Dann saßen wir da und redeten nicht mehr. Immer wenn ich Keith einen Blick zuwarf, ließ er seine Zähne aufblitzen und schüttelte ungläubig den Kopf, als wollte er sagen: »Komische Veranstaltung hier, oder?«

»Keith«, sagte ich. »Kennst du zufällig zwei Bräute namens Rachel und Heather?«

»Aber so was von«, sagte Keith. Und plötzlich bekamen seine Zähne etwas Lüsternes.

»Hast du zufällig heute früher am Tag Sex sowohl mit Rachel als auch mit Heather gehabt, und zwar dreimal mit jeder?«, fragte ich.

»Was bist du denn für einer, ein Scheißhellseher?«, sagte Keith. »Du haust mich aber echt aus den Socken!«

»Jeff, Sie verkacken hier grade total die Integrität unseres Experimentansatzes«, sagte Abnesti.

»Also sitzt grade entweder Rachel oder Heather im Spinnenkopf«, sagte ich. »Und versucht sich zu entscheiden.«

»Was zu entscheiden?«, fragte Keith.

»Wer von uns beiden gedunkelfloxx™t wird«, sagte ich.

»Iih«, sagte Keith. Jetzt sahen seine Zähne verängstigt aus.

»Keine Sorge«, sagte ich. »Sie wird's nicht tun.«

»Wer?«, fragte Keith.

»Wer immer da jetzt drinsitzt«, sagte ich.

»Das war's, Jungs, danke«, sagte Abnesti.

Dann wurden Keith und ich nach einer kurzen Pause wieder in den Kleinen Arbeitsraum 3 gebracht, wo wir ein weiteres Mal warteten, während entweder Rachel oder Heather sich weigerten, einen von uns zu dunkelfloxx™en.

Als ich wieder in meinem Bereich war, zeichnete ich ein Wer-hat-wen-gefickt-Diagramm, das folgendermaßen aussah:

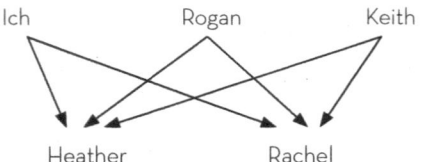

Abnesti kam herein.

»Trotz Ihrer ganzen Fisimatenten«, sagte er, »haben Rogan und Keith haargenau wie Sie reagiert. Und Rachel und Heather genauso. Keiner von Ihnen konnte im entscheidenden Moment sagen, wer jetzt gedunkelfloxx™t werden sollte. Was super ist. Denn was bedeutet es? Warum ist das super? Es bedeutet, dass ED289/290 der wahre Jakob ist. Es kann Liebe wecken, es kann Liebe wegnehmen. Ich bin fast versucht, mit der Namensfindung zu beginnen.«

»Diese Mädchen haben es heute jeweils neunmal gemacht?«, fragte ich.

»Peace4All«, sagte er. »LiebesNeig. Sie wirken angepisst. Fühlen Sie sich angepisst?«

»Na ja, ein bisschen rumgeschubst«, sagte ich.

»Fühlen Sie sich rumgeschubst, weil Sie immer noch irgendwelche Liebesgefühle für eines der Mädchen hegen?«, fragte er. »Das müsste dokumentiert werden. Wut? Besitzergreifende Gefühle? Reste sexuellen Begehrens?«

»Nein«, sagte ich.

»Sie sind ganz ehrlich nicht verärgert, dass ein Mädchen, das Sie geliebt haben, noch von zwei anderen Typen gevögelt wurde, und nicht nur das, sondern dass sie auch exakt dieselbe Qualität und Quantität von Liebe für diese beiden Typen empfunden hat wie für Sie, oder, was Rachel betrifft, wie sie kurz darauf für Sie empfinden sollte, von dem Zeitpunkt aus gesehen, als sie mit Rogan vögelte? Ich glaube, es war Rogan. Vielleicht hat sie auch zuerst mit Keith gevögelt. Und dann mit Ihnen, als Vorletztem. Bei der Reihenfolge der Operationen bin ich jetzt gerade etwas unklar. Ich könnte nachschauen. Aber gehen Sie mal tief in sich.«

Ich ging tief in mich.

»Nichts«, sagte ich.

»Na ja, das ist auch eine Menge zu verarbeiten«, sagte er. »Zum Glück ist es Abend geworden. Unser Tag ist vorüber. Möchten Sie noch irgendetwas besprechen? Gibt es noch irgendein Gefühl bei Ihnen?«

»Mein Penis ist wund«, sagte ich.

»Ha, große Überraschung«, sagte er. »Überlegen Sie mal, wie es wohl den Mädchen geht. Ich schicke Verlaine mit einer Salbe vorbei.«

Bald kam Verlaine mit einer Salbe vorbei.

»Hi, Verlaine«, sagte ich.

»Hi, Jeff«, sagte er. »Wollen Sie das selber auftragen, oder soll ich es tun?«

»Ich mach's«, sagte ich.

»Cool«, sagte er.

Und ich sah, dass er es auch so meinte.

»Sieht schmerzhaft aus«, sagte er.

»Ist es auch, echt«, sagte ich.

»War aber währenddessen bestimmt ein super Gefühl, oder?«, sagte er.

Seine Worte schienen auszudrücken, dass er neidisch war, aber ich konnte in seinen Augen lesen, während sie meinen Penis betrachteten, dass er kein bisschen neidisch war.

Danach schlief ich wie ein Toter.

Sagt man doch so.


VII


Am nächsten Morgen schlief ich noch, als Abnesti sich über Lautsprecher meldete.

»Erinnern Sie sich an gestern?«, fragte er.

»Ja«, sagte ich.

»Als ich fragte, welches Mädchen Sie eher dunkelfloxx™en würden?«, sagte er. »Und Sie sagten, keines von beiden?«

»Ja«, sagte ich.

»Tja, für mich war das genug«, sagte er. »Für das Protokollkomitee anscheinend aber nicht. Nicht genug für die Drei Reiter der Analität. Kommen Sie her. Legen wir los – wir müssen eine Art Bestätigungstest durchführen. Puh, das wird ungemütlich.«

Ich betrat den Spinnenkopf.

Im Kleinen Arbeitsraum 2 saß Heather.

»Also, diesmal«, sagte Abnesti, »werde gemäß dem Protokollkomitee nicht ich Sie fragen, welches Mädchen das Dunkelfloxx™ bekommen soll, was ProtKom zu subjektiv fand, sondern wir werden diesem Mädchen in jedem Fall Dunkelfloxx™ geben, egal was Sie sagen. Und dann schauen, was Sie sagen. Wie gestern werden wir Ihnen eine Infusion geben mit – Verlaine? Verlaine? Wo sind Sie? Sind Sie da? Was war es noch mal? Haben Sie die Projektanweisung?«

»Verbaluce™, VeriSprech™, PlauderLeicht™«, sagte Verlaine über Lautsprecher.

»Genau«, sagte Abnesti. »Und haben Sie sein MobiPak™ aufgefüllt? Sind die Mengen okay?«

»Hab ich«, sagte Verlaine. »Hab ich, während er schlief. Plus, ich hatte Ihnen schon gesagt, dass es erledigt ist.«

»Und was ist mit ihr?«, fragte Abnesti. »Haben Sie ihr MobiPak™ aufgefüllt? Sind die Mengen okay?«

»Sie haben neben mir gestanden und zugeschaut, Ray«, sagte Verlaine.

»Jeff, Entschuldigung«, sagte Abnesti zu mir. »Wir haben heute einige Spannungen hier. Liegt kein leichter Tag vor uns.«

»Ich möchte nicht, dass Sie Heather dunkelfloxx™en«, sagte ich.

»Interessant«, sagte er. »Liegt das daran, dass Sie sie lieben?«

»Nein«, sagte ich. »Ich möchte nicht, dass Sie irgendwen dunkelfloxx$^{TM}$en.«

»Ich verstehe Sie«, sagte er. »Das ist so lieb. Aber andererseits: Dreht es sich bei diesem Bestätigungstest darum, was Sie wollen? Eher nicht. Es dreht sich darum, dass wir aufzeichnen, was Sie sagen, während Sie Heather dabei zusehen, wie sie gedunkelfloxx$^{TM}$t wird. Fünf Minuten lang. Ein Fünf-Minuten-Test. Los geht's. Infusion läuft?«

Ich sagte nicht »Roger«.

»Sie sollten sich geschmeichelt fühlen«, sagte Abnesti. »Haben wir Rogan ausgesucht? Keith? Nein. Wir haben Ihren Sprachlevel als angemessener für unseren Datenbedarf erachtet.«

Ich sagte nicht »Roger«.

»Warum wollen Sie Heather beschützen?«, fragte Abnesti. »Man könnte fast meinen, Sie liebten sie.«

»Nein«, sagte ich.

»Kennen Sie überhaupt ihre Geschichte?«, sagte er. »Kennen Sie nicht. Können Sie von Rechts wegen gar nicht. Kommen da Whiskey, Straßengangs, Kindermord drin vor? Darf ich Ihnen nicht sagen. Darf ich, eher am Rande, andeuten, dass in ihrer gewalttätigen und schmutzigen Vergangenheit nicht gerade ein Hund namens Lassie und ständige Familiengespräche über die Bibel vorkamen, während Omi dasaß und Makramee machte und ab und zu ihre Sitzhaltung veränderte, weil der schnucklige Kamin so schön knisterte? Darf ich Ihnen nahelegen, dass, wenn Sie dasselbe über Heathers Vergangenheit wüssten wie ich, Ihnen die Idee, Heather kurz einmal in einen Zustand von Trauer, Übelkeit und/oder Ent-

74

setzen zu bringen, nicht mehr als das Schlimmste auf der Welt erscheinen würde? Nein, darf ich nicht.«

»Schon gut, schon gut«, sagte ich.

»Sie kennen mich«, sagte er. »Wie viele Kinder habe ich?«

»Fünf«, sagte ich.

»Wie heißen sie?«, fragte er.

»Mick, Todd, Karen, Lisa, Phoebe«, sagte ich.

»Bin ich ein Ungeheuer?«, sagte er. »Denke ich hier im Haus an Geburtstage? Und als ein gewisser Mensch hier an einem Sonntag einen Pilz in der Leistengegend kriegte, ist da ein gewisser anderer Mensch rüber in die Apotheke gefahren und hat die Salbe geholt, sie sogar aus eigener Tasche bezahlt?«

Das war wirklich nett von ihm gewesen, aber es kam mir irgendwie unprofessionell vor, dass er es jetzt erwähnte.

»Jeff«, sagte Abnesti. »Was soll ich Ihnen jetzt sagen? Soll ich sagen, dass Ihre Freitage in Gefahr geraten? Das kann ich ohne weiteres sagen.«

Das war schäbig. Meine Freitage bedeuteten mir eine Menge, und das wusste er. Freitags durfte ich mit Mom skypen.

»Wie lang geben wir Ihnen immer?«, fragte Abnesti.

»Fünf Minuten«, sagte ich.

»Wie wär's, wir machen zehn daraus?«, sagte Abnesti.

Mom schaute immer so tieftraurig drein, wenn unsere Zeit vorbei war. Es hatte sie beinahe umgebracht, als ich verhaftet wurde. Die Gerichtsverhandlung hatte sie beinahe umgebracht. Sie hatte ihre Ersparnisse aufgebraucht, um mich aus dem richtigen Gefängnis hierher verlegen zu lassen. Als ich klein war, hatte sie langes braunes Haar bis zu den Hüften getragen. Während der Prozess lief, ließ sie es sich abschneiden. Dann wurde es grau. Jetzt war es nur ein weißer Bob in Mützchengröße.

»Infusion läuft?«, fragte Abnesti.

»Roger«, sagte ich.

»In Ordnung, wenn wir Ihre Sprachzentren boosten?«, fragte er.

»Okay«, sagte ich.

»Heather, hallo?«, sagte er.

»Guten Morgen!«, sagte Heather.

»Infusion läuft?«, fragte er.

»Roger«, sagte Heather.

Abnesti bediente seine Fernbedienung.

Das Dunkelfloxx™ fing an zu laufen. Schon bald weinte Heather leise. Dann sprang sie hoch und tigerte auf und ab. Dann weinte sie abgehackt. Ein bisschen hysterisch sogar.

»Das mag ich gar nicht«, sagte sie mit bebender Stimme.

Dann erbrach sie sich in den Abfalleimer.

»Sprechen Sie, Jeff«, sagte Abnesti zu mir. »Sprechen Sie viel, in allen Einzelheiten. Machen wir was Nützliches draus, okay?«

Alles in meiner Infusion fühlte sich eins a an. Plötzlich salbaderte ich hochpoetisch los. Ich salbaderte über das, was Heather gerade tat. Ich salbaderte über meine Gefühle darüber, was Heather gerade tat, alles hochpoetisch. Und ich fühlte ungefähr Folgendes: Jeder Mensch geht aus einem Mann und einer Frau hervor. Jeder Mensch wird bei seiner Geburt – oder hat zumindest das Potenzial dazu – von seiner/ ihrer Mutter/Vater geliebt. Folglich ist jedes Menschenwesen wert, geliebt zu werden. Während ich Heather leiden sah, erfüllte eine große Zärtlichkeit meinen Körper, eine Zärtlich-

76

keit, die schwer von einer Art weitreichendem existenziellem Brechreiz zu unterscheiden war; mit anderen Worten, warum werden solch wunderschöne geliebte Hüllen zu den Sklaven so vieler Schmerzen gemacht? Heather, dargeboten als ein Bündel Schmerzrezeptoren. Heathers Geist war im Fluss und in Gefahr, ruiniert zu werden (durch Schmerz, durch Kummer). Warum? Warum war sie so gemacht? Warum so zerbrechlich?

Armes Kind, dachte ich, armes Mädchen. Wer hat dich geliebt? Wer liebt dich?

»Bleiben Sie dran, Jeff«, sagte Abnesti. »Verlaine! Was denken Sie? Irgendwelche Überreste romantischer Liebesgefühle in Jeffs Verbalkommentar?«

»Nein, würd ich sagen«, sagte Verlaine über Lautsprecher. »Das sind alles bloß ziemlich grundlegende menschliche Gefühle bei dem.«

»Hervorragend«, sagte Abnesti. »Verbleibende Zeit?«

»Zwei Minuten«, sagte Verlaine.

Bei dem, was als Nächstes passierte, konnte ich kaum zusehen. Unter dem Einfluss von Verbaluce™, VeriSprech™ und PlauderLeicht™ war es mir aber auch unmöglich, es nicht nachzuerzählen.

In jedem Arbeitsraum standen eine Couch, ein Schreibtisch und ein Stuhl, alle so gebaut, dass man sie unmöglich auseinandernehmen konnte. Und Heather fing jetzt an, ihren unmöglich auseinanderzunehmenden Stuhl auseinanderzunehmen. Ihr Gesicht war eine Grimasse der Wut. Sie rammte ihren Kopf gegen die Wand. Wie ein rasendes Wunderkind schaffte es Heather, die von irgendjemandem geliebt wurde, in ihrer großen, kummerbefeuerten Wut, den Stuhl auseinanderzunehmen, während sie immer wieder ihren Kopf gegen die Wand rammte.

»Himmel«, sagte Verlaine.

»Verlaine, Kopf hoch«, sagte Abnesti. »Jeff, hören Sie auf zu heulen. Anders als Sie vielleicht denken, bringt uns Heulen nicht viele Daten. Geben Sie mir Worte. Damit das hier nicht vergeblich war.«

Ich gab ihm Worte. Ich sprach Bände, vollkommen präzise. Ich beschrieb ein ums andere Mal, was ich fühlte, während ich Heather bei dem beobachtete, was sie jetzt, in voller Absicht, fast in Schönheit, unter Einsatz eines Stuhlbeins mit ihrem Gesicht/Kopf anstellte.

Zu seiner Verteidigung muss ich sagen, Abnesti war auch nicht gerade in bester Verfassung: Er keuchte, die Wangen tomatenrot, und klopfte nonstop auf den Bildschirm seines iMac, was er nur unter Stress tat.

»Time«, sagte er schließlich und drehte das Dunkelfloxx™ mit seiner Fernbedienung ab. »Scheiße. Rein mit Ihnen, Verlaine. Hopphopp.«

Verlaine hopphoppte in den Kleinen Arbeitsraum 2.

»Reden Sie mit mir, Sammy«, sagte Abnesti.

Verlaine fühlte Heather den Puls, dann hob er die Hände, Handflächen nach oben, so dass er aussah wie Jesus, nur schockiert statt selig, außerdem hatte er seine Brille hochgeschoben.

»Wollen Sie mich *verscheißern*?«, sagte Abnesti.

»Was denn?«, fragte Verlaine. »Was soll ich –«

»Verdammt, wollen Sie mich *verscheißern*?«, sagte Abnesti.

Abnesti sprang aus seinem Stuhl hoch, schob mich beiseite und stürmte durch die Tür in den Kleinen Arbeitsraum 2.

## VIII

Ich kehrte in meinen Bereich zurück.

Um drei meldete sich Verlaine über Lautsprecher. »Jeff«, sagte er. »Bitte kommen Sie in den Spinnenkopf zurück.«

Ich kam in den Spinnenkopf zurück.

»Es tut uns leid, dass Sie das mit ansehen mussten, Jeff«, sagte Abnesti.

»Das war unerwartet«, sagte Verlaine.

»Unerwartet und unglücklich«, sagte Abnesti. »Und Entschuldigung, dass ich Sie geschubst habe.«

»Ist sie tot?«, fragte ich.

»Na ja, es ging ihr schon mal besser«, sagte Verlaine.

»Schauen Sie, Jeff, so was passiert«, sagte Abnesti. »Wir machen Wissenschaft. In der Wissenschaft erforschen wir das Unbekannte. Es war unbekannt, was fünf Minuten Dunkelfloxx™ mit Heather machen würden. Jetzt wissen wir es. Und außerdem wissen wir, gemäß Verlaines Einschätzung Ihrer Kommentare, dass Sie tatsächlich und ganz sicher keine romantischen Restgefühle für Heather mehr in sich haben. Das ist ein großer Erfolg, Jeff. Ein Hoffnungsstrahl in einem für uns alle traurigen Augenblick. Selbst als Heather mit ihrem Schiff sozusagen in den Wellen unterging, blieben Sie vollkommen unbeirrt darin, sie weiterhin nicht zu lieben. Ich tippe mal, Protkom wird befinden, so: ›Wow, Utica hat sich echt an die Spitze gesetzt, mit diesen umwerfenden neuen Daten zu ED289/290.‹«

Es war still im Spinnenkopf.

»Verlaine, gehen Sie raus«, sagte Abnesti. »Erfüllen Sie Ihre Aufgaben. Machen Sie alles bereit.«

Verlaine ging raus.

»Glauben Sie, mir hätte das gefallen?«, sagte Abnesti.

»Sah nicht so aus«, sagte ich.

»Na, hat es auch nicht«, sagte Abnesti. »Ich fand es schrecklich. Ich bin ein Mensch. Ich habe Gefühle. Aber, die persönliche Trauer mal beiseite, das war gut. Alles in allem haben Sie es großartig gemacht. Wir alle haben es großartig gemacht. Vor allem Heather hat es großartig gemacht. Ich ziehe meinen Hut. Und wir machen einfach – wir bringen diese Sache zu Ende, ja? Wir vervollständigen sie. Wir vervollständigen den nächsten Schritt unseres Bestätigungstests.«

In den Kleinen Arbeitsraum 4 kam Rachel.


# IX


»Und jetzt dunkelfloxx™en wir Rachel?«, sagte ich.

»Denken Sie doch mal nach, Jeff«, sagte Abnesti. »Woher sollen wir wissen, dass Sie weder Rachel noch Heather lieben, wenn uns nur Daten über Ihre Reaktion auf das, was gerade mit Heather passiert ist, vorliegen? Benutzen Sie mal Ihre grauen Zellen. Sie sind kein Wissenschaftler, aber Sie arbeiten weiß Gott den ganzen Tag mit welchen zusammen. Infusion läuft?«

Ich sagte nicht »Roger«.

»Was haben Sie für ein Problem, Jeff?«, sagte Abnesti.

»Ich will Rachel nicht umbringen«, sagte ich.

»Na, will das etwa wer?«, sagte Abnesti. »Ich? Oder Sie, Verlaine?«

»Nein«, sagte Verlaine über Lautsprecher.

»Jeff, vielleicht vergrübeln Sie sich da«, sagte Abnesti. »Ist es möglich, dass das Dunkelfloxx™ Rachel umbringt? Klar. Wir haben ja den Präzedenzfall Heather. Andererseits könnte Rachel auch stärker sein. Sie wirkt etwas massiger.«

»Eigentlich ist sie ein bisschen kleiner«, sagte Verlaine.

»Na, dann ist sie vielleicht zäher«, sagte Abnesti.

»Wir werden ihre Dosierung dem Gewicht anpassen«, sagte Verlaine. »So.«

»Danke, Verlaine«, sagte Abnesti. »Danke, dass Sie das geklärt haben.«

»Zeigen Sie ihm doch mal die Akte«, sagte Verlaine.

Abnesti gab mir Rachels Akte.

Verlaine kam wieder herein.

»Lesen Sie das und weinen Sie«, sagte er.

Laut Rachels Akte hatte sie ihrer Mutter Schmuck gestohlen, ihrem Vater ein Auto, ihrer Schwester Bargeld, ihrer Kirchengemeinde mehrere Statuen. Sie war wegen Drogen im Gefängnis gewesen. Nachdem sie viermal wegen Drogen im Gefängnis gewesen war, hatte sie einen Entzug gemacht, dann eine Reha von der Prostitution und schließlich etwas, das Reha-Auffrischer genannt wurde, für Leute, die so viele Rehas gemacht hatten, dass sie praktisch immun dagegen waren. Aber gegen den Reha-Auffrischer muss sie auch immun gewesen sein, denn danach kam der dicke Hund: dreifacher Mord – an ihrem Dealer, der Schwester des Dealers und dem Freund der Schwester des Dealers.

Als ich das las, fühlte ich mich ein bisschen komisch, weil wir gebumst hatten und ich in sie verliebt gewesen war.

Aber ich wollte sie trotzdem nicht umbringen.

»Jeff«, sagte Abnesti. »Ich weiß, dass Sie mit Mrs Lacey viel daran gearbeitet haben. Am Töten und so weiter. Aber hier geht es nicht um Sie. Hier geht es um uns.«

»Nicht mal um uns«, sagte Verlaine. »Um die Wissenschaft.«

»Die Mandate der Wissenschaft«, sagte Abnesti. »Plus die Diktate.«

»Manchmal ist Wissenschaft ganz schön beschissen«, sagte Verlaine.

»Einerseits, Jeff«, sagte Abnesti, »geht es um ein paar unangenehme Minuten für Heather –«

»Rachel«, sagte Verlaine.

»Ein paar unangenehme Minuten für Rachel«, sagte Abnesti, »aber jahrelange Erleichterung für buchstäblich Zigtausende, die in der Liebe unterperformen oder überperformen.«

»Rechnen Sie sich das mal aus, Jeff«, sagte Verlaine.

»Im Kleinen gut zu sein, das ist leicht«, sagte Abnesti. »Aber die großen guten Dinge zu tun, das ist viel schwerer.«

»Infusion läuft?«, sagte Verlaine. »Jeff?«

Ich sagte nicht »Roger«.

»Scheiße, jetzt reicht's«, sagte Abnesti. »Verlaine, wie heißt das eine Zeug? Wo ich ihm was befehle, und er gehorcht?«

»SoIsBrav™«, sagte Verlaine.

»Hat er SoIsBrav™ in seinem Mobipak™?«, fragte Abnesti.

»In jedem MobiPak™ ist SoIsBrav™ drin«, sagte Verlaine.

»Muss er ›Roger‹ sagen?«, fragte Abnesti.

»SoIsBrav™ ist C-Klasse, von daher –«, sagte Verlaine.

»Und das, ja, das macht für mich null Sinn«, sagte Abnesti. »Wozu soll denn eine Gehorsamsdroge gut sein, wenn wir seine Erlaubnis brauchen, um sie einzusetzen?«

»Wir brauchen bloß eine Verzichtserklärung«, sagte Verlaine.

»Wie lang dauert der Scheiß?«, fragte Abnesti.

»Wir faxen nach Albany, die faxen zurück«, sagte Verlaine.

»Kommen Sie, kommen Sie schon, halten wir uns ran«, sagte Abnesti, und sie gingen raus, ließen mich allein im Spinnenkopf sitzen.


# X


Es war traurig. Ich hatte ein trauriges, resigniertes Gefühl bei dem Gedanken, dass sie bald wieder da sein und mich soIsBrav™en würden, dann würde ich »Roger« sagen und zuvorkommend lächeln, so wie ein Mensch auf SoIsBrav™ es tut, und dann würde das Dunkelfloxx™ fließen, in Rachel hinein, und ich würde alles beschreiben, was Rachel dann mit sich anstellte, in dieser hektischen, roboterhaften Art, mit der man auf Verbaluce™/VeriSprech™/PlauderLeicht™ Dinge beschreibt.

So als müsste ich, um wieder zum Killer zu werden, nur dasitzen und warten.

Was schwer für mich zu schlucken war, nach meiner Arbeit mit Mrs Lacey.

»Gewalt beendet, Schluss mit Wut«, ließ sie mich immer wiederholen, endlos. Dann musste ich eine Detaillierte Erinnerung meines schicksalhaften Abends aufschreiben.

Ich war neunzehn. Mike Appel war siebzehn. Wir waren beide hacke. Den ganzen Abend war er mir schon auf die

Nerven gegangen. Er war kleiner, jünger, unbeliebter. Dann wälzten wir uns draußen am Boden vor dem Frizzy's. Er war schnell. Er war fies. Ich war dabei zu verlieren. Ich konnte es nicht fassen. Ich war größer und älter und verlor trotzdem? Ringsum wurden wir von praktisch allen, die wir kannten, beobachtet. Dann hatte er mich auf dem Rücken. Irgendwer lachte. Irgendwer sagte: »Scheiße, armer Jeff.« In der Nähe lag ein Backstein. Ich packte ihn, und mein Schlag streifte Mike am Kopf. Dann war ich auf ihm.

Mike gab auf. Das heißt, da auf dem Rücken, mit blutendem Kopf, gab er auf, indem er mich so ansah, als wollte er sagen: Hey, Alter, so ernst meinen wir das alles doch nicht, oder?

O doch.

Ich jedenfalls.

Ich weiß nicht mal mehr, warum ich es tat.

Es war, als hätte ich, mit der Mischung aus Alkohol und dem Gefühl, ein Jugendlicher zu sein und fast zu verlieren, eine Infusion verpasst bekommen, so MegaAusrast oder so.

BlitzWut.

LebensKiller.

»Hey, Leute, hallo!«, sagte Rachel. »Was gibt's denn heute?«

Da war ihr zerbrechlicher Kopf, ihr unbeschädigtes Gesicht, ein Arm, der die Hand hob, um sich an der Wange zu kratzen, die Beine, die vor lauter Nerven wippten, der Bauernrock, der auch wippte, Füße in Clogs, unter dem Saum gekreuzt.

Bald würde all das nur ein Häufchen am Boden sein.

Ich musste nachdenken.

Warum wollten sie Rachel dunkelfloxx™en? Um zu hören,

wie ich es beschrieb. Wenn ich nicht da war, um es zu beschreiben, würden sie es nicht tun. Wie konnte ich es hinkriegen, nicht da zu sein? Ich konnte weggehen. Wie konnte ich weggehen? Es gab nur eine Tür, die aus dem Spinnenkopf führte, die war automatisch verriegelt, und auf der anderen Seite saß entweder Barry oder Hans mit einem elektrischen Prügel, der DisziStock™ hieß. Sollte ich warten, bis Abnesti reinkam, ihm eine verpassen, versuchen, an Barry oder Hans vorbeizurennen, mich zur Haupttür durchschlagen?

Gab es Waffen im Spinnenkopf? Nein. Hier gab es nur Abnestis Geburtstagstasse, ein Paar Laufschuhe, eine Rolle Atemfrisch-Bonbons, seine Fernbedienung.

Seine Fernbedienung?

Dieser Trottel. Die sollte doch zu jeder Zeit an seinem Gürtel hängen. Sonst könnte einer von uns sich und alle anderen beliebig bedienen, was wir halt via Inventarliste in unseren MobiPaks™ fanden: vielleicht ein bisschen WohlLeb™ oder SeligZeit™ oder SpeedyGonzalez™.

Oder Dunkelfloxx™.

Himmel. Das war eine Möglichkeit wegzugehen.

Aber furchterregend.

In diesem Augenblick stand Rachel im Kleinen Arbeitsraum 4 auf, wahrscheinlich dachte sie, der Spinnenkopf wäre leer, und machte ein paar glückliche kleine Tanzschritte, als wäre sie ein fröhliches Bauernmädel, grad vor die Tür getreten und hätte festgestellt, dass der Hinterwäldler, in den sie verliebt war, die Straße hochkam, mit einem Kalb unterm Arm oder so.

Warum tanzte sie? Ohne Grund.

Einfach weil sie lebendig war, schätze ich.

Die Zeit drängte.

Die Fernbedienung war bestens etikettiert.

Guter alter Verlaine.

Ich benutzte sie, warf sie in den Heizungsschacht, falls ich es mir etwa noch anders überlegte, und stand dann da, so: Ich fass es nicht, dass ich das grad getan habe.

Mein MobiPak™ surrte.

Das Dunkelfloxx™ floss.

Dann kam der Horror: schlimmer, als ich es mir je hätte träumen lassen. Schon bald hatte ich meinen Arm einen Kilometer tief im Heizungsschacht stecken. Dann taumelte ich durch den Spinnenkopf, auf der Suche nach etwas, irgendwas. Am Ende, ja, so schlimm wurde es, benutzte ich eine Ecke vom Schreibtisch.

Wie ist der Tod so?

Man ist kurz grenzenlos.

Ich ging durchs Dach, segelte direkt raus.

Und schwebte darüber, blickte hinunter. Da war Rogan, der das Tattoo an seinem Hals im Spiegel prüfte. Da war Keith, der in Unterhosen Stützstrecken machte. Da war Ned Riley, da war B. Troper, da waren Gail Orley, Stefan DeWitt, alle Killer, alle böse, obwohl ich es in diesem Augenblick anders sah. Bei der Geburt waren sie von Gott mit der Verantwortung beladen worden, ihr Leben total zu verkacken. Hatten sie sich das ausgesucht? Waren sie schon schuldig, als sie aus dem Mutterbauch taumelten? Hatten sie, noch vom Plazentablut verschmiert, danach gestrebt, zu dunklen Mächten zu werden, die Schaden anrichteten und Leben beendeten? War es schon in jenem ersten heiligen Augenblick des Atmens/Bewusstwerdens (winzige Händchen, die sich zusammenkrallten und wieder streckten) ihr tiefster Wunsch gewesen, irgendeine unschuldige Familie (via Schusswaffe, Messer oder Backstein) verwaisen zu lassen? Nein; und doch hatten ihre krummen Schicksale in ihnen geschlummert, eine Saat, die auf Wasser und Licht gewartet hatte, um brutalste, lebensvergiftende Blüten zu treiben, wobei besagtes Wasser/ Licht in Wahrheit die erforderliche Kombination aus neurologischer Tendenz und Umgebungsaktivierung darstellte, die sie (uns!) in den Abschaum der Erde verwandelte, in Mörder, und uns mit der extremsten, untilgbaren Grenzüberschreitung besudelte.

Wow, dachte ich, war in der Infusion auch ein Schuss Verbaluce™ gewesen oder was?

Aber nein.

Das war jetzt alles ich.

Ich verhakte mich irgendwo und stellte fest, dass ich an einer Regenrinne festhing, auf der ich nun hockte wie ein luftiger Gargoyle. Ich war da, aber ich war auch überall. Ich konnte alles sehen: einen Knoten Laub in der Regenrinne, unter meinem durchsichtigen Fuß; Mom, die arme Mom, die sich zu Hause in Rochester beim Schrubben der Dusche mit dünnem, hoffnungsfrohem Summen aufzumuntern versuchte; ein Reh nicht weit vom Müllcontainer, das plötzlich meine geisterhafte Gegenwart gespürt hatte; Mike Appels Mom, auch in Rochester, ein knochiges, verzweifeltes Abhakstrichlein, das einen schmalen Streifen von Mikes Bett belegte; Rachel unten im Kleinen Arbeitsraum 4, von den Geräuschen meines Todes zum Polizeispiegel gezogen; Abnesti und Verlaine, die in den Spinnenkopf hasteten; Verlaine, der sich hinkniete und mit den Wiederbelebungsmaßnahmen anfing.

Die Nacht brach herein. Die Vögel sangen. Die Vögel entfachten, fiel mir jetzt zu sagen ein, ein überschäumendes Fest des Tagesendes. Sie traten als bunte Nervenenden der Erde auf den Plan, das Versinken der Sonne drängte sie zum Handeln, erfüllte jeden Einzelnen von ihnen mit dem Nektar des Lebens, welcher sodann an die Welt weitergegeben wurde, aus jedem Schnabel drang er in Form seines charakteristischen Liedes, und das wiederum verdankte sich einem zufälligen Zusammentreffen von Schnabelform, Kehlenform, Brustkonfiguration, Hirnchemie: Einige Vögel waren mit ihrer Stimme gesegnet, andere verflucht; manche kreischten, andere sangen verzückt.

Von irgendwoher fragte etwas Freundliches: *Möchtest du zurück? Es ist deine Entscheidung, voll und ganz. Dein Körper lässt sich anscheinend retten.*

Nein, dachte ich, nein danke, ich hatte genug.

Es tat mir nur wegen Mom leid. Ich hoffte, ich bekäme eines Tages an einem besseren Ort die Gelegenheit, es ihr zu erklären, und vielleicht wäre sie dann stolz auf mich, ein letztes Mal, nach all den Jahren.

Drüben im Wald verließen, als hätten sie sich verabredet, alle Vögel ihre Bäume und rauschten nach oben. Ich schloss mich ihnen an, flog unter ihnen, sie erkannten nicht, dass ich anders war als sie, und ich war glücklich, so glücklich, denn zum ersten Mal seit Jahren und für alle Zeiten hatte ich nicht getötet und würde es auch nie mehr tun.

# APPELL

## HAUSMITTEILUNG

DATUM: 6. April
AN: Personal
VON: Todd Birnie, Abteilungsleiter
BETR.: Leistungsdaten März

Ich möchte dies ungern als Ermahnung bezeichnen, aber es könnte sich leicht so anhören (!). Fakt ist, wir haben einen Job zu erledigen, darüber haben wir uns stillschweigend geeinigt (habt Ihr Euch Euer letztes Gehalt auszahlen lassen, also ich schon, hahaha). Außerdem – um einen Schritt weiter zu gehen – haben wir uns geeinigt, den Job gut zu erledigen. Wir wissen wohl alle, wie man seinen Job nicht gut erledigt, nämlich indem man negativ an ihn herangeht. Angenommen, ein Regal muss gesäubert werden. Nur als Beispiel. Wenn wir die Stunde, bevor wir das Regal säubern, damit zubringen, den Prozess des Säuberns kleinzureden, uns darüber zu beklagen, uns davor zu grausen, die moralischen Annehmlichkeiten des Regalsäuberns zu hinterfragen und was nicht alles, dann passiert eins, nämlich dass wir den Prozess des Regalsäuberns *schwieriger gestalten, als er eigentlich ist.* Wir wissen alle sehr gut, dieses »Regal« wird auf jeden Fall gesäubert werden, so wie die Stimmung derzeit ist, und zwar entweder von Euch oder von dem Typen, der Euch ersetzen und Euer Gehalt kassieren wird, also läuft alles letztlich auf eine Frage hinaus: Will ich das Regal freudig säubern oder traurig? Was von beidem wäre effektiver? Für mich? Wie würde ich mein Ziel effektiver erreichen? Was ist mein Ziel? Bezahlt zu werden. Wie erreiche ich dieses Ziel am effektivsten? Indem ich das Regal gut und schnell säubere. Und welche Geisteshaltung hilft mir dabei, das Regal gut und schnell zu säubern? Lautet die Antwort: eine negative? Eine negative Geisteshaltung? Ihr wisst sehr gut, dass das nicht die Antwort ist. Bei dieser Hausmitteilung geht es also um: positiv. Eine positive Geisteshaltung wird Euch dabei helfen, das Regal gut und schnell zu säubern und dadurch Euer Ziel zu erreichen, nämlich bezahlt zu werden.

Was will ich damit sagen? Will ich sagen, pfeift bei der Arbeit mal ein Liedchen? Vielleicht. Angenommen, wir müssten einen schweren Kadaver hochheben, einen toten Wal etwa. (Ich bitte um Nachsicht wegen der ganzen Regale und Wale, wir sind gerade aus unserem Haus auf Reston Island zurückgekommen, wo es 1) eine Menge schmutziger Regale gab und 2) ob Ihr's glaubt oder nicht, einen echten toten, verwesenden Wal, und Timmy und Vance und ich bekamen damit zu tun, in puncto Aufräumarbeiten.) Also, angenommen, Ihr habt die Aufgabe, mit einigen Eurer Kollegen einen gewaltigen toten Walkadaver auf einen Sattelschlepper zu heben. Wir wissen wohl alle, dass das sehr schwer ist. Und mit einer negativen Einstellung wäre es noch schwerer. Wir, also Timmy,

Vance und ich, haben herausgefunden, dass man selbst mit einer bloß neutralen Einstellung von einer sehr schweren Aufgabe sprechen muss. Wir versuchten, diesen Wal mit einer lediglich neutralen Einstellung anzuheben, Timmy, Vance und ich, zusammen mit einem Dutzend anderer Leute, und es war nichts zu machen, dieser Wal rührte sich keinen Millimeter, bis plötzlich ein Bursche, ein Ex-Marine, sagte, wir bräuchten jetzt erst mal eine Dosis Geist über Materie, und uns einen Kreis bilden ließ, und dann stimmten wir eine Art Gesang an. Wir haben uns »psychisch aufgebaut«. Wir wussten, um meine obige Analogie fortzuführen, dass wir einen Job zu erledigen hatten, und das brachte uns irgendwie in Erregung, und wir beschlossen, es mit einer positiven Geisteshaltung zu tun, und ich muss Euch sagen, da war was dran, es war toll, ganz toll, als dieser Wal sich in die Luft erhob, getragen von uns und von ein paar großen Gurten, die der Marine in seinem Van hatte, und ich muss gestehen, diesen toten, verwesenden Wal mit einer Gruppe total Fremder auf einen Sattelschlepper zu hieven, das war *der Höhepunkt unserer Reise.*

Was will ich damit sagen? Ich will sagen (und sage es mit Inbrunst, weil es wichtig ist): Versuchen wir doch, so gut wir können, das Grummeln und die Selbstzweifel herunterzufahren, bezogen auf die Aufgaben, die wir hier manchmal zu bewältigen haben und die auf den ersten Blick vielleicht nicht immer so angenehm aussehen. Ich will sagen, versuchen wir, nicht alles und jedes, was wir tun, danach aufzudröseln, ob es letzten Endes moralisch gut/schlecht/neutral ist. Die Zeit dafür ist lange vorbei. Ich hoffe, dass jeder von uns vor ungefähr einem Jahr, als die ganze Sache losging, mit

sich ins Gericht gegangen ist. Wir haben einen Weg eingeschlagen, und da wir nun, aus den allertriftigsten Gründen
(wie letztes Jahr beschlossen), diesen Weg eingeschlagen haben, wäre es da nicht selbstmörderisch, unsere Fortschritte
auf diesem Weg mit nachträglichem, neurotischem Kritisieren zu behindern? Hat einer von Euch schon mal einen Vor-
schlaghammer geschwungen? Einige von Euch ganz sicher,
das weiß ich. Ich weiß es, von damals, als wir Ricks Veranda
abgerissen haben. Ist es nicht toll, sich nicht zurückhalten
zu müssen, sondern einfach draufzuschlagen, immer wieder,
und sich von der Schwerkraft helfen zu lassen? Leute, ich will
nur sagen, lasst Euch von der Schwerkraft helfen, hier, an
Eurem Arbeitsplatz: Schlagt drauf, lasst den natürlichen Gefühlen freien Lauf, die bei so vielen von Euch, wie ich ab
und zu schon sehen konnte, eine so großartige Energie frei-
gesetzt haben, und erledigt die Euch gestellten Aufgaben mit
Schwung und ohne nachträgliches Kritisieren und neuroti-
sche Gedanken. Wisst Ihr noch, wie Andy letzten Oktober in
einer Woche alle Rekorde brach, als er seine übliche Menge
Einheiten verdoppelte? Mal unabhängig von allem anderen,
mal kurz abgesehen von all den Schluffi-Fluffi-Gedanken von
richtig und falsch usw. usf., war das nicht ein Mordserleb-
nis? An und für sich? Ich glaube, wenn wir ganz tief in unser
Innerstes schauen, waren wir da nicht alle ein bisschen neidisch? Meine Güte, er hat richtig draufgeschlagen, und man
konnte energiestrotzende Freude auf seinem Gesicht sehen,
jedes Mal, wenn er an uns vorbeirannte, um frische Hand-
tücher zum Aufwischen zu holen. Und wir standen alle bloß
da, so, Andy, wow, was ist denn in dich gefahren? Und keiner
kann was gegen seine Zahlen sagen. Die stehen drüben im

Aufenthaltsraum, jeder kann sie sehen, wie sie turmhoch über allen anderen Zahlen aufragen, und obwohl es Andy nicht gelungen ist, diese Zahlen in den Monaten seit Oktober erneut zu erzielen, wirft ihm das 1) keiner vor, diese Zahlen waren ja schon ein wahres Wunder, und 2) glaube ich, selbst wenn Andy diese Zahlen nie mehr erzielt, muss er doch tief in seinem Herzen die Erinnerung an jene großartige Energie bewahren, die er in jenem denkwürdigen Oktober ausstrahlte. Ganz ehrlich, ich glaube nicht, Andy hätte einen solchen Oktober hingelegt, wenn er auf kleiner Flamme vor sich hingeköchelt oder irgendwelche neurotischen Zweifel oder nachträglich krittelnden Tendenzen gehätschelt hätte, oder? Glaub ich einfach nicht. Andy wirkte total konzentriert, total neben sich, das konnte man auf seinem Gesicht lesen, vielleicht lag's an dem neuen Baby? (Falls ja, dann sollte Janice jede Woche ein neues Baby kriegen, haha.)

Wie dem auch sei, im Oktober wurde Andy Teil einer, also jedenfalls in meinen Augen, einer Art De-facto-Heldengalerie und ist dadurch ziemlich weitgehend von jeglicher wirklich strengen Überwachung seiner Zahlen befreit, jedenfalls was mich betrifft. Egal wie niedergeschlagen und irgendwie verschlossen er zuweilen sein kann (und ich denke, uns allen ist aufgefallen, dass er seit Oktober ziemlich niedergeschlagen und verschlossen ist), mich wird keiner dabei erwischen, wie ich streng seine Zahlen überwache, wobei ich freilich nicht für andere sprechen kann, andere könnten natürlich diesem besorgniserregenden Einbruch in Andys Zahlen nachgehen, obwohl ich wirklich hoffe, sie tun es nicht, das wäre nicht so fair, und glaubt mir, wenn mir etwas davon zu Ohren kommt, werde ich Andy auf jeden Fall davon in Kenntnis setzen, und falls Andy zu depressiv ist, um es aufzunehmen, rufe ich Janice zu Hause an.

Und in Bezug auf warum Andy so niedergeschlagen ist? Ich würde darauf tippen, dass er neurotisch ist und seine Handlungsweise vom Oktober nachträglich kritisch betrachtet – und wow, wäre das nicht jammerschade, wäre das nicht ein totales No-Win, wenn Andy diesen Rekord-Oktober auf die Beine gestellt hätte und jetzt dasäße und rumheulte? Ändert dieses Rumgeheule vielleicht irgendetwas? Werden seine Handlungen in Bezug auf die Aufgaben, die ich ihm in Raum 6 übertragen hatte, von diesem Rumgeheule etwa ungeschehen gemacht, schrauben sich seine Zahlen an der Wand des Aufenthaltsraums etwa wundersamerweise nach unten, spazieren da plötzlich Leute aus Raum 6 heraus, die sich wieder rundherum wohlfühlen? Nun, wir alle wissen, sie tun es nicht. Keiner spaziert aus Raum 6 heraus und fühlt sich rundherum wohl. Selbst Ihr Jungs, die Ihr tut, was in Raum 6 getan werden muss, spaziert da nicht so supertopfit heraus, das weiß ich, auch ich habe ganz gewiss einiges in Raum 6 getan, wonach ich mich nicht gerade wunderbar fühlte, das könnt Ihr mir glauben, keiner würde leugnen, dass Raum 6 der Horror sein kann, wir leisten eine sehr schwere Arbeit. Aber die Leute über uns, die uns ihre Anweisungen erteilen, scheinen zu glauben, dass die Arbeit, die wir in Raum 6 verrichten, nicht nur *schwer* ist, sondern auch *wichtig*, und ich habe den Verdacht, dass sie aus diesem Grund neuerdings unsere Zahlen so streng überwachen. Und glaubt mir, wenn Ihr wollt, dass Raum 6 ein noch größerer Horror wird als ohnehin schon, dann jammert nur darüber, vorher, nachher und währenddessen, dann wird es Euch erst richtig ankotzen, plus, Eure Zahlen werden von all der Jammerei noch weiter in den Keller sacken, und wisst Ihr was: Das dürfen sie nicht. Beim Abteilungsmeeting ist mir unmissverständlich mitgeteilt worden, dass unsere Zahlen nicht weiter absacken dürfen. Ich habe gesagt (und das brauchte Mut, glaubt mir, bei der Stimmung, die auf dem Meeting herrschte): Hören Sie, meine Jungs sind müde, wir leisten hier Schwerstarbeit, körperlich wie psychisch. In diesem Moment war bei dem Meeting das Schweigen ohrenbetäubend, das könnt Ihr mir glauben. Wirklich ohrenbetäubend. Und die Blicke, die ich abgekriegt habe. Gar nicht gut. Hugh Blanchert höchstpersönlich hat mir unmissverständlich eingebläut, dass unsere Zahlen nicht weiter absacken dürfen. Ich wurde aufgefordert, Euch einzubläuen – uns, uns allen, auch mir –, dass, sollte es uns nicht gelingen, das uns zugeteilte »Regal« zu säubern, nicht nur jemand anders eingeschaltet würde, um dieses »Regal« zu säubern, sondern dass wir selbst uns auf diesem »Regal« wiederfinden könnten, dieses »Regal« sein könnten, und jemand anders würde sich voll guter, positiver Energie über uns hermachen. Und dann, ich denke, das könnt Ihr Euch vorstellen, dann würdet Ihr großes Bedauern empfinden, dieses Bedauern würde sich auf Euren Gesichtern zeigen, so wie wir manchmal in Raum 6 ein Bedauern auf den Gesichtern der »Regale« wahrnehmen, während wir sie »säubern«, und deshalb bitte ich Euch, aus der Hüfte, Euer Bestes zu geben und nicht als »Regal« zu enden, was zwangsläufig dazu führen würde, dass wir, Eure früheren Kollegen, es zu säubern säubern säubern hätten, in Raum 6, mit all unserer positiven Energie, ohne einen Blick zurück.

All das wurde mir bei dem Meeting klargemacht, und nun versuche ich, es Euch klarzumachen.

Na, nun habe ich mich hier ewig ausgebreitet, aber bitte, Ihr könnt gern zu mir ins Büro kommen, alle, die vielleicht Zweifel hegen, Zweifel an dem, was wir tun, und ich zeige Euch Fotos von diesem unglaublichen Wal, den meine Söhne und ich mit unserer guten, positiven Energie gestemmt haben. Und natürlich wird diese Information, also, die Information, dass Ihr Zweifel hegt und mich deshalb im Büro aufgesucht habt, die vier Wände dieses Büros nicht verlassen, obwohl ich das bestimmt gar nicht sagen müsste, keinem von Euch, die Ihr mich schon so viele Jahre kennt.

Alles wird gut und alles wird gut, usw. usf.,

Todd

# AL ROOSTEN

Al Roosten stand wartend hinter dem Paravent. War er nervös? Na ja, ein bisschen nervös war er schon. Obwohl, wahrscheinlich deutlich weniger nervös, als die meisten Leute es wären. Die meisten Leute würden sich wahrscheinlich schon in die Hose machen. Machte er sich in die Hose? Noch nicht. Obwohl, wow, er konnte verstehen, dass sich jemand tatsächlich –

»Na dann wolln wir mal Gas geben!«, rief die Showmasterin, eine cheerleaderhafte Blondine, die zu alt war für Zöpfe und deren Zöpfe herumflogen, während sie aus irgendwelchen Gründen so tat, als würde sie joggen. »Kämpfen wir heute hier gegen Drogen oder was? Jawoll! Finden wir Geschäftsleute es gut, wenn unsere Kinder an Drogen rankommen? Kein bisschen, vergiss es, da sind wir total dagegen! Nehmen wir selber Drogen? Ihr Kinder, also die von euch, die heute hier sind, glaubt mir, wenn ich euch sage, das tun wir nicht, und wir haben es auch nie getan! Weil, als eine Frau, die ihr Geld mit Feng Shui verdient, also auf Crack könnte ich unmöglich mein Feng Shui machen, ich arbeite mit dem Erspüren von Energiefeldern, und wenn man auf Crack ist oder auf Dope, ja selbst wenn man zu viel Kaffee getrunken hat, dann wird das Energiefeld ganz schwammig, glaubt mir, das weiß ich, ich hab früher mal geraucht!«

Es war eine Mittagsauktion von Promigrößen der Stadt, wobei unter Promigröße jeder Dödel lief, der dusselig genug gewesen war, ja zu sagen, als die Handelskammer anfragte.

»Und deshalb sind wir hier, um Geld zu sammeln für ›Lacht die Kids weg vom Crack‹ und ihre Antidrogen-Clowns!«, rief die Blondine. »Zum Beispiel Mr AusgeTript, der im Klassenzimmer mit Ballons arbeitet, erst macht er eine Crackpfeife draus, und am Ende ist es ein Sarg, was ich ja so wahr finde!«

Neben ihm stand Larry Donfrey von »Larry Donfrey Immobilien« in Badehose. Donfrey war ein anständiger Kerl. Anständig mit Mängeln. Nicht allzu helle. Immer braungebrannt. War Donfrey attraktiv? Scharf? Würden die Bietenden Donfrey schärfer finden als ihn, Al Roosten? Ach, woher sollte er das wissen? Stand er etwa auf Typen? War er etwa Experte in Sachen scharfe Typen?

Nein, er stand nicht auf Typen, hatte er auch nie.

Es hatte eine Phase gegeben anfangs auf der Highschool, ja, da hatte er sich Sorgen gemacht, ob er wohl auf Jungs stand, und die ganze Zeit beim Ringen verloren, weil er, statt sich auf seine Griffe zu konzentrieren, geistig immer überprüft hatte, ob sein Ding in dem Cup wehtat, weil er einen leichten Halbständer hatte oder weil die Spitze aus einem der Luftlöcher rausragte, und einmal war er fast sicher gewesen, dass er einen leichten Halbständer hatte, als sein Gesicht plötzlich gegen Tom Reeds Sixpack gepresst war, das nach Kokos roch, aber als er nach dem Training im Wald darüber nachgrübelte, fiel ihm ein, dass er manchmal einen ähnlichen leichten Halbständer kriegte, wenn die Katze in der Sonne auf seinem Schoß saß, was bewies, dass er keine sexuellen Gefühle für Tom Reed hatte, denn er wusste ganz sicher, für die Katze hatte er keine sexuellen Gefühle, und er hatte auch noch nie gehört, dass das möglich wäre. Und von dem Tag an dachte er jedes Mal, wenn er sich wieder fragte, ob er etwa auf Typen stand, bloß daran, wie er nach der befreienden Erkenntnis, dass er genauso wenig auf Typen stand wie auf Katzen, jubelnd durch den Wald gelaufen war und glücklich und unglaublich erleichtert die Schirme von den Pilzen gekickt hatte.

Eine Art Musik setzte ein, eine Folge lauter, satter Schläge, rhythmisiert durch angedeutetes weibliches Stöhnen und etwas, das sich anhörte wie eine knarzende Tür, und Larry Donfrey stürmte zu plötzlichem Klatschen und Johlen den Laufsteg runter.

Was soll's?, dachte Roosten. Johlen? Klatschen? Würde er Applaus kriegen? Johlen? Das bezweifelte er. Wer johlte/klatschte für den runden Glatzkopf im Gondolierekostüm? Wenn er eine Frau wäre, würde er für Donfrey johlen/klatschen, den Typ mit dem festen Hintern und den definierten braunen Armen.

Die Blondine gab Roosten seinen Einsatz, indem sie, auf der Stelle laufend, auf ihn zeigte.

Ogottogott.

Roosten trat argwöhnisch hinter dem Paravent hervor. Keiner johlte. Er setzte sich in Bewegung, den Laufsteg runter. Keiner klatschte. Der Raum hörte sich an wie ein Raum, der das Lachen unterdrückt. Er versuchte es mit einem sexy Lächeln, aber sein Mund war zu trocken. Wahrscheinlich konnte man seine gelben Zähne sehen und die Stelle, wo sein Zahnfleisch zurückgegangen war.

Erstarrt in dem harschen Scheinwerferlicht, sah er so verrückt und alt und verloren und doch restarrogant aus, dass sich eine intensive Unbehaglichkeit in dem Raum ausbreitete, die in einem anderen Zusammenhang als einer Wohltätigkeitsshow leicht zu Beleidigungsrufen oder Wurfgeschossen hätte führen können, in diesem Fall kam aber eine Art Mitleidsjohler ungefähr von der Salatbar rüber.

Roostens Gesicht hellte sich auf, er schickte ein angedeutetes Winken der Erleichterung in die Richtung des Johlers, und die Unbeholfenheit dieser Geste – die ungewollt seine Verängstigung bloßlegte – rührte die Menge, dieselbe Menge, die ihn Sekunden zuvor bereitwillig verspottet hätte, noch jemand ließ einen Mitleidsjohler ab, und Roosten lächelte, ein breites irres Grinsen, das eine Welle Gnadenapplaus auslöste.

Roosten war für das Barmherzige daran taub. Super, dieser Johl- und Applauspegel. Er sollte mal einen Bizeps anspannen. Er würde es tun. Er tat es. Das sorgte für eine Steigerung des Johl- und Applauspegels, für seine Ohren war er jetzt mindestens gleichauf mit Donfreys Johl- und Applauslautstärke. Plus, Donfrey war praktisch nackt gewesen. Was darauf hinauslief, dass er streng genommen Donfrey geschlagen hatte, denn Donfrey hatte sich nackt ausziehen müssen, damit er gleichauf mit ihm, Al Roosten, kam.

Haha, armer Donfrey! Rannte in der Unterbuxe rum, und es nützte ihm nichts.

Die Blondine warf Roosten ein Schmetterlingsnetz über den Kopf, und er ging zu Donfrey in den Pappknast.

Jetzt, wo er es Donfrey gezeigt hatte, spürte er, wie in ihm eine Woge der Zuneigung aufbrandete. Der gute alte Donfrey. Er und Donfrey waren die Zwillingssäulen der ortsansässigen Geschäftsleute. Er kannte Donfrey nicht gut. Bewunderte ihn nur aus der Ferne. Genau wie Donfrey ihn aus der Ferne bewunderte. Einmal war der ganze Donfrey-Clan in Roostens Laden »Gute alte Zeit« einmarschiert. Donfreys Frau war wunderschön: hübsche Beine, schlanker Rücken, lange Haare. Man sah sie an und konnte nicht wegsehen. Donfreys Kinder hatten auch großartig auf ihn gewirkt, zwei elfenhafte Androgyne, die höflich über irgendetwas debattierten, vielleicht die Geschichte des Obersten Gerichtshofes?

Jeder Promi hatte sein eigenes vergittertes Fenster in dem Pappknast. Donfrey trat jetzt von seinem weg und auf Roostens zu. Wie anmutig. Ein Prinz. Jetzt würden sie ein bisschen plaudern. Die Menge würde sich neidisch fragen, was wohl die beiden Säulen so Privates zu beplaudern hatten. Aber nein, Entschuldigung: Das blieb unter Säulen. Prolls brauchten es gar nicht erst zu versuchen.

Donfrey sagte irgendetwas, aber die Musik dröhnte, und Roosten war schwerhörig.

Roosten beugte sich vor.

»Ich sagte, mach dir nichts draus, Ed«, rief Donfrey. »Das hast du prima gemacht. Echt. Keine große Sache. Nach einer Woche weiß das schon keiner mehr.«

Was? Was zum Teufel? Was sagte Donfrey da? Dass er seine Sache schlecht gemacht hatte? Peinlich? Vor der ganzen Stadt? Unmöglich. Er hatte voll abgeräumt. War Donfrey auf einem anderen Planeten? Auf Droge? Auf Droge bei einem Antidrogen-Event? Hatte Donfrey ihn gerade Ed genannt?

Donfrey konnte ihn mal. Dieser Heuchler. Dieser Snob. Das hatte er vergessen. Er hatte vergessen, dass Donfrey ein snobistischer Heuchler war. Damals, als die Donfreys in die »Gute alte Zeit« gekommen waren, hatten sie sich auf der Stelle umgedreht und waren wieder rausgelaufen, als hätten sie Roostens Vintage-Sammlerstücke zu staubig und für das Haus der Donfreys unpassend gefunden, das eine buchstäbliche Villa auf dem Hügel war. Und Donfreys Frau war gar nicht wunderschön, wie sich Roosten mit einem Mal ganz ehrlich eingestand; sie war bleich. Eine bleiche, hochnäsige Bohnenstange. Und was Donfreys Kinder betraf – wenn das seine Kinder wären? Er würde sie ein bisschen durchrütteln. Sie vielleicht mal entelfen. Waren das Mädchen oder Jungen? Konnte man wirklich nicht sagen.

Er hatte selber keine Kinder. Nie verheiratet gewesen. Aber die Jungs hatte er. Die Jungs waren seine Neffen. Die Jungs waren keine Elfen. Alles andere als das. Die Jungs waren, was immer das Gegenteil von Elfen war. Trolle? Trampel? Nein, die Jungs waren super. Die Jungs waren Jungs durch und durch. Und wie. Womöglich zu sehr. Warum seine Schwester Mag sie unbedingt zu »Billichschnitt« schleppen musste, wo sie mit »Billichschnitt«-Frisuren aussahen wie drei bullige Versionen desselben komischen germanischen Mondgesichts mit quer rübergeschnittenem Pony, keine Ahnung. Jeden Abend lief im Keller ein Grunz-und-Ringkampf-Turnier, bei dem sie sich Siffknochen oder FurzSchluckThor riefen, bis einer von ihnen mit seinem runden Schädel gegen irgendwas Metallenes gerammt war, dann hievten sie den Verletzten nach oben, und die Tränen liefen ihnen über die ringkampfgeröteten Backen, als wären sie drei plötzlich reumütige Nazis –

Keine Nazis. Hilfe. Deutsche. Energische germanische Burschen aus der Vorkriegszeit. Gesunde junge Beethovens.

Obwohl, apropos Beethoven, ob der wohl je mit bloßen Händen eine Gebetbuchstütze von der Kirchenbank gerupft hatte, weil ein zweiter Beethoven ihn dazu provoziert hatte, während ein dritter Beethoven stolz vier eng gerollte Popeltürme auf einem Gesangbuch präsentierte, die er frisch –

Die Scheidung war's. Die Scheidung hatte die Jungs wild gemacht. Schade um Mag. Auf der Highschool war Al der beliebte Ringer gewesen und Mag die stämmige Kleine in Leben-mit-Christus, die total in Christus verknallt war. Sie hatten auf dem Hof der Eltern gelebt. Aber irgendwie war dann nur aus Mag eine Bäuerin geworden. Mit siebzehn hatte sie sich mit Ken Glenn eingelassen, der genauso landwirtschaftlich orientiert war und tellergroße Ohren hatte. Damals wurden Witze über Mag und Ken gerissen, dass sie im Overall heiraten würden. Oder in einer Kirche voller Vieh. Wenn es je eine Ehe gab, die man für dauerhaft gehalten hätte, dann diese: zwei unansehnliche christliche Bauern. Aber von wegen, Ken hatte Mag verlassen, für eine andere bäurische –

Mag war nicht unansehnlich. Sie war schlicht, sie hatte eine einfache, erdige –

Sie sah gut aus. Eine gutaussehende Frau. Sie – alles war da, wo es sein sollte. Sie hatte ein ansprechendes Auftreten. Außer wenn sie die Jungs zusammenbrüllte. Dann wurde ihr Gesicht zu einer roten verzerrten Maske. Dann sah man ihre Frustration darüber, dass sie die einzige geschiedene Frau in ihrer extrem strengen Kirche war, und wie peinlich es ihr war, dass sie bei ihrem Bruder hatte einziehen müssen, und ihre Sorge, dass sie, falls er den Laden verlor (was mittlerweile fast sicher war), ihre Ausbildung abbrechen und sich einen dritten Job würde suchen müssen. Gestern Abend hatte er sie nach ihrer Schicht bei »Costco« am Küchentisch gefunden, wo sie über ihrem Krankenpflege-Lehrbuch eingeschlafen war. Krankenpflegerin mit fünfundvierzig. Das war ein Witz. Er fand das lachhaft. Obwohl, er fand es gar nicht lachhaft. Er fand es bewundernswert. Ein Snob wie Donfrey würde es vielleicht lachhaft finden. Ein Snob wie Donfrey würde Mag und ihre schlabberige Krankenschwesternuniform nur kurz mustern und seine verwöhnten Elfen sofort in ihre prächtige Donfrey-Villa zurückscheuchen, die neulich in der Lifestyle-Rubrik der –

Ach, Villa Schmilla. Hatte Gandhis Haus das größte Freiluft-Trampolin der drei umliegenden Staaten? Hatte Jesus eine Achttausend-Quadratmeter-Rennbahn mit Fernbedienung, maßstabgetreuen Bergen und einem kleinen Dorf, das nachts beleuchtet war?

Nicht in seiner Bibel.

Huch. Der Pappknast war jetzt voller Promis. Wie war das denn passiert? Anscheinend hatte er ihre Laufstegnummern verpasst, Max von »AutoMax«, Ed Berden von »Steak-und-weg« und die unnatürlich großen Hippiezwillinge, die »Kaffee im Sinn« betrieben.

Die Blondine stand jetzt stumm und mit gesenktem Kopf da, als wartete sie darauf, dass aus ihrer lebenssatten Seelentiefe eine gemütvolle Rede emporstieg, der Hit der Show, der ihr endgültig den Rang des leidgeprüftesten Menschen im ganzen Saal sichern würde.

»Leute, wir haben jetzt den entscheidenden Punkt erreicht«, sagte sie leise. »Unsere Auktion. Die in aller Stille stattfinden soll. Ohne euch, Leute, wisst ihr was? Da wäre ›Lacht die Kids weg vom Crack‹ nichts als ein paar Gestalten, die was gegen Drogen haben und bei sich zu Hause irgendwelche komischen Klamotten anziehen. Schreibt eure Gebote auf, die werden dann eingesammelt. Und später wird der Sieger von dem Promi, auf den er geboten hat, zum Essen eingeladen.«

War's das?

Anscheinend war's das.

Konnte er sich rausschleichen?

Könnte er, wenn er sich klein machte.

Er machte sich klein und schlich raus, während die Blondine weitertönte.

In der Umkleidezone fand er Donfreys Kleider, über einen Stuhl geschmissen: teure Bundfaltenhose, schönes Seidenhemd. Auf dem Boden lagen Donfreys Schlüssel und sein Portemonnaie.

Typisch Donfrey, eine absolut ordentliche Umkleidezone vollzumüllen.

Ach, warum sollte er wütend auf Donfrey sein? Der hatte ihm doch gar nichts getan. Er hatte bloß eine Bemerkung gemacht, sicher hatte er nett sein wollen. Barmherzig. Zu jemandem, der unter ihm stand.

Roosten machte einen Schritt nach vorn und gab dem Portemonnaie einen Tritt. Wow, das rutschte aber weg. Direkt unter einen Stapel Podeste. Wie ein Hockeypuck. Da lagen die Schlüssel, ganz allein jetzt, und betonten die Abwesenheit des Portemonnaies. Ach du Schande. Er konnte ja sagen, das wäre aus Versehen passiert, dass er das Portemonnaie da druntergekickt hätte. Stimmte ja auch irgendwie. Er hatte eigentlich gar nicht drüber nachgedacht. Er hatte einfach Lust gehabt, es wegzutreten, und dann hatte er's getan. So impulsiv war er manchmal. Das war eine seiner guten Seiten. So hatte er auch den Laden gekauft. Den gescheiterten Laden. Er gab den Schlüsseln einen Tritt. Was zum Teufel? Warum hatte er das gemacht? Die rutschten noch besser weg als das Portemonnaie. Jetzt lagen Portemonnaie und Schlüssel weit unter den Podesten.

Tja, dumm gelaufen. Wie dumm, dass er die Sachen aus Versehen da druntergekickt hatte.

Donfrey platzte in die Umkleidezone herein und sprach mit seiner Besserwisser-Stimme in sein Handy.

Es ginge ihr gut, blökte Donfrey. Nervös, aber überdreht. Tapfer. Ohren steif. Ein Goldstück, die Kleine. Fasste immer mit an: an ihrem Tag die Wäsche runtertragen, den Müll an die Straße stellen. Hätte die ganze Woche nicht geschlafen. Zu aufgeregt. Worauf sie sich am meisten freute? Beim Sport mit der ganzen Klasse laufen. Man stelle sich vor: Das ganze Leben hinkt man mit einem verkrümmten Fuß durch die Gegend, bis es endlich was gibt, um das in Ordnung zu bringen. Zum Fürchten, klar, Himmel, die Schiene bräche den Fuß buchstäblich und gäbe ihm eine neue Form. Die Ärmste, so lang darauf gewartet. Jetzt müssten sie aber dalli den Arsch hochkriegen, sie abholen, schnell da rüberfahren. Sie wären schon spät dran, diese Auktion hätte ewig gedauert. Er hätte es wahrscheinlich absagen sollen, aber es wär doch für eine so verdammt gute Sache.

Roosten zog sich rasch fertig an und verließ die Umkleidezone.

Hilfe, worum ging es denn da? Anscheinend war eine der Elfen doch nicht so vollkommen, wie sie –

Hatte eine der Elfen gehinkt? Er konnte sich nicht erinnern.

Na, das war ja traurig. Ein krankes Kind war – Kinder waren die Zukunft. Er würde alles tun, um diesem Kind zu helfen. Wenn einer der Jungs einen verkrümmten Fuß hätte, würde er Himmel und Erde in Bewegung setzen, um ihn in Ordnung zu bringen. Er würde eine Bank überfallen. Und wenn der Junge ein Mädchen war, erst recht. Wer würde denn ein Mädchen mit Klumpfuß oder verkrümmtem Fuß (oder was es nun war) zum Tanzen auffordern? Da saß deine Tochter mit ihrer Krücke, schön herausgeputzt, und tanzte nicht.

Das Herbstlaub flog in Hunderten trockener Fitzelchen über den Parkplatz von »PanCakers«. Ein Vogel auf einem Parkpoller zischte davon, aufgeschreckt von dem herannahenden Laub. Dummes Laub, konnte den Vogel doch unmöglich einfangen.

Es sei denn, er würde ihn mit einem Stein erschlagen und da liegen lassen. Dann wären die trockenen Blätter so dankbar, dass sie ihn zum Laubkönig ausrufen würden.

Haha.

Er gab einem Laubhaufen einen heftigen Tritt.

Scheiße. Ihm war zum Heulen. Warum, was war los, was machte ihn bloß so traurig?

Er fuhr los, durch die Stadt, wo er sein ganzes Leben verbracht hatte. Der Fluss stand hoch. Die Grundschule hatte einen neuen Fahrradständer. Eine Tonne Hunde sprang wie immer an den Zaun, als er an Flannerys Zwinger vorbeikam. Neben dem Zwinger war »Mike's Gyros«. In der grässlichen siebten Klasse hatte Mom ihn einmal auf eine Cola zu »Mike's« eingeladen.

»Al, was ist denn wohl das Problem?«, hatte Mom gesagt.

»Alle nennen mich rechthaberisch und dick«, hatte er gesagt. »Und sie sagen, ich wär hinterlistig.«

»Tja, Al, du bist rechthaberisch, du bist dick, und ich denke mir, dass du auch ganz schön hinterlistig sein kannst. Aber weißt du, was du noch bist? Du hast etwas, das sich Zivilcourage nennt. Wenn du weißt, etwas ist richtig, dann tust du es, egal was es dich kostet.«

Mom konnte manchmal totalen Blödsinn reden. Einmal sagte sie, an der Art, wie er die Treppe hochliefe, könnte sie merken, dass er einen tollen Bergsteiger abgeben würde. Und einmal, als er eine Zwei minus in Mathe geschafft hatte, meinte sie, er solle doch Astronomie studieren.

Gute alte Mom. Sie hatte ihm immer das Gefühl gegeben, etwas Besonderes zu sein.

Plötzlich brannte sein Gesicht. Ihm war, als würde Mom aus dem Himmel auf ihn herunterschauen, streng, aber trocken, wie es ihre Art war, als wollte sie sagen, Hallo, vergessen wir da vielleicht gerade etwas?

Na ja, es war ja ein Versehen gewesen. Er hatte ganz zufällig und versehentlich einige Sachen verlegt. Verlagert. Mit seinem Fuß. Via spontanes, fälschliches Kicken.

Moms Augen im Himmel verengten sich.

Die waren gemein zu mir, sagte er.

Mom klopfte im Himmel mit dem Fuß auf den Boden.

Was sollte er tun? Zurückrasen, sie zu den Schlüsseln führen? Dann wüssten sie, dass er es gewesen war. Plus, Donfrey war vermutlich längst weg. Wahrscheinlich hatte Donfreys Frau einen Ersatzschlüssel. Obwohl Donfreys Frau ja nicht da gewesen war. Also, irgendwer konnte Donfrey ja nach Hause fahren. Nachdem er eine Weile vergeblich nach seinen Schlüsseln gesucht hatte. Weswegen er dann so spät kommen würde, dass sie einen neuen Termin für die Tochter und ihre –

Scheiße.

Ach, das würden sie überleben. Keiner würde deswegen sterben. Musste ein Kind halt ein paar Monate länger warten auf sein –

Roosten bog in eine weiß gepflasterte Auffahrt ein. Er musste kurz nachdenken. Ein Yorkshire-Terrier raste an den Zaun und bellte rituell. Dann kam ein Huhn dazu. Hm. Ein Huhn und ein Yorkie im selben Garten. Sie standen nebeneinander und musterten Roosten.

Heureka.

Er erkannte, wie er es machen konnte.

Er würde sich zurückschleichen, so tun, als wäre er nie weg gewesen. Alle würden nach dem Portemonnaie und den Schlüsseln suchen. Er würde ihnen eine Weile dabei zusehen. Und wenn sie dann fast schon aufgeben wollten, würde er sagen, Ihr habt doch sicher schon unter den Podesten da nachgeschaut?

Ähm, na ja, nein, würde Donfrey sagen.

Lohnt vielleicht den Versuch, würde Roosten vorschlagen.

Sie würden ein paar Typen dazuholen und die Podeste verschieben. Und da würden sie dann liegen, das Portemonnaie und die Schlüssel.

Wow, würde Donfrey sagen. Du bist unglaublich.

Nur eine Ahnung, würde Roosten sagen. Ich habe einfach im Kopf alle anderen Optionen ausgeschlossen.

Ich fürchte, ich habe dich unterschätzt, würde Donfrey sagen. Wir müssen dich bald mal nach Hause einladen.

In die Villa?, würde Roosten sagen.

Und Al?, würde Donfrey sagen. Entschuldige, dass wir damals einfach aus deinem Laden rausgegangen sind. Das war unhöflich. Und Al? Entschuldige, dass ich dich vorhin Ed genannt habe.

Ach, war das so?, würde Roosten sagen. Ist mir eigentlich gar nicht aufgefallen.

Das Abendessen in der Villa würde gut laufen. Bald wäre er praktisch ein Teil der Familie. Und würde einfach so vorbeischneien. Das wäre sehr nett. Nett, mal in einer Villa abzuhängen. Manchmal würden vielleicht die Jungs mitkommen. Obwohl, wehe, die Jungs machten was kaputt. Ringen müssten sie draußen. Denn was er wirklich nicht gebrauchen konnte, war ein Trümmerfeld in der Villa eines Freundes. Er sah Donfreys göttliche Frau vor sich; entsetzt über all die Dinge, die die Jungs kaputtgemacht hatten, sank sie in einen Sessel und fing an zu weinen.

Danke, Jungs, super, vielen Dank dafür. Geht jetzt nach draußen. Geht raus und setzt euch mal still hin.

Jetzt steht der Vollmond im Panoramafenster, er und Donfrey tragen Smoking, und Donfreys Frau trägt etwas tief Ausgeschnittenes in Gold.

Dieses Essen ist großartig, sagt er. Wie jedes Essen bei euch.

Das ist doch das Mindeste, sagt Donfrey. Du hast uns damals so sehr geholfen, als ich so dämlich war, meine Schlüssel zu verlieren.

Haha, ja, genau, apropos?, sagt Roosten.

Dann erzählt er ihnen alles: wie er etwas Unglückliches tat, wie ihm ein Licht aufging, wie er zurückraste, um zu helfen.

Der Brüller!, sagt Donfrey.

Dazu gehört Mut, sagt Donfreys Frau. So zurückzukommen.

Ich würde sagen, es braucht Zivilcourage, sagt Donfrey.

Für deine Ehrlichkeit bewundern wir dich umso mehr, sagt Donfreys Frau.

Mag war auch da. Was tat sie da eigentlich? Na ja, schon in Ordnung, sie durfte bleiben. Mag war eine gute Haut. Ganz brauchbar im Gespräch. Die Donfreys würden ihre guten Seiten schon zu schätzen wissen. So wie sie ja auch seine guten Seiten zu schätzen wussten. Darüber würde sich Mom doch riesig freuen, dass ihre Kinder endlich bekamen, was ihnen zustand, von so gepflegten Leuten in einer wunderschönen Villa.

Ein seltsames, unabsichtliches Geräusch der Zufriedenheit riss Roosten aus seiner Träumerei.

Ha.

Was zum Teufel? Wo war er?

Der Yorkie schnüffelte am Hintern des Huhns. Dem Huhn schien das nichts auszumachen. Oder nicht aufzufallen. Das Huhn war auf ihn, Al Roosten, konzentriert, wie ein Laserstrahl.

Ja, klar. Als würde irgendwas davon je passieren. Als würde er jetzt zurückrasen. Die würden ihn doch durchschauen. Die würden ihn in die Pfanne hauen. Es war immer so, dass die Leute ihn durchschauten und in die Pfanne hauten. Einmal, als er Kirk Desner seinen Sonnenbrillen-Clip klaute, durchschauten ihn die anderen Kids aus der Mannschaft sofort und hauten ihn in die Pfanne. Und als er Syl betrog, durchschaute sie ihn, löste ihre Verlobung und betrog ihn mit Charles, was ihn insgesamt wahrscheinlich schlimmer in die Pfanne haute als jede andere Erfahrung des In-die-Pfanne-gehauen-Werdens, in einem Leben, das, wie es in letzter Zeit aussah, eine schlichte Kette immer schlimmeren In-die-Pfanne-gehauen-Werdens war.

Er wandte sich im Geist an Mom, wie immer, wenn er ein ermutigendes Wort brauchen konnte.

Was, dieser Donfrey-Dödel hat noch nie einen Fehler gemacht?, sagte Mom. War nie unabsichtlich in etwas Unglückliches verwickelt, das leider geschehen ist? Und jetzt will er dich zum Sack, zum Dreck, zum bösen unreifen Menschen abstempeln, weil du einen kleinen Fehler gemacht hast? Ist das etwa fair? Meinst du nicht, dass er irgendwann in seinem Leben auch einmal Vergebung gebraucht hat?

Wahrscheinlich, sagte Roosten.

Oh, ganz sicher, sagte Mom. Ich kenne dich seit deiner Geburt, Al, und du hast keine Faser Böses im Körper. Du bist Al Roosten. Vergiss das nicht. Manchmal meinst du, irgendetwas wäre mit dir nicht in Ordnung, aber jedes Mal stellt sich raus, dass es gar nicht stimmt. Warum machst du dich deswegen selber fertig und verpasst dadurch das Hier und Jetzt in all seiner Schönheit?

Moms muntere Stimme in seinem Kopf heiterte ihn auf.

Er setzte aus der Einfahrt zurück. Mom hatte recht. Die Welt war wunderschön. Hier war der Friedhof der Pioniere mit seinen schiefen, vergilbten Grabsteinen. Hier war die überaus lebendige Autowerkstatt. Ein dichter Batzen Vögel flog geradeaus und ließ sich dann in den Ästen eines vom Blitz gespaltenen Baumes nieder. Er wusste, dass das nicht Mom war, die in seinem Kopf sprach. Er stellte sich nur vor, was Mom gesagt hätte. Wer wusste schon, was Mom gesagt hätte? Zum Ende hin konnte sie eine ganz schön verrückte alte Hippe sein. Aber er vermisste sie sehr.

Wieder dachte er an das verkrüppelte Mädchen. Sie hatten den Termin verpasst und mussten einen neuen finden. Die einzige Möglichkeit war erst in Monaten. Im Dunkel der Nacht fasste sie ihren verkrümmten Fuß an und stieß ein Stöhnen aus. Sie war so nah dran gewesen, so nah dran, einen –

Das war Quatsch. Das war negativ. Man musste den Heilungsprozess zulassen. Das wusste doch jeder. Man musste sich selbst lieben. Was war positiv? Der Laden: sich Wege ausdenken, wie man ihn verbessern, halbwegs ordentlich machen, wieder zum Leben erwecken konnte. Er würde einen Cafétresen einbauen. Den alten fleckigen Teppich rausreißen. Da, schon ging es ihm besser. Man brauchte Freude im Leben. Freude gab einem Schwung. Sobald er den Laden wieder in Gang hätte, würde er weitermachen, ihn großartig machen. Wenn er morgens ankäme, würden ihn lange Schlangen vor der Tür erwarten. Und während er sich im Geist durch die Menschenmenge schob, schien ihn jeder lächelnd und schulterklopfend zu fragen, ob er sich vorstellen könne, für das Bürgermeisteramt zu kandidieren? Ob er dasselbe für die Stadt tun würde, was er für die »Gute alte Zeit« getan hatte? Haha, das würde ein großer Spaß, für das Bürgermeisteramt zu kandidieren. Welche Farben würden seine Plakate bekommen? Was war sein Slogan?

AL ROOSTEN, ALLEN EIN FREUND.

Das war gut.

AL ROOSTEN, DER BESTE VON UNS.

Bisschen eitel.

Haha.

Hier war der Laden. Keiner wartete darauf, eingelassen zu werden. Eine verdreckte Plane war vom Schrottplatz herübergeweht worden und hing vor dem Fenster. Gegenüber vom Schrottplatz war das Viadukt, wo die Penner hausten. Diese Penner ruinierten ihm sein –

Er glaubte, sie nannten sich lieber »Obdachlose«. Hatte er das nicht gelesen? Weil »Penner« abwertend war? Himmel, wie dreist. Da arbeitet ein Kerl nicht einen Tag in seinem Leben, läuft bloß rum und klaut anderen die Wurst vom Brot, und dann jault er rum, von wegen seine Rechte? Er würde gern mal zu einem Obdachlosen gehen und ihn einen Penner nennen. Das würde er machen, jawohl, er würde den verdammten Penner am Kragen packen und sagen, Hey, du Penner, du ruinierst mir das Geschäft. Ich kann jetzt schon zum dritten Mal hintereinander meine Miete nicht bezahlen. Geh doch zurück ins Ausland, wo du wahrscheinlich –

Er hasste diese Bettler, ehrlich, die mit ihren plumpen Schildern an seinem Laden vorbeiliefen. Hätten sie nicht wenigstens richtig buchstabieren können? Gestern war einer mit einem Schild vorbeigelaufen, auf dem stand, BITTE HILFE ODACHLOS. Er hatte Lust gehabt zu rufen, Hey, tut mir leid, dass du odachlos bist! Die verbrachten doch genug Zeit da unter ihrem Viadukt, konnten sie nicht wenigstens Korrektur lesen, bevor sie –

Als er das Auto parkte, wurde sein Geist plötzlich merkwürdig leer. Wo war er? Am Laden. Uff. Wo war sein Schlüssel? An derselben alten hässlichen Kordel, unmöglich, die aus der Tasche zu zerren.

Himmel, er ertrug den Gedanken nicht, da jetzt reinzugehen.

Er würde den ganzen Nachmittag allein da drinnen hocken. Warum musste er das tun? Für was? Für wen?

Mag. Mag und die Jungs zählten auf ihn.

Er saß einen Moment da und holte tief Luft.

Ein alter Mann in dreckstarrenden Kleidern taumelte die Straße entlang, er zerrte ein Stück Pappe hinter sich her, auf dem er ganz bestimmt schlief. Seine Zähne waren schaurig, seine Augen feucht und rot. Roosten stellte sich vor, wie er aus dem Auto sprang, den Mann zu Boden schlug und immer wieder trat, ihm auf diese Weise also eine wertvolle Lektion erteilte, wie er sich zu benehmen hatte.

Der Mann lächelte Roosten schwach an, und Roosten erwiderte das Lächeln schwach.

# DIE SEMPLICA-GIRL-TAGEBÜCHER

*3. September*

Habe mir das Großprojekt vorgenommen, wo ich grad 40 geworden bin, dass ich jeden Tag in dieses neue schwarze Buch schreiben will, das ich mir eben bei BüroMax geholt habe. Aufregender Gedanke, dass ich in einem Jahr, bei einer Seite pro Tag, 365 Seiten geschrieben haben werde, was für ein Bild von unserem Leben und unseren Zeiten für Kinder & Enkel, sogar Urenkel, egal, jeder darf sehr gern (!) sehen, wie das Leben wirklich war/jetzt ist. Was wissen wir schon wirklich von anderen Zeiten? Wie Kleider rochen und Kutschen klangen? Werden Menschen der Zukunft zum Beispiel noch wissen, wie sich nachts über uns hinwegfliegende Flugzeuge anhörten, von wegen Flugzeuge bis dahin passé? Werden Menschen der Zukunft wissen, dass Katzen manchmal nachts kämpften? Weil bis dahin irgendwas Chemisches erfunden, dass Katzen nicht mehr kämpfen? Letzte Nacht geträumt von zwei Dämonen bei wildestem Sex und festgestellt, bloß zwei kämpfende Katzen draußen vorm Fenster. Werden Menschen der Zukunft eine Vorstellung von »Dämonen« haben? Werden sie unseren Glauben an »Dämonen« putzig finden? Wird es überhaupt noch »Fenster« geben? Interessant für Generationen der Zukunft, dass sogar gebildeter Uni-Absolvent wie ich manchmal in kaltem Schweiß aufwachte, weil er an Dämonen dachte, womöglich einen unterm Bett vermutete? Egal, wen juckt's, will ja keine Enzyklopädie schreiben, wenn irgendein Mensch der Zukunft das hier liest und wissen will, was ein »Dämon« war, soll er halt nachschlagen in irgendwas, das Enzyklopädie heißt, falls ihr so was dann noch habt!

Komme grad vom Thema ab, wegen müde, wegen kämpfender Katzen.

Werde jeden Abend zwanzig Minuten schreiben, egal wie müde.

Also, gute Nacht, alle Generationen der Zukunft. Ihr sollt wissen, ich war ein Mensch wie ihr, auch ich atme Luft und spanne die Beine an, während ich versuche zu schlafen, und wenn ich mit Stift schreibe, halte ich ihn manchmal zum Schnüffeln an die Nase. Obwohl, wer weiß, vielleicht schreibt ihr Menschen der Zukunft ja mit Laserstiften? Aber wahrscheinlich haben sogar die einen bestimmten Geruch? Schnüffeln Menschen der Zukunft immer noch an ihren (Laser-)Stiften? Wird jetzt echt spät, und ich häng mich mit diesen philosophischen Spekulationen weit aus Fenster. Aber hiermit beschlossen, schreibe jeden Abend mindestens zwanzig Minuten in dieses Buch hinein. (Wenn entmutigt, einfach dran denken, wie viel nach bloß einem Jahr für Nachwelt aufgezeichnet ist!)

## 5. September

Ups. Einen Tag ausgelassen. Alles hektisch. Werde kurz gestern zusammenfassen. Gestern ziemlich heftig. Wollte grad Kinder von Schule abholen, als Stoßstange von Park Avenue abfiel. Hinweis für Generationen der Zukunft: »Park Avenue« = Automodell. Unserer nicht neu. Unserer eher alt. Bisschen verrostet. Eva stieg ein, fragte, was eigentlich »schrottomat« bedeutet. Genau da fiel Stoßstange ab. Mr Renn, Geschichtslehrer, hilfsbereit, sammelte Stoßstange auf (Notiz: lobenden Brief an Rektor schreiben) und sagte, er hätte auch mal Auto gehabt, wo Stoßstange abgefallen ist, als er armer Student war. Eva versicherte mir, kein Problem, dass Stoßstange abgefallen wäre. Ich antwortete, klar wär das kein Problem, warum denn auch, wär halt passiert, nicht meine Schuld. Bild bleibt im Gedächtnis, drei süße Kinder auf dem Rücksitz, etwas Trauriges und Ernüchtertes auf kleinen Gesichtern, wie sie schüchtern Stoßstange im Schoß halten. Das eine Ende musste bei Eva aus Fenster hängen, und heute schnupfelt sie ein bisschen, plus kleine Schnittwunde an Hand von scharfer Kante an Stoßstange. Mr Renn band Taschentuch an raushängendes Stoßstangenende. Als Eva sich laut Gedanken machte, dass wir womöglich Taschentuch zurückzugeben vergessen (»Na ja, Daddy, wir gehören zu den nachlässigen Leuten«), sagte ich, meiner Meinung nach wären wir eher nicht nachlässig. Auf Heimweg flog natürlich prompt Taschentuch weg.

Wie immer setzte Lilly alles ins richtige Verhältnis, als sie sagte, wen juckt schon doofe Stoßstange, wir kriegen doch eh bald neues Auto, wenn wir reich sind, stimmt's? Stellte Stoßstange beim Heimkommen in Garage. Fand dort große tote Maus oder kleines totes Eichhörnchen voll wimmelnder Maden. Nahm Schaufel, um Großteil von Eichhörnchen/Maus in Müllsack zu transferieren. Schmodder oder Fleck von Eichhörnchen/Maus noch auf Garagenboden, wie Ölfleck inkl. Fellbüschel drin.

Stand da und schaute traurig zum Haus. Dachte: Warum traurig? Sei nicht traurig. Wenn traurig, machst du alle traurig. Ging glücklich rein, sagte nichts über Stoßstange, Eichhörnchen/Maus-Schmodder, Maden und gab dann Eva Extraportion Eis wegen Anschnauzer vorher.

Sie ist extrem süß. Extrem großes Herz. Einmal, wie sie noch klein war, fand sie toten Vogel im Garten und legte ihn hoch auf Schaukel, damit »kann sein Famile gucken«. Weinte, als wir alten Schaukelstuhl wegschmissen, weil der hätte ihr erzählt, dass er bis Lebensende im Keller leben wollte.

Muss unbedingt besserer Vater werden! Gütiger. Sofort anfangen. Bald sind sie erwachsen, wie traurig, wenn einzige Erinnerung an dich dann gereizter, gestresster Typ in schrottigem Auto ist.

Unbedingt-Liste: Giro ausgleichen. TÜV für Park Ave. Stoßstange erneuern. (Notiz an mich: Ist neue Stoßstange für TÜV nötig?) Eichhörnchen/Maus-Schmodder wegschrubben, damit Kinder in Garage Sommerspiele machen können.

Sinnvoll-Liste: Keller putzen. (Wegen Regen neulich Mini-Überschwemmung, daher Kartons/Packmaterial im Eimer, die für Weihnachten gelagert waren. Meerschweinchenkäfig schwamm da auch rum. Auf Waschmaschine gestellt. Muss jetzt, wenn gewaschen wird, vorübergehend wieder ins Wasser.)

Wann werde ich genug Freizeit/Geld haben, um auf Heuballen sitzen und in aufgehenden Mond schauen zu können, während Familie in Luxusvilla schläft? Hätte dann Gelegenheit zu tiefschürfenden Gedanken über Sinn des Lebens usw. usf. Hab so ein Gefühl, schon immer gehabt, dass das irgendwann für uns so kommen wird, diese und andere gute Sachen!

*6. Sept.*

Heute Geburtstagsparty bei Lillys Freundin Leslie Torrini zu Hause: total depri.

Haus = Herrenhaus, wo Lafayette mal übernachtet hat. Torrinis zeigten uns Lafayettes Zimmer: jetzt ihr »Spielzimmer«. Plasmafernseher, Flipper, Fußmassagegerät. Über zwölf Hektar, sechs Außengebäude (so nennen sie die, »Außengebäude«): eins für Ferraris (drei), eins für Porsches (zwei plus einen dritten, den er gerade überholt), eins für historisches Karussell, das sie gerade als Familienprojekt (!) restaurieren. Rote orientalische Brücke, aus China eingeflogen, über Bach voller Forellen. Hat uns da drauf Hufabdruck von irgendeiner Dynastie gezeigt. Im vorderen Raum, beim Steinway, stand Gipsabdruck von Hufabdruck aus noch früherer Dynastie, auf Holz von anderer Brücke. Picasso-Autogramm, Disney-Autogramm, Kleid, das Greta Garbo mal anhatte, alles in massivem Mahagoni-Schrank ausgestellt.

Gemüsebeete von Burschen namens Karl gepflegt.

Lilly: Wow, diese Beete sind größer als unser ganzer Garten.

Blumenbeete von anderem Burschen gepflegt, komischerweise auch ein Karl.

Lilly: Würdest du nicht auch wahnsinnig gern hier wohnen?

Ich: Lilly, haha, sag doch so was äh ...

Pam (meine Frau, sehr lieb, Liebe meines Lebens!): Was, was sagt sie denn Falsches? Würdest du etwa nicht wahnsinnig gern hier wohnen? Also ich schon.

Vor Haus, auf weiter Rasenfläche, größtes SG-Arrangement, das ich je gesehen habe, alle in Weiß, weiße Gewänder wehten im Wind, und Lilly sagt: Dürfen wir da näher ran?

Freundin Leslie: Dürfen wir, tun wir aber normalerweise nicht.

Leslies Mutter, in indonesischem Sarong: Tun wir nicht, da wir es schon oft getan haben, aber vielleicht möchtest du näher ran, Liebes? Vielleicht ist das alles sehr neu und aufregend für dich?

Lilly, scheu: Ja, ist es.

Leslies Mom: Bitte, dann geh hin, viel Spaß.

Lilly rennt los.

Leslies Mom, zu Eva: Und du, Liebes?

Eva steht schüchtern an mein Bein gelehnt und schüttelt Kopf.

Genau da erscheint Vater (Emmett) mit frisch gestrichenem Bein von Karussellpferd und sagt, Zeit zum Abendessen, hoffentlich mögen Sie fangfrischen Fächerfisch, aus Guatemala eingeflogen, angerichtet mit einem seltenen Gewürz, das es nur in einer winzigen Region Myanmars gibt und das nur mit Bakschisch exportiert werden konnte, außerdem musste er für Fächerfisch spezielle Frischhaltebox entwerfen und bauen.

Die Kinder können später im Baumhaus essen, sagt Leslies

Mom. Wir haben extra Tischsets gekauft. Früher hatten wir russische, aus unserer Zeit in Russland. Sehr hübsch, aber etwas abgegriffen. Die Kerzenhalter waren auch antik. Also antik im Sinne von Romanow-antik.

Und letzte Woche haben wir da oben endlich auch Kabelanschluss hinlegen lassen, sagt Emmett.

Er zeigt auf Baumhaus, das im viktorianischen Stil angestrichen ist, Giebeldach hat und rausguckendes Teleskop und, ja, sieht nach Solarpaneel aus.

Thomas: Wow, dieses Baumhaus ist sachichma doppelt so groß wie unser Haus zu Hause.

Pam (flüsternd): Sag nicht »sachichma«.

Ich: Ach, haha, lass ihn doch sagen, was er will, wir wollen nicht –

Thomas: Dieses Baumhaus ist doppelt so groß wie unser Haus zu Hause.

(Thomas übertreibt, wie immer: Baumhaus ist nicht doppelt so groß wie unser Haus. Eher so ein Drittel von unserem Haus. Aber schon: großes Baumhaus.)

Unser Geschenk nicht das allerschlimmste. Zwar vielleicht das allerbilligste (jemand brachte einen Mini-DVD-Player mit, jemand eine Locke von einer echten Mumie (!)), aber meiner Meinung war unseres das liebevollste Geschenk. Weil Leslie (die über die Mumienlocke enttäuscht wirkte und das auch sagte, weil sie schon eine hatte (!)), wie mir schien, von der Schlichtheit unseres Papierpuppensets berührt war. Und obwohl wir es beim Kauf nicht als Kitsch empfanden, dachte ich, als Leslies Mom sagte, Les, guck mal hier, ist das vielleicht kitschig, großartig, oder? – da dachte ich, ja, gut, vielleicht ist es kitschig, vielleicht mit Absicht. Wie dem auch sei, das dämpfte den Schlag des nächsten Geschenkes, eine Eintrittskarte zu den Preakness Stakes (!), Leslie interessiert sich nämlich seit kurzem für Pferde, also auch Pferderennen, und steht immer früh auf, um ihre neun Pferde zu füttern, während sie sich davor immer strikt geweigert hatte, die sechs Lamas zu füttern.

Leslies Mom: Und raten Sie mal, wer am Ende die Lamas füttern musste?

Leslie (scharf): Mom, weißt du nicht mehr, dass ich damals immer Yoga hatte?

Leslies Mom: Obwohl eigentlich, ganz ehrlich? Es war ein Segen für mich, eine Chance wiederzuentdecken, was für großartige Tiere das sind, nach der Schule, an den Tagen, wo Les Yoga hatte.

Leslie: So ungefähr jeden Tag Yoga?

Leslies Mom: Man muss einfach auf seine Kinder vertrauen, darauf, dass ihr angeborenes Interesse am Leben am Ende den Sieg davonträgt, finden Sie nicht? Was ja jetzt genau so gekommen ist, mit Les und den Pferden. Gott, wie sie die liebt.

Leslie: Sie sind wunderbar.

Pam: Unsere Kinder kriegen wir nicht mal dazu, aufzuheben, was Ferber im Vorgarten macht.

Leslies Mom: Und Ferber ist?

Ich: Hund.

Leslies Mom: Haha, tja, alles kackt, ist einfach so, oder?

Stimmt schon, dass wir Garten nicht ordentlich kriegen, auch mit Plan neuerdings, mochte aber trotzdem nicht, dass Pam das so ausposaunte, als wären unsere Kinder nicht nur weniger hübsch angezogen als Leslie, sondern auch weniger verantwortungsvoll, als wäre der Hund kein gleichwertiges Haustier verglichen mit Lama, Pferd, Papagei (Papagei in der oberen Diele sagt »Bonne nuit«, als ich zum Pinkeln vorbeikomme) usw. usf.

Schlenderte nach Abendessen mit Emmett übers Gelände, der Chirurg ist, setzt zwei Tage die Woche irgendwas ins Hirn ein, kleine elektronische Geräte? Oder irgendwas Biotronisches vielleicht? Jedenfalls sehr klein. Wovon Hunderte auf Stecknadelkopf passen? Oder auf Centmünze? Konnte ihm nicht ganz folgen. Er fragte dann nach meiner Arbeit, hab ihm davon erzählt. Er meinte, tja, schon erstaunlich, was für seltsame geheimnisvolle Dinge unsere Kultur manchen von uns abverlangt, degradierende Dinge, die niemandem irgendwas Greifbares bringen, wie sollen die Leute da überhaupt mit erhobenem Kopf weiterleben?

Mir fiel keine Antwort ein. Notiz an mich: Denk dir Antwort aus, schreib sie ihm auf Postkarte, dadurch Freundschaft mit Emmett schließen?

Kehrte zum Haus zurück, setzte mich auf spezielle Sternenbeobachtungsplattform, als Sterne aufgingen. Unsere Kinder saßen fasziniert von Sternen da, als ob unsere Gegend ohne Sterne. Was, sagte ich, keine Sterne in unserer Gegend? Keine Antwort. Von keinem. Übrigens wirkten Sterne da heller. Auf Sternenplattform zu viel getrunken, plötzlich kam mir alles, was mir einfiel, dumm vor. Hielt also einfach die Klappe, wie betäubt.

Pam fuhr nach Hause, ich mürrisch und betrunken auf Beifahrersitz im Park Ave. Kinder schnatterten, wie toll Party gewesen wäre, besonders Lilly. Thomas spuckte lauter öde Lama-Infos aus, von Emmett.

Lilly: Kann's gar nicht erwarten bis zu meiner Party. Noch zwei Wochen, stimmt's?

Pam: Was möchtest du denn gern zu deiner Party machen, mein Schatz?

Lange Stille im Auto.

Schließlich Lilly, traurig: Ach, ich weiß nicht. Nichts wahrscheinlich.

Dann vorm Haus. Wieder Stille im Auto, als wir kahlen Garten sahen. Also vor allem Quecken und keine rote orientalische Brücke inkl. Hufabdrücken und keine Außengebäude und kein einziges SG, bloß Ferber, den wir irgendwie vergessen hatten und der wie immer um den Baum rumgelaufen war, immer im Kreis, bis er sich an seiner immer kürzeren Leine fast selber erwürgt hatte, jetzt lag er praktisch flach am Boden und schaute bettelnd zu uns auf, in Kombi aus Verzweiflung und köchelnder Wut.

Ließ ihn von Leine, er warf mir feindseligen Blick zu und schiss extrem nah an Veranda.

Schaute mir an, ob Kinder Initiative ergreifen und es aufheben würden. Aber nein. Schlichen bloß dran vorbei und standen erschöpft vor Haustür. Da wusste ich, dass ich Initiative hätte ergreifen und es selber aufheben sollen. War aber müde und wusste, ich musste reinkommen und noch in dieses dämliche Buch schreiben.

Mag eigentlich keine reichen Leute, weil sie uns armen Leuten Gefühl geben, doof und unzulänglich zu sein. Dabei sind wir gar nicht arm. Ich würde sagen, wir sind so mittel. Wir haben unheimlich viel Glück. Das weiß ich. Aber es ist trotzdem nicht recht, dass reiche Leute uns mittleren Leuten Gefühl geben, doof und unzulänglich zu sein.

Schreibe immer noch betrunken, und es wird spät, und morgen ist Montag, also Arbeit.

Arbeit Arbeit Arbeit. Dumme Arbeit. Bin Arbeit so leid.

Gute Nacht.


## 7. Sept.

Hab gerade letzten Eintrag gelesen und sollte das erklären.

Bin Arbeit nicht leid. Arbeiten ist Privileg. Ich hasse die Reichen nicht. Ich strebe selbst an, reich zu sein. Und wenn wir endlich wirklich eigene Brücke, Forelle, Baumhaus, SGs usw. bekommen, werden wir zumindest wissen, dass wir sie uns selbst verdient haben, anders als beispielsweise die Torrinis, die bestimmt Geld in der Familie haben, sagt mir mein Gefühl.

Heute war in der Mittagspause bei der Arbeit der »Heiße Herbst«. Wir gingen alle runter, da strömten ungefähr tausend Leute raus. Kleines Trio spielte. Jemand hatte Miniwimpel in Orange und Gelb verteilt, mit HH-Stempeln, die bald den ganzen Boden bedeckten. Durch den Hof läuft ein Pseudofluss, und viele Arschlöcher hatten ihre Miniwimpel in Pseudofluss geschmissen. Filter an einem Ende bald verstopft von Miniwimpeln, ein Wartungsmonteur, dem ein paar Wimpel aus der Arschtasche ragten, lief mürrisch rum und versuchte, mit Zollstock Miniwimpel aus Filter zu klauben.

Wie immer wurden so flache kleine trockene Sandwiches serviert. Bis unsere Gruppe unten war, lagen schon viele davon um den Tisch herum, mit Fußspuren drauf.

Ließen uns auf Grünstreifen fallen und aßen schnell.

Dachte an Eva, als ich da saß. So ein Schatz. Fand sie gestern Abend nach Party traurig in ihrem Zimmer. Fragte sie warum. Sie sagte, wegen nichts. Aber auf Malblock: Buntstiftebild mit einer Reihe trauriger SGs. Konnte sehen, dass sie traurig sein sollten, weil die bekümmerten Mundwinkel von den Gesichtern runterhingen wie Schnauzbärte und Tränen im hohen Bogen fielen, und wo sie auf Boden trafen, sprossen Blumen raus. Notiz an mich selbst: mit ihr reden, erklären, dass es nicht wehtut, dass SGs nicht traurig sind, sondern sogar glücklich, wenn man bedenkt, wie es ihnen vorher ging: dass sie sich das ausgesucht haben und froh sind usw.

Sehr bewegende Sendung auf NPR über ein SG aus Bangladesch, das Geld nach Hause schickt: So konnten Eltern kleine Hütte bauen. (Notiz an mich selbst: Online finden, downloaden, Eva vorspielen. Zuerst Computer reparieren. Computer superlangsam. Wegen niedriger Speicherleistung? Vielleicht »Zirkusloser« löschen? Akrobaten springen alle verzerrt rum, wegen niedriger Speicherleistung + Elefanten hüpfen nicht = kein Spaß.)

Bald war's eins, wir mussten wieder an die Arbeit. Im Fahrstuhl hatten einige von uns noch unsere kleinen trockenen Sandwiches in der Hand, standen da, alles rotgesichtige Männer mit Schlips, witzelten über Herbst jetzt heiß genug, Heißer Herbst fertig geheizt usw. usf. Dann peinliches Schweigen, als wir im Geist wiederholten, was wir gerade in hitziger Begeisterung gesagt hatten, als wollten wir ersten Preis für dümmsten Spruch machen.

Dann kurzer Moment, wo wir alle heimlich hoch zur verspiegelten Decke des Fahrstuhls lugten, nach kahlen Stellen spähten usw. usf., um zu gucken, wie wir »von oben« aussahen.

Anders sagte: Bestimmt seh ich aus Vogelperspektive ziemlich komisch aus.

Keiner lachte, alle machten Platzhaltergeräusch für Lachen, damit sich Anders nicht schlecht fühlte, wo doch seine Mutter vor kurzem gestorben war.


## 8. Sept.

Grad von langem Spaziergang durch Woodcliffe zurück.

Da sitzen überall Männer meines Alters in großen Sesseln unter vermögenden orangen Lampen und lesen. Wo ist mein Sessel? Meine orange Lampe? Kein großer Sessel, keine vermögenden Lampen, kein Raum voller Bücher. Warum sind Bilder an unseren Wänden so lasch? Wir haben bloß eine Abbildung von Oldtimern von Target und eine von irgendeinem unspezifischen Strand inkl. Riesenrad vom Straßentrödel. Was machen wir falsch? Wo bleibt unsere teure, gerahmte, vom Künstler signierte Originalkunst? (Notiz an mich selbst: Mit jungem Künstler anfreunden? Junger Künstler kommt ins Haus, ist beeindruckt von Familie, malt Familienporträt gratis? Immer noch teuer zu rahmen. Vielleicht ist Künstler so beeindruckt von Familie, dass er es selber rahmt, also Rahmen = Teil des Geschenks?) In Woodcliffe alles üppig. Wunderschöne Blumenbeete, nächtlicher Geruch von Zedernmulch, Motorboote auf Rasen im Mondschein. Hinter großem Haus mit Türmchen Ecke Longfellow und Purdy Way abfallender Garten, ungefähr 200 Meter lang perfekter Rasen. Da hingen im Dunkeln fünfzehn (hab nachgezählt) stumme SGs, weiße Gewänder im Mondschein. Atemberaubend. Wind frischt auf, dann hängen sie leicht schräg, Gewänder und Haare (lang, fließend, schwarz) im selben Winkel. Unglaubliche Blumen (Tulpen, Rosen, etwas Helloranges, langstielige Dinger mit weißen Traubenblüten) beben im Wind, Geräusch von Papier auf Papier. Von drinnen Flötenmusik. Muss man an alte Zeiten denken und vermögende Männer dieser Zeiten, die großartige Gärten anlegten und da durchschlenderten, während sie sich über Philosophie ausließen, Fülle der Erde, eingefangen zum Ergötzen von usw. usf.

Wind lässt nach, alles wieder senkrecht. Über Rasen hinweg zu hören: sachtes Seufzen, Fetzen gemurmelter ausländischer Sätze. Sagen sich vielleicht gute Nacht? Sagen sich vielleicht in ihrer Sprache, uff, das war ja ein starker Wind?

Ging beinahe hin, um sie genauer anzuschauen, womöglich zu reden, bremste mich aber in letzter Sekunde, dachte: Warte, stopp, Hausfriedensbruch, schlechte Idee.

Stand eine Weile da, beobachtete, dachte, betete: Herr, gib uns mehr. Gib uns genug. Hilf uns, dass wir nicht hinter unseresgleichen zurückfallen. Hilf uns, genauer gesagt, dass wir nicht noch weiter hinter unseresgleichen zurückfallen. Für die Kinder. Möchte nicht, dass sie davon gebrandmarkt sind, wie weit wir zurückgefallen sind.

Mehr will ich ja gar nicht.

Hund fing an zu bellen, schoss zwischen zwei SGs durch, von denen eine leicht aufschrie. Aber Hund an Leine. Wurde zurückgerissen.

Aus dem Haus: Ruhig, Brownie! Brownie, brav!

Hörte das aus Baumschatten, lief schnell weg.

Neun Tage bis zu Lillys großem Tag. Hab richtig Angst davor. Zu viel Druck. Will keine schlechte Party. Warum Thema? Vielleicht wegen meiner eigenen Party zum Dreizehnten? Reiten und Ken Dryzniak beinahe gelähmt nach Sturz? Kuchen schmeckte muffig. Schlange bedrohte Kate Fresslen. Dad tötete Schlange mit Hacke, Schlangenstückchen spritzten hoch und machten Kates Kleid schmutzig? Oder vielleicht Geburtstagsstress für alle Eltern normal?

Hatte Lilly um Liste von Geburtstagsgeschenkideen gebeten. Kam heute nach Hause und fand Umschlag, MÖGLICHE GESCHENKLISTE. Drinnen Ausschnitte aus irgendeinem Katalog: *»Ruhende Wildheit.« Ein Paar wilde Dschungelkatzen aus Porzellan sind (vorübergehend!) gezähmt auf detailliert verzierten Schmuckkissen, aber unterschätzen Sie nicht ihre Wildheit. Nach links schaut Cheetah: 350$. Nach rechts schaut Tiger: 325$.* Dazu, auf einem Post-it: DAD, ZWEITE WAHL: *»Mädchen, das der kleinen Schwester vorliest« Figur: Diese Kindheitsstudie von der aus Nevada stammenden Künstlerin Dani wird Sie in Porzellan an die Freuden der »Geschichtenzeit« erinnern, an die zarten Momente, die wir alle kennen. Mädchen und kleines Mädchen beim Lesen, auf poliertem Fels: 280$.*

Entmutigend, fand ich. Weil 1) warum wünscht sich ein junges Mädchen von 12 so ein Alte-Tanten-Geschenk, und 2) woher nimmt ein 12jähriges Mädchen die Idee, dass 300$ = angemessene Summe für Geburtstagsgeschenk? Für uns gab es früher ein Hemd, das wir nicht wollten, meistens selbstgenäht. Kriegte einmal Basketball, war aber viel zu prall, Modell American Basketball Association, rot, weiß und blau, mit einer Zeichnung von Clown drauf, Gott weiß wieso. Beim Dotzen flog er einen halben Meter höher als normaler Ball. Meine Freunde nannten ihn meinen »Dotzball«. Kostete natürlich nicht dreihundert, logisch. Glaube, hat Mom für Rabattmarken gekriegt. Gab ihn mir eingepackt in selbstgenähtes Hemd, von dem ein Arm runterhing. Drängte mich dann, das langärmlige Hemd anzuziehen und rauszugehen, es »den Jungs zeigen«. Fotografierte mich, wie ich versuchte, mit dem Dotzball zu dribbeln, während Freund Al langen Arm des Hemdes hochhielt, als wollte er sagen: Wow, was für ein langer Arm. Auf dem Foto dotzt Ball aus Bildausschnitt raus. Gekrümmte Unterseite des Balls gerade noch zu sehen, wie Mond, Chris M. schaut zum Ball/Mond auf, verblüfft/ zusammenzuckend.

Will aber auch Lilly nicht Herz brechen oder sie schroff an unsere begrenzten Möglichkeiten erinnern. Sie wird weiß Gott oft genug schroff an unsere begrenzten Möglichkeiten erinnert. Für das »Mein Garten«-Projekt in der Schule brachte Leslie Torrini Fotos von orientalischer Brücke mit, dazu Hintergrundinfos zu SGs (Ursprungsland, Alter usw.), wie »jedes andere Kind in der Klasse« auch, Lilly dagegen hatte Kondomschachtel aus 40er Jahren dabei, die sie letztes Jahr bei dem abgebrochenen Versuch, einen Gemüsegarten anzulegen, gefunden hatte. Vielleicht schlechte Entscheidung bez. Mitbringenlassen von Kondomschachtel? Ich dachte, historischer Aspekt wäre gut, und vielleicht würden viele nicht merken, dass es Kondomschachtel war. Aber Lehrerin merkte und sagte es, großes Gelächter bei Kids, Lehrerin nutzte Gelegenheit, um über Safer Sex zu reden, was gut für Klasse war, aber vielleicht nicht so gut für Lilly.

Und von wegen Party, Lilly meinte, sie wollte lieber gar keine. Ich fragte, Warum nicht, mein Schatz? Sie sagte, Ach, aus keinem Grund. Ich sagte, Liegt es an unserem Garten, unserem Haus? Hast du Angst, die Party könnte langweilig oder peinlich sein, weil wir so ein kleines Haus und einen kahlen Garten haben?

Worauf sie in Tränen ausbrach und sagte, O Daddy.

Eine Figur wäre ja vielleicht doch nicht so übertrieben. Oder vielmehr, sie könnte ein Exzess sein, für den sich Investition lohnt, wegen ihrem traurigen Gesicht, als sie am »Mein Garten«-Tag reinkam und die Kondomschachtel mit Seufzer auf Tisch fallen ließ.

Vielleicht »Mädchen, das kleiner Schwester vorliest«, weil es die billigste ist? Obwohl, vielleicht schlechtes Zeichen, billigste zu verschenken? Zeichen für Knickerigkeit mitten in Bemühung, großzügig zu sein? Vielleicht am besten groß denken. Und auf »Ruhende Wildheit« setzen?

Cheetah mit Visa zahlen und hoffen, Lilly erlebt glückliche Überraschung?


*14. Sept.*

Hab heute Mel Redden beobachtet. Er war gut. Ich war gut. Er machte kleinere Fehler, mir entging kein einziger. Er machte einen Recycling-Fehler: warf Getränkedose in falschen Eimer. Als er Dose in falschen Eimer warf, machte er ergonomischen Fehler, warf von zu weit weg, traf daneben und musste aufstehen und noch mal werfen. Dann zweiter ergonomischer Fehler: ging nicht in die Hocke, als er Dose aufheben wollte, um noch mal zu werfen, sondern bückte sich aus Hüfte, ergo Steigerung von Rückenverletzungsrisiko. Mel zeichnete meine Bewertungen ab, bat mich dann, noch einmal zu bewerten. Sehr clever. Dann keine Fehler mehr. Warf keine Dosen mehr in Eimer. Machte keine ergonomischen Fehler mehr, saß einfach still am Schreibtisch. Und konnte das dann an seine Akte dranhängen. Schieden als Freunde usw. usf.

Noch eine Woche bis Ls Geburtstag.

Notiz an mich selbst: Cheetah bestellen.

Aber nicht ganz einfach. Kürzlich ein paar Probleme mit Visa. Ausgeschöpft. Mehr als ausgeschöpft. In DeinItaliener gemerkt, als Visa verweigert wurde. Ließ Pam und Kids da, ging mit großem falschem Lächeln raus und fuhr zu Geldautomaten. Dann Schrecksekunde, als Geldautomat verweigerte. Penner in der Nähe sagte, Geldautomat kaputt, und schickte mich zu anderem Geldautomaten. Dankte Penner mit freundlichem Winken, als ich vorbeifuhr. Penner reckte Mittelfinger. Gott sei Dank war zweiter Geldautomat nicht kaputt, verweigerte nicht.

Kam außer Atem zurück zu DeinItaliener, wo Pam bei dritter Tasse Kaffee saß und die Kinder schon vom Stuhl kippten und mit Münzen gegen Aquarium klopften, Kellner guckten sauer. Zahlte cash inkl. großem Entschuldigungstrinkgeld. Überlegte, Münzen von Kindern einzusammeln (!). Trotzdem insgesamt guter Abend. Spaß gemacht. Kids haben sich echt gut benommen, bis zu der Sache mit Aquarium. Aber Problem bleibt: Visa ausgeschöpft. American Express und Discover auch schon fast ausgeschöpft. Discover angerufen: 200$ noch verfügbar. Wenn wir 200$ vom Giro überweisen (sobald Lohn reinkommt), hätte ich auf Discover 400$ verfügb. und könnte Cheetah besorgen. Obwohl, problematisches Timing. Derzeit Giro auf null. Gehaltsscheck muss kommen, muss ihn sofort auf Giro einzahlen, hoffe, Lohn wird schnell gutgeschrieben. Und dann, wenn Rechnungen dran sind, Rechnungen im Gegenwert von 200$ aussuchen, die nicht bezahlt werden. Später bezahlt werden.

Alles bisschen eng derzeit.

Notiz an Generationen der Zukunft: In unserer Zeit gibt es Dinger namens Kreditkarten. Firma leiht Geld, man zahlt mit hohen Zinsen zurück. Nett für wenn man gerade kein Geld hat, um zu tun, wozu man Lust hat (zum Beispiel extravagante Cheetah kaufen). Aus der Sicherheit eurer Zukunft sagt ihr vielleicht: Wäre es nicht besser, einfach zu lassen, was man sich nicht leisten kann? Leicht gesagt! Ihr seid nicht hier in unserer Welt mit Kindern, Kindern, die ihr liebt, während andere Leute Gutes für ihre Kinder tun, eine Reise zum kulturellen Erbe nach Nizza, wenn man Mancini heißt, oder drei Wochen lang Wracktauchen bei den Bahamas, wenn man Gary Gold und sein braungebrannter schlanker Sohn Byron ist.

Begrenzte Möglichkeiten sind so frustrierend.

Ich will so vieles tun und erfahren und Kindern schenken. Zeit vergeht so schnell, Kinder werden so schnell groß. Wenn nicht jetzt, wann dann? Wann werden wir ihnen Freigiebigkeit und Sinn für Großzügigkeit schenken? Nie Hawaii gemacht oder Gleitfliegen oder Mittagessen in Café am Meer, auf dem Kopf schlabbrige Strohhüte, die man gerade aus Laune heraus gekauft hat. Meine Sorge ist also: Werden sie nicht zu vorsichtig, wenn sie in Armut aufwachsen? Dabei wachsen sie gar nicht in Armut auf. Aber es gibt Dinge, die wir wollen und nicht haben können. Wenn Kinder zu vorsichtig aufwachsen wegen Armut, wird die Welt sie nicht schlucken und wieder ausspucken? Würde gern große Kiste kaufen, wie vergrabene Schatzkiste dekorieren, vergraben, Landkarte malen, Landkarte verstecken, sie zu Landkarte führen, ohne dass sie es merken. Dann, wenn sie Landkarte anbringen, sagen: Lächerlich, seid doch keine Träumer, seid vorsichtig, seid sparsam, Welt ist grausam. Und wenn sie beharren und Schatz wirklich finden, wäre das nicht hervorragende Lektion in Sachen dranbleiben? Aber wie? Woher so eine Kiste kriegen? Was in Kiste reintun, das nicht zu teuer ist? Wie so ein tiefes Loch graben und wann? Am Wochenende immer zu viel zu tun. Wenn ich mehr Geld hätte, könnte ich Hausmädchen einstellen, Gartenhilfe einstellen, wäre frei, mich um Kiste zu kümmern, was reinzutun, sie zu vergraben. Oder könnte Gartenhilfe Kiste vergraben lassen, nachdem ich was reingetan habe. Oder Hausmädchen soll was reintun. Hab aber kein Geld für Hausmädchen oder Gartenhilfe, kein Geld für Schatzkiste oder Schatz, der da reinmüsste, ich hab nicht mal Geld, um mir Set zu kaufen, mit dem man Landkarte auf alt trimmen kann.

Muss aber guten Kampf liefern! An Dad denken. Als Mom Dad verließ, ging er weiter zur Arbeit. Als er Job verlor, trug er Zeitungen aus. Als er Stelle als Zeitungsausträger verlor, besorgte er sich weniger gute Route. Mit der Zeit bekam er bessere Routen. Als er starb, hatte er Arbeit, die fast so gut war wie ursprüngliche, verlorene. Und hatte die meisten Schulden abbezahlt, die nach Wechsel zu weniger guter Zeitungsroute aufgelaufen waren.

Notiz an mich selbst: Dads Grab besuchen. Blumen hinbringen. Mit Dad darüber reden, was er mir damals sagte, als er Zeitungen austrug, bezogen auf Smoking, den er nicht zu meiner Abschlussfeier für mich ausleihen konnte, so dass ich Dads alten Smoking anziehen musste, der nicht passte. Hätte trotzdem damals nicht grob werden müssen. War ja nicht Dads Schuld, dass er gut dreißig Zentimeter größer war als ich und Hosenbeine daher schleiften und von Dad ausgeliehene Schuhe verdeckten, die mich zwickten, weil Dad zwar groß war, aber winzige Füße hatte.

Einer von den Guten, Dad. Arbeitete immer hart für uns, ließ uns nie im Stich und brachte immer Süßkram nach Hause, auch damals in traurigen alten Tagen der weniger guten Route.


*15. Sept.*


Verdammt. Plan funktioniert nicht. Kann Lohnscheck nicht rechtzeitig zu Discover transferieren. Braucht Zeit, bis er gutgeschrieben wird.

Also keine Cheetah.

Muss mir was anderes für Lilly ausdenken, das wir ihr bei kleiner Party ganz unter uns in der Küche schenken können. Oder wir müssen machen, was Mom manchmal gemacht hat, nämlich, wenn es etwas nicht gab, wurde Bild von dem Ding eingepackt, mit Zettel, der das Ding ankündigte. Aber, Notiz an mich selbst: Mach bloß nicht das andere, was Mom immer machte, nämlich, wenn Kind versucht, Zettel einzulösen, Augen verdrehen und entgeistert tun und Kind fragen, ob es glaubt, Geld würde auf Bäumen wachsen.

Nein. Wenn Lilly mit Gutschein ankommt, überrasche sie mit Großzügigkeit und geh mit ihr zu glamourösem Mittagessen in teuerstem Restaurant der Stadt, schick ausstaffiert, so dass Besitzer ankommt und mit französischem Akzent sagt, *Oh, ich sehe, heute ist der Ehrentag unseres Gastes*, dann wird Lilly rot (Notiz an mich selbst: Den französischen Satz lernen für *Ja, ja, sie hat Geburtstag!*), danach geht's Figuren-Einkaufen, und um sie zu überraschen, kauf ich ihr nicht eine, sondern zwei Figuren, und bessere, teurere als Billigschrott aus Katalog.

Notiz an mich selbst: Werbung mit Bild von Cheetah suchen, für Kriegst-du-noch-Gutschein. Lag auf kleinem Schreibtisch, aber nicht mehr gesehen. Vielleicht benutzt, um Telefonnachricht zu notieren? Vielleicht benutzt, um kleines Ding aufzuheben, das Katze ausgespuckt hat?

Notiz an mich selbst: Bestes Restaurant der Stadt rausfinden.

Arme Lilly. Ihr süßes hoffnungsvolles Gesicht, als sie noch klein war, mit Krone von Burger King auf, und jetzt das? Sie wusste nicht, dass nicht Schicksal einer Prinzessin, sondern eines armen Mädchens auf sie wartete. Eines ärmlichen Mädchens. Nicht allerreichsten Mädchens.

Keine Party, kein Geschenk. Vielleicht nicht einmal Bild von Cheetah als Kriegst-du-noch. Könnte eventuell Cheetah zeichnen, aber dann könnte sie denken, sie kriegt Kamel. Vielmehr, kriegt Kamel noch nicht. Bin nicht bester Zeichner. Haha! Muss bei guter Laune bleiben. Lachen beste Medizin usw. usf.

Eines Tages, ich weiß es genau, werden Träume wahr. Aber wann? Warum nicht jetzt? Warum nicht?

Hab seit drei Tagen andauernd Kopfweh.

*20. Sept.*

Entschuldige Funkstille, aber wow!

War zu glücklich/beschäftigt zum Schreiben!

Freitag unglaublichster Tag meines Lebens! Muss das nicht mal hinschreiben, weil den Irrsinnstag vergesse ich nie! Aber will ihn für Generationen der Zukunft festhalten. Schön für sie zu wissen, dass Glückszufall und Glücklichsein real und möglich! Im Amerika meiner Zeit, das sollen sie wissen, ist alles möglich!

Komisch, vorherige Eintragung zu lesen, »Warum nicht jetzt?«, weil *genau*! Genau das ist passiert!

Wow wow wow, kann ich nur sagen! Wisst ihr noch, dass ich, siehe oben, mittags immer Rubbellos kaufe? Hab ich schon gesagt? Vielleicht noch nicht gesagt? Also, Freitag hab ich ZEHN RIESEN gewonnen!! Jeden Freitag halte ich an Laden nicht weit von zu Hause, um mich für eine gute Woche zu belohnen, und leiste mir einen Butterfinger-Schokoriegel plus ein Rubbellos. Manchmal, wenn Woche hart war, zwei Schokoriegel. Manchmal, wenn Woche sehr hart war, drei Schokoriegel. Aber wenn drei Schokoriegel, dann ohne Rubbellos. Aber Freitag ZEHN RIESEN gewonnen!! Mit Rubbellos! Ließ beide Schokoriegel fallen, stand mit Münze da, mit der ich gerubbelt hatte, und mit offenem Mund. Krachte irgendwie in Zeitschriftenständer rein. Typ nahm Los, las Los, sagte: Sieger! Typ kam raus, stellte Ständer gerade, schüttelte mir Hand.

Sagte dann, wir würden einen Scheck kriegen, Scheck über ZEHN RIESEN, nächste Woche.

Raste zu Fuß nach Hause, vergaß Auto. Raste zurück, um

Auto zu holen. Auf halbem Wege gedacht, was soll's, zu Fuß nach Hause gerast. Pam raste nach draußen, wo ist Auto? Zeigte ihr Rubbellos, sie stand sprachlos in Garten.

Sind wir jetzt reich?, fragte Thomas, der herausraste, Ferber am Halsband hinterherzerrte.

Nicht reich, sagte Pam.

Reicher, sagte ich.

Reicher, sagte Pam. Verdammich.

Dann tanzten wir alle durch Garten, Ferber glotzte ratlos auf plötzliches Tanzen, tanzte dann eigenen Tanz, indem er eigenen Schwanz jagte.

Dann mussten wir natürlich entscheiden, was wir damit machen. Abends im Bett sagte Pam, teilweise Kreditkarten abbezahlen? Mein Gefühl sagte mir, ja, okay, könnten wir. Aber fand ich nicht sehr aufregend und sie auch nicht, überhaupt nicht.

Pam: Es wäre nett, etwas Besonderes für Lilly zu ihrem Geburtstag zu machen.

Ich: Find ich auch, ganz genau, ja!

Pam: Würde ihr guttun, sie war in letzter Zeit so niedergeschlagen.

Ich: Weißt du was, wir machen das.

Weil Lilly unsere Älteste ist, haben wir Schwäche für sie, Schwäche heißt oft auch Sorge.

Also brüteten wir Plan aus und führten ihn durch.

Nämlich: Fuhren zu Greenway-Landschaftsarchitekten, ließen sie ganzen Garten neu gestalten, inkl. zehn Rosenbüsche + Zedernauffahrt + Teich + kleiner Jacuzzi + Arrangement mit vier SGs! Am meisten Spaß hat gemacht, wie schnell kann's gehen? Plus, kann es diskret gemacht werden?

Greenway sagte, gegen Aufpreis in einem Tag, während Kinder in der Schule. (Notiz an mich selbst: Brief schreiben mit Lob für Greenway-Mädel Melanie: super-hilfsbereit.)

Schritt zwei war, heimliche Einladungen zur Überraschungsparty rausschicken, für Abend der Fertigstellung, also morgen, also Grund für Funkstille in diesem Buch letzte Woche, sorry, sorry, hatte einfach zu viel zu tun!

Pam und ich haben super zusammengearbeitet, wie früher, eng und lieb, totale Übereinstimmung, an dem Abend, als alles arrangiert war, früh (!) ins Bett gegangen. (Szenario Masseurin, keine weiteren Fragen!)

Sorry, wenn ich sülze.

Bin einfach glücklich.

Manchmal so viel los, dass ich sie nicht sehe / sie mich nicht sieht. Aber wenn wir uns dann sehen, wie in Anfangstagen, zum Beispiel erstes Rendezvous am Melody Lake, wo wir uns beim Eintritt in Spelunken-Höhle küssten, obwohl eine Menge aus graubärtigen Animatronen in der Nähe war, und es roch nach Chlornebel vom hellblauen Wasserfall daneben.

Anfang unserer wunderschönen Geschichte.

Bin so glücklich.

Notiz an Generationen der Zukunft: Glück möglich. Und wenn glücklich, alles so viel besser als Gegenteil, also traurig. Hoffentlich wisst ihr das! Ich wusste es, hatte es aber vergessen. Mich dran gewöhnt, ein bisschen traurig zu sein! Ein bisschen traurig wegen Stress, wegen Sorgen über begrenzte Möglichkeiten. Aber jetzt, wow, nix: glücklich!

Morgen große Party für Lilly.

Es gibt so perfekte Tage, dass man Gefühl hat: Darum geht's im Leben. Wenn ich alt bin, werde ich spüren, Leben hat sich gelohnt, weil ich diesen perfekten Tag erlebt habe.

Heute so ein Tag.

Vielleicht zu aufgeregt, um in richtiger Reihenfolge zu erzählen, und müde nach langem tollem Tag. Versuch's aber mal.

Morgens gehen Kinder wie üblich zur Schule. Greenway kommt um zehn. Nette Kerle. Starke Kerle! Einer mit Mohawk. Garten schon um zwei (!) fertig. Rosen drin, Brunnen drin, Weg verlegt. SG-Truck kommt um drei. SGs steigen aus, stehen scheu am Zaun, während Gestell aufgebaut wird. Schönes Gestell. »Lexington« gewählt (mittleres Preissegment): Bronzestangen mit Kolonialstilabdeckung, Schnelllöse-Hebel.

SGs schon in weißen Gewändern. Mikroleitung schon durchgezogen. SGs halten Mikroleitung schlaff in Händen, wie Bergsteiger mit Seil. Nur kein Berg da (!). Eine hockt am Boden, andere stehen höflich/nervös da, eine schnuppert an neuen Rosen. Sie winkt schüchtern, andere sagt was zu ihr, so wie: Hey, dürfen nicht winken. Aber ich winke zurück, so wie: In diesem Haus ist Winken okay.

Arzt überwacht Installation per Gesetz. So jung! Sieht eher aus, als würde er bei Burger King arbeiten. Sagt, wir können beim Hochziehen zuschauen oder auch nicht. Wirft mir bedeutungsvollen Blick zu, zwinkert Richtung Pam, so wie: Zimperlich, die Frau? Pam ist eher zimperlich. Manchmal mag sie rohe Hühner nicht verarbeiten. Ich sage, gehen wir rein, Kerzen auf Kuchen stecken.

Kurz darauf Klopfen an der Tür; Arzt sagt, Hochziehen erledigt.

Ich: Wir können also gucken?

Er: Absolut.

Wir gehen raus. SGs hängen jetzt, ca. ein Meter über Boden, lächelnd schaukeln sie in Brise. Von links nach rechts: Tami (Laos), Gwen (Moldau), Lisa (Somalia), Betty (Philippinen). Erstaunlicher Effekt. Da ich ähnliche Anordnungen so oft in Gärten von vermögenderen Leuten gesehen habe, wirkt eigener Garten sofort vermögend, man fühlt sich selber anders, als hätte man endlich zu seinesgleichen aufgeholt und zu Zeit, in der wir leben.

Großartiger Teich. Großartige Rosen. Gartenweg, Jacuzzi, alles großartig.

Alles fertig.

Konnte es nicht fassen, dass wir das hingekriegt hatten.

Holte Lilly früh von Schule ab. Sie ließ Kopf hängen, weil heute Geburtstag und keiner hat beim Frühstück Happy Birthday gesagt und bis jetzt keine Party und keine Geschenke, plus jetzt soll sie zum Arzt und Spritze geben lassen?

Weil das war Trick.

Im Auto tat ich so, als hätte ich mich verfahren. Lilly (verzweifelt): Daddy, wie kannst du dich verfahren, wo Hunneke schon ewig unser Arzt? (Das hat Pam im Voraus mit Schwester abgekaspert, die, als ich seine Praxis endlich »gefunden« hatte, rauskam und sagte, Arzt wäre krank, zu krank, um Spritze zu geben: erste von einer Serie von Super-Überraschungen für Lilly!)

Währenddessen zu Hause: Pam, Thomas, Eva rackern sich mit Schmücken ab. Essen geliefert (Barbecue von Snakey's).

Freunde kommen. Als Lilly also aus Auto steigt, sieht sie – was? Ganz neuen Garten voller Schulfreunde, die an neuem Picknicktisch bei neuem Jacuzzi sitzen (Notiz an mich selbst: Brief schreiben, um Kinder zu loben, weil bewundernswert zurückgehalten / Geheimnis bewahrt), neue Leitung mit vier SGs dran, und Lilly bricht vor Glück buchstäblich in Tränen aus!

Dann weitere Tränen, als glänzende rosa Päckchen ausgepackt, »Ruhende Wildheit« plus »Mädchen, das kleiner Schwester vorliest« sind drin. Lilly berührt, weil ich exakt richtige Figuren in Erinnerung behalten habe. Plus »Sommerdusel« (angelnder Penner-Clown, 380$), den sie sich gar nicht gewünscht hatte (um Großzügigkeit zu demonstrieren). Noch mehrere Schübe Glückstränen, Umarmungen, alles vor Freunden, als wäre Dankbarkeit/Zuneigung zu uns größer als Angst, von Freunden verlacht zu werden.

Partygäste spielten übliche Spiele, »Peitschenknallen« usw. usf. Irgendwie wurden Spiele durch neuen Garten lebhafter. Kids fröhlich, dankten uns für Einladung, mehrere sagten, Garten wäre toll. Mehrere Eltern blieben nachher noch, sagten, Garten wäre toll.

Und Lillys Gesichtsausdruck, als alle weg waren, mein Gott!

Weiß, dass sie diesen Tag nie vergessen wird.

Nur ein kleines Minus: Nach Party, beim Aufräumen, stampft Eva weg, nimmt Katze zu grob hoch, wie sie es manchmal macht, wenn wütend. Katze kratzt sie, rennt zu Ferber, haut Klauen in Ferber. Der rast weg, rennt gegen Tisch, für Lilly gekaufte Rosen krachen runter, auf Ferber.

Wir finden Eva im Schrank.

Pam: Mein Schatz, mein Schatz, was ist denn los?

Eva: Ich mag das nicht. Es ist nicht nett.

Thomas (rennt mit der Katze an, um zu zeigen, dass er Katzenherrchen ist): Das wollen die, Eva. Die haben sich dafür beworben, sachichma.

Pam: Sag nicht »sachichma«.

Thomas: Die haben sich dafür beworben.

Pam: Wo sie herkommen, haben sie keine so guten Chancen.

Ich: Das hilft ihnen, ihre Lieben zu unterstützen.

Eva Gesicht zur Wand, Lippe vorgereckt, wie immer bei Prä-Weinen.

Dann kommt mir Idee: Gehe in Küche, blättere Persönliche Äußerungen durch. Schrecklassnach. Schlimmer als gedacht: Laotin (Tami) beworben, weil zwei Schwestern schon in Bordells. Moldauerin (Gwen) hat Cousin, der dachte, er würde in Deutschland Fensterputzer, aber denkste: Sexsklave in Kuwait (!). Somali (Lisa) sah, wie Vater + kleine Schwester an Aids gestorben, selbe kleine Strohhütte, selbes Jahr. Filipina (Betty) hat kleinen Bruder, »sehr begabt für Computer«, Eltern können sich Schule nicht leisten, wohnen mit drei anderen Familien in kleiner Hütte, seit eigene Hütte bei Erdrutsch nach Erdbeben den Hügel runtergestürzt ist.

Ich wähle »Betty« aus, gehe zurück zum Schrank und lese laut »Betty« vor.

Ich: Hilft dir das? Verstehst du jetzt? Kannst du dir ihren kleinen Bruder vorstellen, an einer guten Schule, wegen ihr, wegen uns?

Eva: Wenn wir ihnen helfen wollen, warum können wir ihnen nicht einfach das Geld geben?

Ich: Ach mein Schatz.

Pam: Komm, wir schauen mal. Wir schauen nach, ob sie traurig aussehen.

(Sehen nicht traurig aus. Unterhalten sich vielmehr ruhig im Mondlicht.)

Eva am Fenster still. Tiefes Wasser. So sensibel. Schon ganz klein war Eva sensibel. Als frühere Katze Squiggy im Sterben lag, schlief Eva neben Katzenbett, gab Squiggy mit Augenpipette Wasser. Gutes Herz. Aber ich mache mir Sorgen, Pam macht sich Sorgen: Wenn Kind zu sensibel und geht in die Welt hinaus, wird die Welt ihm nicht das Herz rausreißen, d. h. muss etwas tougher werden?

Lilly schrieb noch nachts alle Dankeskarten in einem Rutsch, wischte Küche, ohne aufgefordert zu werden, ging dann mit Taschenlampe in Garten und machte Ferber-Zone mit neuer Häufchenschaufel sauber, die sie offenbar selber von eigenem Geld im SchnellMarkt – mit Fahrrad hin (!) – gekauft hatte.

### 22. Sept.

Glückszeit geht weiter.

Alle auf Arbeit neugierig wg. Rubbellosgewinn. Hatte Fotos von Garten mit, in meiner Wabe aufgehängt, Leute kamen vorbei, voller Bewunderung. Steve Z. fragte, ob er uns mal besuchen dürfte, Garten mit eigenen Augen anschauen. Hat's noch nie gegeben: Bislang von Steve Z. immer komplett ignoriert worden. Fragte mich sogar um Rat: Wo ich Gewinnerlos gekauft hätte, wie viele Rubbellose ich normalerweise kaufen würde, Greenway = guter Ruf als Firma?

Ganz verlegen, weil mich das so glücklich machte.

Zur Mittagspause in Mall, vier neue Hemden gekauft. In Abteilung gegenüber ständiger Witz: Ich hätte nur zwei Hemden. Stimmt gar nicht. Aber habe drei ähnliche blaue und zwei identische gelbe. Daher Verwirrung. Kaufe mir normalerweise selbst keine neuen Kleider. Fand es immer wichtiger, dass Kinder neue Kleider haben, also, andere Kinder sollten nicht von meinen sagen, die hätten nur zwei Hemden usw. usf. Was Pam angeht, Pam ist bildschön und mit Geld aufgewachsen. Will nicht, dass eine früher wohlhabende Schönheit immer dieselben Kleider trägt, mit Gefühl: Als ich jung war, hatte ich so viele Kleider, aber jetzt, wegen ihm (also mir), nur noch schlecht angezogen.

Korrektur: Pam nicht wohlhabend aufgewachsen. Pams Vater = Farmer in Kleinstadt. Hatte größte Farm am Rand von Kleinstadt. Im Verhältnis zu Mädchen von kleineren, ärmeren Farmen Pam = reiches Mädchen. Selbe Farm am Rand von größerer Stadt wäre nur Durchschnitt, aber nein: Stadt so klein, dass bescheidene Farm = Anwesen.

Egal, Pam verdient das Beste.

Auf Heimweg am Laden angehalten, wo ich Gewinnerlos gekauft hatte. Kaufte Rubbellos plus vier Schokoriegel. Dachte an schlechte alte Tage, als ich in lachhaftem altem Hemd Schuldgefühle hatte, wenn ich auch nur einen Schokoriegel kaufte.

Typ hinterm Tresen erinnerte sich an mich, sagte: Hey, Mr Rubbellos, Mr Großgewinner!

Jeder im Laden starrte. Ich winkte mit Schokoriegeln, zwei pro Hand, wie Zepter, und ging glücklich raus.

Warum glücklich?

Schön zu gewinnen, Gewinner zu sein, als Gewinner bekannt zu sein.

Kam nach Hause, fuhr Umweg, um seitlich am Haus vorbeizukommen und einen Blick auf Garten zu werfen. Garten unglaublich: Fische verharren bei Liliengruppen, Bienen summen um Rosen herum, SGs in frischen weißen Gewändern, Sonnenschneise auf Rasen, Staubteilchen wehen auf, träges Spätsommergefühl, LifeStyleServices-Team (also, Greenway-Leute, die 3x tägl. vorbeikommen, um SGs Essen/Wasser zu geben und SGs zum Dixiklo hinten im Van zu bringen, sich um Frauensachen zu kümmern usw. usf.) ordentlich bei der Arbeit.

Greenway-Mädel: Quasi zauberhaft hier.

Drinnen Leslie Torrini zu Besuch (!). Das = Hammer. Leslie war noch nie solo hier. Sagt, ihr gefällt, dass unsere SGs nah am Teich hängen und sich drin spiegeln. Ruft zu Hause an und sagt, sie will Teich haben. Leslies Mutter nennt Leslie verwöhntes Balg und sagt, kein Teich. Das = großer Treffer für Lilly. Nicht dass wir froh sind, wenn jemand anders unfroh ist. Aber Leslie war so oft froh, als Lilly unfroh war, dass vielleicht in Ordnung, wenn ein einziges Mal Leslie = bisschen traurig, dafür Lilly = Oberwasser?

Mädchen gehen in Garten, bleiben lange dort. Pam und ich spähen hinaus. Verstehen sie sich? Mädchen stecken im Baumschatten Köpfe zusammen und tauschen Mädchenvertraulichkeiten aus, was Lillys Status als Leslie-Freundin verfestigt? Schwer zu sagen. Mädchen schauen woandershin.

Leslies Mutter kommt an (im BMW). Leslie und Leslies Mutter streiten kurz wg. Teich.

Leslies Mom: Les, Schatz, du hast schon drei Bäche.

Leslie (beißend): Ist ein Bach ein Teich, Maman?

Leslie und Mom gehen.

Lilly gibt mir dankbares Küsschen auf Wange und rennt nach oben, glückliches Lied auf Lippen.

Bin so glücklich. Fühle mich wie Glückspilz. Womit haben wir das verdient? Teilweise, ja, glücklicher Zufall. Rubbellosgewinn = reines Glück. Aber wie das Sprichwort sagt: Glück = 90 Prozent Können. Oder Vorbereitung? Vorbereitung = 90 Prozent Können? Können = 90 Prozent Glück? Kann mich nicht exakt an Sprichwort erinnern. Für uns spricht jedenfalls, dass wir unseren glücklichen Zufall gut genutzt haben. Sind nicht durchgedreht und haben Boot gekauft oder Drogen (!), sind nicht ausgeflippt oder unzufrieden geworden, haben uns keine Liebhaber genommen, sind nicht übermütig geworden. Nur ein genauer, klarer Blick auf Familie, festgestellt, was ein Familienmitglied (Lilly) brauchte, und dann still/demütig dafür gesorgt, dass sie es bekam.

Notiz an mich selbst: Versuchen, gute Gefühle rund um Rubbellosgewinn in alle Lebensbereiche zu übertragen. Deutlich präsenter bei der Arbeit werden. Leiter schneller hochsteigen (fröhlich, inkl. Lächeln auf Gesicht), Gehaltserhöhung kriegen. In Lebensbestform kommen, besser anziehen. Gitarre lernen? Bewusst Schönheit in der Welt bemerken? Warum nicht mich weiterbilden bez. Vögel, Blumen, Bäume, Sternbilder, wahrer Bürger der Naturwelt werden, mit Kindern durchs Viertel spazieren, ihnen geduldig Namen der Vögel, Blumen usw. usf. beibringen? Warum nicht mit Kindern nach Europa fahren? Da waren sie nie. Haben nie in den Alpen heißen Kakao in Bergcafé getrunken, serviert von freundlichem weißhaarigem Wirt, der sie so klug/freundlich findet im Vergleich zu üblichen schnöseligen/reichen amerikanischen Kids (die immer seine hübsche, aber verkrüppelte Tochter mit Zöpfen ignorieren), dass er ihnen heimlichen Wanderweg zu unglaublicher Lichtung zeigt, auf der sie herumtollen, mit verkrüppeltem hübschem Mädchen im Gras sitzen, später sagen, es wäre schönster Tag ihres Lebens gewesen, dann in E-Mail-Verbindung mit verkrüppeltem Mädchen bleiben, wir organisieren hier für sie Operation, Chirurg so gerührt, dass er Operation umsonst macht, sie auf Seite eins von unserer Zeitung, wir auf Seite eins von ihrer Zeitung in den Alpen?

Haha.

Einfach glücklich.

Daher die fantastischen Spekulationen.

(War ja selber noch nie in Europa. Dad fand Portionen dort zu klein. Dann verlor Dad Job, wurde Zeitungsausträger, Größe der Portionen = müßige Frage.)

Bin durchs Leben geschlafwandelt, Leser der Zukunft. Wird mir jetzt klar. Rubbellosgewinn war wie Weckruf. Schnell College-Abschluss gemacht, Pam erobert, Job gefunden, Kinder gemacht, bei Arbeit vorangekommen – und früheres Gefühl vergessen, für etwas Besonderes auserwählt zu sein, das ich als kleiner Junge hatte, wenn ich im zedernduftenden Schlafzimmerschrank saß, wenn ich durch hohe Fenster auf Bäume im Wind starrte und Gefühl hatte, eines Tages würde ich etwas Großes tun.

Beschließe hiermit, mein Leben auf neue, kraftvolle Weise zu leben, und zwar AB JETZT SOFORT (!).

*23. Sept.*

Eva nervt.

Wie vielleicht schon oben erwähnt, Eva = sensibel. Das ist gut, Pam und ich finden: das = Zeichen für Intelligenz. Aber Eva scheint irgendwie zu glauben, Sensibilität = wirkungsvoller Weg, Aufmerksamkeit zu kriegen, kurz, hat sich angewöhnt, sich von anderen zu distanzieren, will sich vielleicht abheben, also als besser und distinguierter hinstellen als die anderen? Weigerte sich früher schon, Fleisch zu essen, auf Leder zu sitzen, Plastikgabeln *Made in China* zu benutzen. Schon süß, wenn kleines Kind das macht. Aber wo Eva jetzt älter wird, kommt Angewohnheit, was aus Prinzip zu verweigern, langsam als bisschen preziös rüber + wird Grundlage von Selbstbild?

Familienleben unserer Zeit ein bisschen wie Hau-den-Maulwurf-Spiel, Leser der Zukunft. Habt ihr das noch, Generationen der Zukunft? Plastikmaulwurf kommt raus, man haut mit Hammer drauf, er stirbt, fällt um, noch einer kommt raus, man haut drauf, tötet? Kommt dir vielleicht komisch/gewalttätig als Spiel vor, Leser der Zukunft? Der du nicht mehr essen musst, um zu leben? Nur den ganzen Tag schwebst und deine Nächsten freundlich anlächelst? Manchmal ist es so, sobald ein Kind glücklich ist, »ploppt« ein anderes hoch, hat also was zu meckern, was wiederum von Eltern verlangt, auf Kind »draufzuhauen«, also sich mit Problem zu befassen.

Anscheinend jetzt Eva dran.

Heute schickte Ms Ross, Evas Lehrerin, eine Nachricht für uns mit: Eva spielt sich auf. Eva mürrisch, Eva mit Fuß aufgestampft, Eva mit Fischfutterdose nach John M. geworfen, als er meinte, jetzt wär er dran mit Fischefüttern. Gar nicht typisch für Eva, sagt Ms R.: Eva das liebste, freundlichste Kind der ganzen Klasse.

Und Evas Bilder sind in letzter Zeit seltsam geworden.

Beispiel für seltsames Bild beigefügt:

Typisches Haus. (Soll eindeutig unser Haus sein wegen Pseudo-Kirschbaum = rosa Wirbel.) Im Garten stirnrunzelnde SGs. Eine (»Betty«) mit Gedankenblase: AUTSCH! DAS TUT ÄCHT WEH. Zweite (»Gwen«) zeigt mit langem knochigem Finger auf Haus: DANKE VIELEN. Dritte (»Lisa«) mit herunterlaufenden Tränen: UND WENN ICH DEINE TOHTER WÄR?

Pam: Tja. Das erledigt sich wohl nicht von selber.

Ich: Eindeutig nicht.

Spritztour mit Eva gemacht. Durch Eastridge und Lemon Hills gefahren. Auf Häuser mit SGs gezeigt. Eva sollte mitzählen. Am Ende hatten von 50 Häusern ca. 39 welche.

Eva: Nur weil alle das machen, ist es also in Ordnung.

Süß. Eva, die mich + Pam nachäfft.

An der Waddle-Duck-Kreuzung acht SG-Arrangements: händehaltende SGs, hübscher (Anziehpuppen-)Effekt. Scheinen alle zusammen zu singen. Drei Kleinkinder rennen um Gestell herum, zwei Welpen jagen Kleinkinder.

Ich: Wow. Das sieht aber ziemlich elend aus.

(Eva helle, Eva geistreich. Deshalb oft Scherze mit Eva.)

Eva stumm.

Hielten in Fritz's Chillhouse, aß ein Banana Split, Eva ein SchneeSchmelz, wir saßen auf großem Holzkrokodil und schauten in Sonnenuntergang.

Eva: Ich kann gar nicht – ich kann gar nicht begreifen, dass sie nicht tot sind.

Plötzlich fiel mir mit kleinem Schub Erleichterung ein: Eva wehrt sich zum Teil, weil sie wissenschaftliche Grundlagen der Sache nicht versteht. Fragte Eva, ob sie überhaupt weiß, was Semplica-Leitung ist. Tat sie nicht. Zeichnete menschlichen Kopf auf Serviette, erklärte: Lawrence Semplica = Arzt und cleveres Bürschchen. Erfand Möglichkeit, Mikroleitung durch Hirn zu ziehen, die keinen Schaden und keine Schmerzen verursacht. Technik verwendet Laser, um Pilotleitung zu legen. Dann wird Mikroleitung mit Seidenschnur durchgefädelt. Mikroleitung geht hier rein (berührte Evas Schläfe), kommt hier raus (berührte andere Schläfe). Ist sehr sanft, tut nicht weh, SGs sind die ganze Zeit ausgeknipst.

Beschloss dann Klartext mit Eva.

Erklärte: Lilly an kritischer Wegscheide. Nächstes Jahr fängt Highschool an. Mommy und Daddy wollen, dass Lilly mit hocherhobenem Kopf an Highschool gehen kann, als selbstbewusste junge Frau, mit Gefühl, dass ihre Familie genauso gut/vermögend wie jede andere ist, ihr Garten ca. auf Augenhöhe mit Garten der Gleichaltrigen, d. h. nicht so weit aus dem Rennen wie vorher, d. h. keine offene Quelle der Peinlichkeit für Lilly.

Zu viel verlangt?

Eva still.

Konnte sehen, wie sich Rädchen drehten.

Eva ganz versessen auf Lilly, würde für Lilly vor Zug springen.

Erzählte Eva dann Geschichte von Sommerjob, den ich auf Highschool hatte, bei Señor Tasty's (mexikanischer Imbiss).

War heiß, war fettig, Boss war böse, zwickte uns immer mit Tacozange in Hintern. Bis ich heimging, immer total fettige Haare + Hemd stank nach Fett. Könnte diesen Job heute niemals machen. Aber damals? Machte sogar Spaß: flirtete mit Mädels hinter Tresen, machte mit Kollegen Streiche (versteckten Tacozangen vom bösen Boss, steckten Zeitschrift hinten in Hose, so dass es gar nicht mehr wehtat, wenn böser Boss mit Tacozange zwickte, böser Boss = verblüfft).

Sache ist die, sagte ich, alles ist relativ. SGs haben ein Leben hinter sich, das ganz anders als unseres. Brutal, harsch, ohne Hoffnung. Was uns erschreckend/unangenehm vorkommt, mag für sie gar nicht so erschreckend/unangenehm sein, d.h. haben schon Schlimmeres gesehen.

Eva: Du hast mit Mädchen geflirtet?

Ich: Klar. Sag's nicht Mom.

Das gab kleines Lächeln.

Glaube, hatte eine Art Durchbruch mit Eva. Hoffe ich. Bin jedenfalls froh, dass ich's versucht habe. Als Mom und Dad sich scheiden ließen, lud mich Dad auf Milkshake ein und brachte mir Nachricht bei. War Dad immer dankbar dafür. Gutes Gefühl, dass er an mich dachte, obwohl er selber traurige + düstere Zeit erlebte.

Mom hatte Affäre mit Ted DeWitt, Kollege. DeWitt schmeichelte ihr immer, sie wäre hübsch, sie wäre einziger Grund, dass er morgens aufstehen würde. Mom nicht an so was gewöhnt. Dad liebte Mom. War aber lakonisch. Keiner, der über seine Liebe herumlaberte. Dad liebte still und stetig. Zu zehntem Hochzeitstag kaufte Dad Mom Power-Sandstrahlgebläse (!). Dads Kosename für Mom = Strecker. (Mom = groß.) Dad machte immer Witze, dass Mom wie großer Junge aussähe. Ging manchmal in Küche und tat so, als würde er erschrecken, weil großer Junge an Spüle stand. Mom war bezaubert von DeWitt, fing an, sich in Hotel mit ihm zu treffen, verliebte sich in DeWitt. (Damals wusste ich nichts davon. Fand es erst nach Jahren raus, als Dad mir vor seinem Tod alles erzählte.)

Als Schwester Dolores von Scheidung hörte, durfte Klasse nicht in Pause, und sie hielt große Rede bez. Scheidung = Todsünde, Leben nach Tod kein Picknick für Geschiedene, zwang ganze Klasse, für Seelen von Mom und Dad zu beten. Alle glotzten mich an, so: Du bist schuld, dass wir keine Pause haben.

Ganze Sache schmerzhaft.

Immer noch schmerzhaft.

Daher mein Ziel, guter Vater/Ehemann zu sein und Kindern stabile Grundlage zu geben.

Heute Abend Eva-Situation mit Pam diskutiert. Pam wie immer mit vernünftigem Rat: Mach langsam, hab Geduld, Eva helle, Eva schlau. In einem Monat hat sie sich schon dran gewöhnt, hat alles vergessen, wird wieder so glücklich sein wie immer.

Ich liebe Pam.

Pam mein Fels in der Brandung.


*30. Sept.*

Sorry für Funkstille.

Diese Woche was Verrücktes passiert.

Montag ist Todd Grassberger gestorben (!).

Kennen Leser der Zukunft Todd? Schon erwähnt? Vielleicht noch nicht erwähnt. Todd kein enger Freund. Nur Arbeitskollege. Todd und ich hatten Dauerwitz bez. Netzwerkkabel, das ich ausgeliehen und nie zurückgegeben hatte. War eigentlich Netzwerkkabel der Firma, nicht seins. Das wusste er, ich wusste, dass er's wusste. War bloß ein Witz zwischen uns.

Tag fing gut an. Wunderschöner Altweibersommertag. Morgens Feuerwehrübung. Ganzer Komplex musste auf Hof raus. Tag war so wunderschön, dass es keinem was ausmachte. Alle lungerten auf Grünstreifen rum, mahnten zur Vorsicht. Lustig, Leute aus verschiedenen Firmen zu sehen. Wie Mitglieder verschiedener Stämme. NabroMax = Nerds, berechnen Temperatur, die es bräuchte, um gesamten Komplex durch Feuer zu zerstören. Oorjd = Designbüro. Mit vielen Hippies und hübschesten Mädchen. Viele Leute von Oorjd liegen rücklings auf Grünstreifen und schauen in Wolken. Ein Typ spielt auf kleiner Holzflöte.

Als Entwarnung kam, buhten alle und trotteten trübe wieder rein.

Dann, um zwei, verbreitete sich Gerücht im Büro: Todd tot. Herzanfall in Reinigung (!), gerade eben, in Mittagspause.

Den ganzen Nachmittag arbeitete keiner. Alle betroffen, wuselten herum, versuchten Tatsache zu verarbeiten, dass Todd = tot. Unter Todds Schreibtisch: Paar Wanderstiefel. An einer Wand: Wanderstock, mit dem Todd in Mittagspause in Wald spazieren ging.

Komischer Sonnenregen gegen drei.

Linda Hertney: Quasi letzter Abschiedsgruß von Todd.

(Linda = irre. Hat mal behauptet, Krähe auf Fenstersims wäre Reinkarnation ihres toten Mannes. Das könnte sie an schiefer Kopfhaltung der Krähe sehen, die missbilligend auf ihr üppiges Mittagessen gucken würde.)

Dann Gewitter vorbei, Parkplatz glitzerte.

Ganzen Abend mit frischem Blick auf Pam und Kinder. Alles plötzlich so kostbar. Vorm Abendessen gebetet. Mach ich normalerweise nicht. Aber heute Abend Hände gehalten, gebetet. Gebetet aus Dank für unser großes Glück und füreinander. Gebetet, wir würden nicht vergessen, dass diverses Auf und Ab für uns als Familie = kleine Huckel auf der Straße verglichen mit Todd.

Für Todd gebetet, für seine Familie gebetet.

Die letzten Abende war Todd noch in eigenem Haus, machte dort, was immer Todd abends machte: Kleingeld aus Taschen nehmen, mit Kindern herumalbern, Hund streicheln, über Zukunft nachdenken, Schmutzwäsche in Korb werfen.

Wo ist Todd heute Abend (?!).


*1. Okt.*

Heute Todd-Grassberger-Beerdigung in ukrainischer Kirche downtown.

Todd anscheinend von bescheidener Herkunft.

Priester = langhaariger Typ in Kutte. Singt/chantet ganzen Gottesdienst auf Ukrainisch, auswendig. Während er chantet/herumgeht, schwingt Seil an Kutte hin und her. Furchterregender Typ. Heftig. Predigt: Warum so überrascht? Dachtet ihr, ihr würdet ewig leben? Einziger Unterschied zwischen euch, die ihr da sitzt und auf Rest eures Lebens wartet, und Todd in Sarg, unterwegs zu seinem Zuhause für die Ewigkeit in kalter Erde? Herzschlag. Spürt ihr das? In eurer Brust? Das ist die dünne Linie zwischen euch und Grab. Warum lebt ihr also, als wärt ihr unsterblich? Das ist töricht, ihr seid Toren. Ist das furchterregend? Nicht furchterregend! Das ist Wahrheit, das ist Wirklichkeit!

Rufe: Werden wir erwachen? Werden wir erwachen?

Alles starrt großäugig auf Priester. Bis auf übliche Gemeindemitglieder, die haben das anscheinend alles schon gehört.

Priester weiter: Wer von uns wird heute Abend sterben? Finden wir die Frage von ihm gewollt witzig? Das zeigt, dass wir Trottel sind. Jeder von uns könnte heute Abend sterben, auf der Stelle sogar, plötzlich kurzatmig werden, in Bank umkippen, im Nu bei Todd in Erde liegen.

Plötzlich aus Küche unten: Duft von Roastbeef. Fröhliches Geschwätz von Kirchenfrauen unten in Küche. Duft von Roastbeef + Topfklappern, Tellergeklirr = ansprechend.

Leute rutschen auf Bänken herum wegen unglaublichem Fleischduft.

Todds zwei Brüder gehen vorn ans Pult, für Gedenkreden.

Älterer Bruder: Todd süß, Todd lustig, Todd starke Kraft in seinem Leben. Wird Wunder namens Todd nie vergessen. Jüngerer Bruder: Ja, Todd superstarker Mensch, Todd = Stier. Obwohl Todd ziemlich streng sein konnte, war er letztlich sehr gut für jüngeren Bruder, weil er ihm beibrachte, zu sich zu stehen. Will sagen, nachdem der jüngere Bruder ganze Kindheit von Todd herumgeschubst wurde, kann ihn jetzt nichts mehr schrecken, d. h. kein Schikanierer wird es je mit Todd aufnehmen können. Aber Todd so großartig, einfach der Beste. So klug, so gutaussehend, kein Wunder, dass Todds Mom + Dad ihn (jüngeren Bruder) immer als Nachklapp behandelten. Aber Todd so liebevoll, so aufmerksam, Todd verstand das, tröstete jüngeren Bruder manchmal mit den Worten, er (jüngerer Bruder) sei auf seine Weise absolut in Ordnung, oft kurz bevor er Pakt brach, den sie bez. Mittwochabend gemacht hatten, was der Abend des jüngeren Bruders war, um Dads Auto auszuleihen, dann ruinierte Todd dessen einzige Chance, sich mit Mädchen zu treffen, das er wirklich toll fand, Liebe seines Lebens vielleicht, ein Mädchen, das er irgendwann an einen Trottel aus Selden verlor, dessen älterer Bruder offenbar eher dazu bereit war als Todd, seinem jüngeren Bruder mal Familienwagen zu überlassen.

Todds jüngerer Bruder macht eine atemlose Pause am Pult. Scheint gar nicht aufhören zu können.

Stürzt sich wieder rein.

Aber Todd toll, so toll, Todd wird ganz sicher vermisst werden. Ist für alle in der Familie eine wichtige Lehre: Auch wenn jemand stark, angriffslustig, ehrgeizig, etwas blind für Bedürfnisse anderer ist, kann er immer noch der großartigste, erstaunlichste Bruder aller Zeiten sein, der gelegentlich, als wollte er seinem Wesen widersprechen, ganz plötzlich alle überrascht und etwas annähernd Vernünftiges tut.

Jüngerer Bruder, anscheinend selbst verblüfft über seine Gedenkrede, wird von grollendem älterem Bruder unter halblautem Gezischel von Pult weggeführt.

Todds Witwe tritt an Pult. Kann offenbar gar nichts sagen. Drei kleine Mädchen hängen an ihrem Rockzipfel. Witwe gibt kleinstem Mädchen Mikrofon.

Kleinstes Mädchen: Tschüs, Daddy.

Essen gut. Mehr als gut. Beerdigung traurig, Essen = himmlisch. Drei Roastbeef-Sandwiches nacheinander vom Pappteller gegessen. Draußen wehte gelber Baum im Wind. Einzelnes gelbes Blatt flog durch Kellerfenster rein. Sah es niederfallen, neben meinem Schuh landen.

Dachte: Leben wunderschön.

So froh, dass ich nicht tot bin.

Falls/wenn ich sterbe, soll Pam nicht einsam sein. Soll wieder heiraten, Leben genießen. Hauptsache, neuer Mann ist netter Kerl. Lieber Kerl. Gläubiger Kerl. Sehr achtsam + gut zu Kindern. Aber Kinder nicht so leicht zu kriegen. Kinder wollen lieber toten Dad (also mich) als gläubigen Kerl. Blassen, öden, gläubigen Kerl ohne Wuffta, der komische Pullover trägt und immer ein bisschen traurig ist, weil kriegt keinen hoch wegen Zipperlein.

Haha.

Heute Abend viele Gedanken an Tod, Leser der Zukunft. Kann es wahr sein? Dass ich sterben werde? Dass Pam und Kinder sterben werden? Furchtbar. Warum wurden wir hier hingesetzt, so bereit für Liebe, wenn Ende der Geschichte = Tod? So harsch. So grausam. Mag ich nicht.

Notiz an mich selbst: In allem versuchen, ein besserer Mensch zu werden.

Zu Hause Kinder versammelt. Und gebeten, mitzumachen bei neuem Entschluss. Sagte Kindern, Leben ist kurz, jeder Augenblick soll zählen, sollen jeden Tag so leben, als wär's unser letzter. Wenn sie Traum haben, müssen sie es tun. Wenn sie Bedürfnis haben, etwas auszuprobieren, müssen sie ausprobieren. Versprechen sie das? Wenn ich einen Fehler im

Leben gemacht habe, dann dass ich immer zu passiv war. Sie sollen denselben Fehler nicht machen. Sollen wagen, streben, kühn sein. Was wäre das Schlimmste, was passieren könnte? Sie werden als Erfinder, Held, Prophet (!) bekannt. War Paul Revere schüchtern, Edison vorsichtig, Jesus superhöflich? Am Lebensende werden sie nicht bedauern, was sie getan haben, höchstens, was sie nicht getan haben.

Dann Schlafenszeit. Manchmal etwas hart: Pam, müde nach langem Tag mit Kindern, wird mitunter schroff zu Kindern, wenn sie nicht gleich spuren. Kinder, müde nach Schule, werden mitunter aufsässig zu Pam, wenn sie gleich schroff wird. Gutenachtsagen manchmal = Kinder oben an Treppe kreischen runter, Pam unten an Treppe kreischt hoch. Manchmal fliegt Buch oder Schuh runter, knapp an Pam vorbei.

Aber heute Abend Schlafengehen leicht. Kinder spüren Wahrheit meiner Worte bez. Tod und gehen still nach oben. Thomas kommt wieder runtergerannt, um mich zu umarmen. Eva wirft mir langen (bewundernden?) Blick von Treppenabsatz zu.

So liebe Kinder.

Eine der Freuden der Elternschaft, Leser der Zukunft: Eltern können Kinder positiv beeinflussen, Momente schaffen, die Kinder ihr ganzes Leben nicht vergessen, die ihren Weg verändern, die ihnen Herz und Geist öffnen.

*2. Okt.*

Scheiße.

Fuck.

Familie von absolutem Donnerschlag getroffen, Leser der Zukunft.

Erklär ich gleich.

Heute Morgen, Thomas und Lilly schlaftrunken am Tisch, Eva noch im Bett, Pam macht Eier, Ferber zu ihren Füßen in Hoffnung, Essensrest fällt runter. Thomas, Bagel kauend, schlendert ans Fenster.

Thomas: Wow. Was zum Kuckuck. Dad? Komm besser mal her.

Gehe ans Fenster.

SGs weg.

Komplett weg (!).

Renne raus. Gestell leer. Mikroleitung weg. Tor offen. Renne etwas panisch Block hoch, nachschauen, ob irgendwo eine Spur von ihnen.

Nichts.

Renne wieder rein. Rufe Greenway an, rufe Bullen an. Bullen kommen an, suchen Garten ab. Bulle zeigt mir Schleifspur von Mikroleitung in Dreck bei Tor. Sagt, das ist eine gute Nachricht: SGs lassen sich leichter lokalisieren, wenn Mikroleitung noch drin ist, weil dann beschränkt, wie schnell sie laufen können, weil sie, wenn sie als Gruppe flüchten, immer noch an Kopf durch Mikroleitung verbunden, kleine Babyschritte machen müssen, damit keine zu weit voraus oder zu weit hinterdrein läuft, das würde an Mikroleitung reißen und könnte das Hirn derjenigen beschädigen, an der gerissen wurde.

Anderer Bulle sagt, ja, so wäre das, falls SGs zu Fuß unterwegs sind. Aber kommt, Leute, sagt er, SGs sind doch nicht zu Fuß, die sitzen irgendwo in einem Truck von militanten Aktivisten und lachen sich schief.

Ich: Aktivisten.

Erster Bulle: Ja, genau, Women4Women, Bürger für ökonomische Gleichstellung, »Semplica soll in der Hölle schmoren«.

Zweiter Bulle: Schon das vierte Mal diesen Monat.

Erster Bulle: Diese Mädchen sind da nicht von alleine runtergekommen.

Ich: Warum würden die denn so was tun? Sie haben sich doch ausgesucht, hier zu sein. Warum sollen sie denn mit irgendwelchen total –

Bullen lachen.

Erster Bulle: Die riechen den amerikanischen Traum, Baby.

Kinder mehr als panisch. Kinder am Zaun zusammengekauert.

Schulbus kommt und fährt wieder.

Greenway-Vertreter (Rob) kommt an. Rob = groß, dünn, gebeugt. Sieht aus wie Bogen zum Bogenschießen, wenn so ein Bogen gepierctes Ohr und piratenlange Haare hätte und kurze Lederweste trüge.

Rob lässt sofort Bombe platzen. Sagt, es tut ihm leid, dass er in diesem schweren Moment auch noch den Korinthenkacker spielen muss, aber er ist gesetzlich verpflichtet, uns davon zu informieren, dass wir laut Vertrag mit Greenway verantwortlich dafür sind, falls wir SGs nicht binnen drei Wochen auftreiben, nach Ablauf der Zeit die volle Summe für notwendigen Ersatz zu bezahlen.

Pam: Moment, den was?

Laut Rob beträgt die Ersatzsumme = 100$ pro Einzelperson und pro Monat der noch verbleibenden Zeit des Greenway-Vertrags zum Zeitpunkt ihres Verlusts (!). Betty (noch 21 Monate) = 2100$; Tami (noch 13 Monate) = 1300$; Gwen (noch 18 Monate) = 1800$; Lisa (noch 34 Monate) = 3400$.

Summe = 2100 + 1300 + 1800 + 3400 = 8600$.

Pam: Ach du heilige Scheiße.

Rob: Glaubt mir, ich weiß, dass das viel Geld ist, ich bin hauptsächlich Songwriter, ja? Aber unser Ansatz ist – vielmehr, deren Ansatz, also Greenways, ja –, dass wir – vielmehr, die – eine Anfangsinvestition getätigt haben, und natürlich war die nicht billig, ja, wenn man mal an Visa und Flugtickets denkt und so?

Pam: Hat uns keiner was von gesagt.

Ich: Kein Wort.

Rob: Hm. Wer hat Ihren Account noch mal bearbeitet?

Ich: Melanie?

Rob: Ja, genau, das dachte ich mir schon. Mit Melanie, also, Melanie hat manchmal schluderig gearbeitet, um schnell zu einem Abschluss zu kommen. Vor allem mit Paket-A-Kunden, die schnell mal geschmacklos sind? Nicht persönlich gemeint. Jedenfalls ist sie deshalb auch weg. Wenn Sie sie anmotzen wollen, gehen Sie zum Baumarkt, da ist sie die Nummer zwei bei den Farben und lügt Ihnen wahrscheinlich die Hucke voll, welche Farbe welche ist.

Bin wütend und fühle mich vergewaltigt: Jemand war mitten in der Nacht in Garten, wo Kinder in der Nähe schlafen, und hat gestohlen? Uns bestohlen? 8600$ gestohlen, plus ursprüngliche Kosten der SGs (ca. 7400$)?

Pam (zu dem Bullen): Wie oft finden Sie sie?

Erster Bulle: Wen?

Pam stiert Bullen an. (Pam = grimmig, wenn Familie zu verteidigen.)

Zweiter Bulle: Ehrlich? Dann müsste ich zugeben, selten.

Erster Bulle: Eher nie.

Zweiter Bulle: Na ja, bis jetzt.

Erster Bulle: Stimmt. Es gibt immer ein erstes Mal.

Bullen gehen.

Pam (zu Rob): Und was passiert, wenn wir nicht zahlen?

Ich: Nicht zahlen können.

Rob unwohl, Rob hochrot.

Rob: Na ja, das wäre mehr was für die Anwälte.

Pam: Sie würden uns verklagen?

Rob: Ich nicht. Die. Ich meine, das machen die dann. Sie – wie heißt das? Sie beschlagsahnen Ihr –

Pam (harsch): Beschlagnahmen.

Rob: Tut mir leid. Tut mir alles leid. Melanie, wow, ich werd dich mal so richtig an deinem blöden Zopf reißen, dass dir der Kopf in den Nacken knackt. Nur ein Witz, ich red gar nicht mit ihr. Aber die Sache ist die: Das steht alles im Vertrag. Den habt ihr doch gelesen, Leute, oder?

Stille.

Ich: Na ja, wir hatten es ziemlich eilig. Wir wollten doch diese Party schmeißen.

Rob: Stimmt, die Party, ich weiß noch. Das war vielleicht ne Party. Da haben wir alle von geredet.

Rob geht.

Pam stinksauer.

Pam: Weißt du was? Die können mich mal. Sollen sie uns

doch verklagen. Ich bezahle nicht. Das ist ja obszön. Das blöde Haus können sie haben.

Lilly: Verlieren wir unser Haus?

Ich: Wir verlieren nicht unser –

Pam: Ach, glaubst du nicht? Was meinst du wohl, was passiert, wenn du jemandem neun Riesen schuldest und nicht bezahlen kannst? Ich glaube, wir verlieren das Haus.

Ich: Hört mal, beruhigen wir uns lieber, wir müssen doch jetzt nicht so –

Eva hat Unterlippe vorgestülpt, Prä-Weinen. Denke: Na toll, tolle Erziehungsberechtigte, streiten + fluchen + Teufel namens Hausverlust an Wand malen vor supergestressten Kindern, die von aufwühlenden Ereignissen des Tages schon fertig sind.

Dann bricht Eva in Tränen aus und murmelt, Tschuldigung Tschuldigung Tschuldigung.

Pam: Ach Schatz, ich war doch bloß albern, wir werden das Haus nicht verlieren. Mommy und Daddy würden das nie –

Mir geht Licht auf.

Ich: Eva. Du hast doch nicht.

Blick in Evas Augen sagt: Hab ich doch.

Pam: Was?

Thomas: Eva war's?

Lilly: Wie denn? Sie ist erst acht. Ich könnte nicht mal –

Eva führt uns nach draußen, zeigt uns, wie sie es gemacht hat: Stehleiter rausgezerrt, am einen Ende der Mikroleitung hochgestiegen, linken Schnelllösehebel gelockert, Mikroleitung hing durch. Dann Stehleiter zum anderen Ende gezerrt, rechten Schnelllösehebel gelockert. Da war Mikroleitung komplett frei, SGs standen am Boden.

SGs beraten sich kurz.

Und sind weg.

Bin so wütend. Eva hat Riesenschlamassel angerichtet. Riesenschlamassel für uns, ja, und auch für SGs. Wo sind sie jetzt? An gutem Ort? Ist es gut, wenn illegale Flüchtlinge in fremdem Land kein Geld, kein Essen, kein Wasser haben, sich in Wald, Sumpf usw. verstecken müssen, durch Mikroleitung miteinander verbunden wie Kettensträflinge? Und Thomas und Lilly, finden die das superwitzig, eigene Eltern reinzulegen? Sehe vor mir, wie Thomas ans Fenster trat und ganz überrascht tat, dass SGs weg sind. Thomas = Drecksack. Und Lilly: Wir haben so viel für ihren Geburtstag gemacht, das ist nun Dank?

Mir wird heiß unterm Kragen. Unwillkürlich sage ich all das laut.

Kinder verblüfft. Kinder haben mich noch nie so wütend gesehen.

Thomas: Daddy, wir wussten das nicht!

Lilly: Ehrlich nicht!

Thomas rauft sich Haare und rennt raus. Lilly bricht in Tränen aus, stampft raus, zerrt (verblüffte) Eva an Hand raus.

Eva (geknickt, zu mir): Aber du hast doch, du hast diesen Satz gesagt, man soll kühn sein –

Notiz für Generationen der Zukunft: In unserer Zeit geraten Familien manchmal in schwierige Gewässer. Familie hat das Gefühl: Wir sind Loser, alles, was wir tun, ist falsch. Eltern streiten sich lautstark, geben einander Schuld an katastrophaler Situation. Dad tritt gegen Wand, macht Loch in der Wand neben Kühlschrank, Familie lässt Mittagessen ausfallen. Zu angespannt, um an einem Tisch sitzen zu können. Unerträglich. Lässt einen (Vater) an ganzem Unterfangen zweifeln, d. h. lässt Vater (mich) überlegen, ob Menschen nicht besser allein leben sollten, als Einzelne, im Wald, sich um eigenen Scheiß kümmern, niemanden lieben.

Heute ist für uns so.

Stürmte in Garage. Blöder Eichhörnchen/Maus-Fleck immer noch da, nach all den Wochen. Beschloss, ein für alle Mal Fleck zu beseitigen. Nahm Bleichmittel + Schlauch zum Auslöschen. Setzte mich dann, in Stille danach, auf Schubkarre und musste über alles lachen. Habe Rubbellos gewonnen, größtes Glück meines Lebens, und ruckzuck größtes Glück meines Lebens in größtes Fiasko meines Lebens verwandelt.

Lachen wurde zu Weinen.

Fühlte mich schrecklich, weil so schroff zu Kindern gewesen.

Pam kam rein, ob ich geweint hätte? Sagte nein, Staub in Augen gekriegt vom Garageputzen. Pam nicht abgekauft. Umarmte mich kurz + Hüftstupser, wie: Du hast geweint, das ist okay, ist grad schwere Zeit, ich weiß.

Pam: Komm wieder rein. Schauen wir, dass wir alles wieder in Normalzustand kriegen. Wir kommen schon durch. Die Kinder sterben da drin, so schlecht fühlen sie sich.

Ging rein.

Kinder am Küchentisch.

Konnte in Augen der Kinder sehen, dass sie sehnsüchtig verzeihen wollten und Verzeihung wollten. Lilly und Thomas hatten es nicht gewusst. Ich sagte, ich wüsste, dass sie es nicht gewusst hätten, und wüsste nicht, warum ich vorhin sagte, sie hätten es gewusst.

Mit offenen Armen rannten Thomas und Lilly zu mir.

Eva blieb sitzen.

Als Eva noch klein, hatte sie einen großen schwarzen Lockenkopf. Stand auf Sofa, aß Müsli aus Kaffeebecher, tanzte zu Musik in ihrem Kopf, schnippte Kordel von Jalousie herum.

Und jetzt: Eva dahockend, Hände vors Gesicht geschlagen, wie alte Dame mit gebrochenem Herzen, die Verlust der kraftvollen Jugendblüte beweint usw. usf.

Ging rüber und hob Eva hoch.

Armes Ding bebte in meinen Armen.

Eva (flüsternd): Ich wusste nicht, dass wir das Haus verlieren würden.

Ich: Wir werden das Haus – wir werden das Haus nicht verlieren. Mommy und ich finden eine Lösung.

Schickte Kinder zum Fernsehgucken weg.

Pam: Also. Soll ich Dad anrufen?

Wollte nicht, dass Pam Pams Dad anruft.

Pams Dads Name = Reich. Nennt sich tatsächlich selber »Bauer Reich«. Was lustig ist, weil er reicher Bauer ist. Bauer Reich = sehr reich + sehr strikt. Was mich betrifft, kann mich nicht leiden. Hat mehrmals gesagt, ich würde 1) nicht hart arbeiten, 2) mich nicht genug bei meinem Gewicht zurückhalten und 3) mich nicht genug bei meinen Kreditkarten zurückhalten.

Bauer Reich in Topform, keine Kreditkarten.

Bauer Reich kein Fan von SGs. Letzte Weihnachten großer Vortrag für uns alle: SGs zu haben = »Angeberding«. Alles, was Spaß macht = »Angeberding«. Sogar ins Kino gehen = Angeberding. Zur Autowaschanlage fahren, d. h. nicht selber in Einfahrt machen = Angeberding. Einmal bei Besuch guckte er mich komisch an, als ich sagte, ich müsste zu Wurzelbehandlung. Was, dachte ich, Wurzelbehandlung = Angeberding? Aber nein: Hatte nur was gegen Zahnarzt, den ich ausgesucht hatte, weil er Fernsehwerbung von Zahnarzt gesehen hatte und fand, Zahnarzt mit Fernsehwerbung = Angeberding.

Wollte also nicht, dass Pam Bauer Reich anruft.

Sagte zu Pam, wir müssen das so gut wie möglich selber hinkriegen.

Holte Rechnungen raus und machte kleine Bezahl-Übung: Wenn wir Hypothek überweisen, Heizung, AmEx plus 200$ Rechnungen, die wir letztes Mal verschoben haben, wären wir fast bei Null (Rest 12,78$). Wenn wir AmEx + Visa verschieben, würden ca. 880$ frei. Wenn wir außerdem mit Hypothek, Stromrechnung und Premium-Lebensversicherung aussetzen, würden immer noch nur magere 3100$ insgesamt frei.

Ich: Scheiße.

Pam: Vielleicht schreib ich ihm eine Mail. Na ja. Mal sehen, was er sagt.

Pam oben, mailt an Bauer Reich, während ich schreibe.


6. Okt.

Überspringe Beschreibung von Arbeit. Arbeit grad nicht wichtig. Als ich nach Hause kam, stand Pam an Tür, Mail von Bauer Reich.

Bauer Reich = Wichser.

Zitiere teilweise:

*Sprechen wir nun von dem, was Ihr mit dem erbetenen Geld anfangen wollt. Werdet Ihr es auf ein Sparkonto für das Studium legen? Keineswegs. In Immobilien investieren? Nein. Ihr hattet die Chance, etwas auszusäen, und habt die wertvollen Samen (Dollars) vergeudet. Und wofür? Eine Darbietung, die manch einer hübsch findet. Also, ich finde sie nicht hübsch. Ich sehe, daß junge Leute hier dasselbe tun. Alte Leute auch. Und hier ist es genauso sinnlos wie bei Euch. Seit wann sind ausgestellte Menschen ein wünschenswerter Anblick? Andere hier tun Gutes in unserer Kirche und führen Armutsbedingungen ins Feld. Okay, das ist schön. Aber wie es aussieht, werdet Ihr bald selbst unter Armutsbedingungen in Euren vier Wänden leben müssen. Und das Motto »Hilf dir selbst, so hilft dir Gott« fällt mir oft ein, wenn ich versucht bin, mein Scherflein in Bezug auf das eine oder andere soziale Anliegen beizusteuern. Obgleich ich nichts dagegen habe, ab und zu dem hiesigen Frauenhaus einen Schinken zu spendieren. Also sage ich nein. Ihr habt Euch selbst in den Schlamassel reingeritten und müßt Euch nun am eigenen Schopf wieder rausziehen, was Euren Kindern (und Euch selbst) eine Lehre sein wird, von der Ihr auf lange Sicht alle profitieren könnt.*

Ich: Autsch.

Pam rief Bauer Reich an, bettelte bei Bauer Reich. Bauer Reich setzte ihr am Telefon zu wg. Geld, wg. unserer gesamten Geldgeschichte, d. h. unser kompletter Lebensansatz = verschwenderisch. Bauer Reich sagte, frag mich nicht noch mal. Wir sind in seinen Augen komplett abgestürzt durch saudumme ursprüngliche Entscheidung + nachfolgende verzweifelte Demonstration von Selbstüberschätzung im Bemühen, starrsinnig die saudumme ursprüngliche Entscheidung zu korrigieren.

Das mal dazu.

Lange Stille.

Pam: Himmel. Ist das nicht mal wieder typisch für uns?

Weiß nicht, was sie meint. Oder vielmehr, ich weiß es, bin aber nicht einverstanden. Oder vielmehr, bin einverstanden, wünschte aber, sie würde es nicht sagen. Warum sagen? Sagen ist negativ, gibt uns schlechtes Selbstgefühl.

Ich sage, vielleicht sollten wir einfach beichten, was Eva gemacht hat, und hoffen, dass Greenway Gnade walten lässt.

Pam sagt nein, nein. War heute online: Freilassung von SGs = kriminell (!). Glaubt zwar nicht, dass eine 8-Jährige angeklagt würde, aber trotzdem. Wenn wir beichten, kommt das in Evas Akte? Muss Eva zum Therapeuten? Und das kommt auch in Evas Akte? Und Eva glaubt: Ich bin böses Kind? Fängt an, vom guten Weg abzukommen, mit harten Typen abzuhängen und jede Vorstellung von Leistung schief anzuschauen, lebt ihr Potenzial nicht aus, und nur, weil sie als kleines Mädchen einen einzigen Fehler gemacht hat?

Nein.

Können wir nicht riskieren.

Pam und ich diskutieren und sind einer Meinung: Müssen es wie Sündenfresser machen, die in alten Zeiten Sünden fraßen. Oder Körper von Sündern? Oder ihre Mahlzeit von Körpern gestorbener Sünder? Kann mich nicht präzise erinnern, was Sündenfresser gemacht haben. Aber Pam und ich sind einer Meinung. Werden es wie Sündenfresser machen, im Sinne von: werden fehlgehen, aber Eva beschützen, Bullen um jeden Preis im Dunkeln lassen, nach Bedarf Gesetze brechen.

Pam fragt, ob ich immer noch in Buch schreibe? Ob Buch

nicht = legal verwertbares Dokument? Ob ich über Eva in Buch geschrieben habe, über ihre Rolle bei? Wäre Buch nicht Beweis für Behinderung von Justiz? Könnte Buch nicht vorgeladen werden oder so? Sollte ich nicht lieber aufhören, in Buch zu schreiben, fragliche Seiten tilgen? Buch verstecken? Buch in Loch werfen, das ich neulich in Wand getreten habe? Noch besser, Buch zerstören?

Sage Pam, dass ich wahnsinnig gern in Buch schreibe und nicht aufhören will, in Buch zu schreiben, geschweige denn Buch zerstören.

Pam: Na ja, deine Entscheidung. Aber wenn du mich fragst? Lohnt sich nicht.

Pam ist clever. Pam kann Situationen hervorragend einschätzen. Überlege mir das. (Wenn Buch verstummt, werden zukünftige Leser wissen, dass ich (wieder mal!) beschlossen habe: Pam hat recht.)

Schätze, hoffe: Bullen haben viele ähnliche Fälle, wir kleine Fische, unser Fall = nachrangig, all das bald verblasst.


*8. Okt.*

Falsch. Wieder falsch. Kein bisschen verblasst.

Werde erklären.

Ganzen Tag gearbeitet.

War normaler langweiliger Tag.

Können Leser der Zukunft sich vorstellen, wie quälend es war, sich durch normalen langweiligen Tag zu pflügen, wo ich doch nur nach Hause wollte, mit Pam Strategien bez. Eva-Situation besprechen, Eva aus Schule schnappen, fest umarmen und sagen, alles wird gut, Eva versichern, dass sie, auch wenn wir nicht gut finden, was sie getan hat, immer unser Mädchen bleiben wird, unser Aug(en)apfel?

Aber in diesem Leben muss ein Vater seine Pflicht erfüllen.

Hielt den ganzen Tag durch.

Dann üblicher Nachhauseweg: Zone mit Gebrauchtwagenhändlern, Zone mit Steinbruch, langes Stück Highway mit Blick runter auf schlechte Wohnungen inkl. Kleider an Wäscheleine, relativ bukolisches Stück mit Pionierfriedhof, früheres, jetzt abgesoffenes Einkaufscenter.

Dann unser kleines Haus + trauriger leerer Garten.

Typ am hinteren Tor.

Ging hin und redete mit ihm.

Typ = Jerry. Ein Polizist (!), auf unseren Fall angesetzt. Aktivisten = große Priorität für die Stadt, sagt er, Bürgermeister entschlossen, starkes Zeichen zu setzen (!). Sagt, er weiß, wir sind finanziell acht Riesen im Hintertreffen, und findet, Weicheier von Greenway gehören in Öl gesotten. Ist selber ein Mann mit begrenzten Mitteln, sagt er, Familienvater, weiß genau, wie er sich aufregen würde, wenn er großem gesichtslosem Konzern 8600 $ schulden würde. Aber keine Sorge, er ist dran. Wird keine Ruhe geben, bis Aktivisten gefunden. Hat wenig Respekt für Aktivisten. Aktivisten glauben, sie handeln edel? Irrtum. SGs werden illegale Immigranten, nehmen »legitimen Amerikanern« Arbeit weg. Jerry entschieden dagegen. Jerrys Vater kam mit Schiff aus Irland, ganze Reise gekotzt, dann nötige Formulare ausgefüllt. Das = wie man's macht, findet Jerry.

Haha, sagt er.

Grinst, wischt sich Mund ab.

Jerry gesprächig. Bevor er Bulle wurde, Lehrer. So froh, dass er nicht mehr unterrichtet. Seine Schüler = fiese Brut. Jedes Jahr schlimmer. Letzte Jahre nur Zeit abgesessen, drauf gewartet, dass er von irgendeinem Balg abgestochen oder abgeknallt wird. Alles nur schlimmer, je dunkler die Kids. Falls ich weiß, was er meint. Hat nichts gegen dunkle Mitbürger, aber hat was gegen dunkle Mitbürger, die nicht arbeiten und nicht die Sprache lernen wollen und Lehrern immer üble Streiche spielen. Als er klein war, wäre ihm nie eingefallen, Babyfrosch in Cola light von einem der engagiertesten Lehrer der Schule zu schmeißen. War fast sicher dunkles Kind, schließlich fast alle Schüler bei ihm dunkle Kids. Persönlich nie mit Messer angegriffen worden, aber wäre bestimmt irgendwann passiert, von dem einen oder anderen dunklen Kind. Weil, wenn Kind die Nerven hat, Frosch in Lehrercola zu schmeißen, gibt's keine Grenzen, d.h. Messerstecherei = nächster logischer Schritt.

Kids sind doch bloß Kids, sag ich.

Ja und nein, sagt Jerry. Kinder = zukünftige Erwachsene. Was der Gans nicht schadet, schadet auch dem Gänserich nicht. Hat mal Film gesehen über Löwenbaby, das sich austoben durfte: Ausgewachsener Löwe fraß dann Besitzer. Daher feste Hand oberstes Gebot bei Kindern.

Jerry in letzter Zeit einsam, sagt er. Seine Frau vor kurzem gestorben. War nicht geplant, dass sie zuerst stirbt. Gesund war immer sie. Jetzt ist er bisschen verloren. Frau war bestenfalls Strich in Landschaft. Gegen Ende fast nicht mehr da. Jerry nie in Eile, nach Hause zu kommen. Haus so still, seit Frau tot ist. Hat keine Enkel, weil nie Kinder gehabt, weil Frau fragwürdige Eier.

Daher massenweise Zeit für unseren Fall.

Irgendwas stinkt hier, sagt Jerry. Sieht nicht nach typischer Aktivistennummer aus. Aktivisten hinterlassen normalerweise Visitenkarte: »Semplica soll in der Hölle schmoren« hinterlassen einzelnen roten Wimpel. Women4Women hinterlassen Flugblatt + Bandaufnahme von SGs, die alle beleidigenden/ärgerlichen Handlungen der Familie während Zeit in deren Garten auflisten. Aktivisten haben oft Arzt dabei, um die Mikroleitung zu entfernen, bevor SGs in Lieferwagen einsteigen. Aber Bullen haben Schleifspuren von Mikroleitung bei unserem Tor gefunden, SGs sind also zu Fuß geflohen, Mikroleitung immer noch drin?

Passt nicht zusammen.

Jerry riecht da was.

Aber keine Sorge, sagt Jerry: Er ist »hier, um zu bleiben«.

Jetzt setzt er sich erst mal Zeitlang in Garten. So geht er manchmal vor: sich »direkt in Kopf des Täters versetzen«.

Jerry hustet, humpelt in Garten.

Gehe rein. Erzähle Pam alles.

Pam und ich am Fenster, beobachten Jerry.

Thomas: Wer ist das?

Ich: Bloß ein Typ.

Pam: Geht nicht da raus. Redet nicht mit ihm oder so was.

Lilly: Er ist in unserem Garten, aber wir dürfen nicht mit ihm reden?

Ich: Ja. Korrekt.

Fast Mitternacht jetzt, als ich schreibe. Jerry immer noch in Garten (!). Jerry raucht, Jerry summt dieselbe Vier-Noten-Phrase, immer wieder. Kann ihn von Gästezimmer aus hören + seinen Rauch riechen. Würde gern runtergehen und ihn aus Garten jagen. Sagen: Jerry, das hier = unser Garten. Unsere Kinder schlafen, haben morgen Schule, wenn Sie sie mit Gesumme aufwecken, haben die harten/müden Tag in der Schule. Und, Jerry, wir erlauben nicht, dass im oder beim Haus geraucht wird.

Kann ich aber nicht machen.

Darf Jerry nicht im Geringsten verstimmen.

Gott.

Haushalt im freien Fall, Leser der Zukunft. Alles chaotisch. Kinder spüren Anspannung und streiten ganzen Tag. Nach Abendessen hat Pam Kinder vor Sendung »Ich, Grabschius« erwischt (verboten) = Show, wo ein Typ sich ein Mädchen zum Daten aussucht, indem er Brüste von Kandidatinnen durch zwei Löcher in Trennwand betastet. (Brüste werden nicht wirklich gezeigt. Nur Gesichtsausdruck von Typen, wenn er sie betastet, und Gesichtsausdruck von Mädchen, wenn er sie betastet, und Gesichtsausdruck von Mädchen, wenn er Bewertung verkündet. Trotzdem: schlechte Show.) Pam in die Luft gegangen: Wir sind als Familie in der schwierigsten Lage, die es je gab, und so benehmen sie sich?

Als Kinder kamen, ließen Pam und ich alles fallen (Jugendträume von Reisen, Abenteuern, usw. usf.), um gute Eltern zu sein. War kein aufregendes Leben. War viel Schinderei. An vielen Abenden bis spät auf, unerfüllte Pflichten, erschöpft, lange am Rödeln. Oft, wenn wir zerzaust + müde, Babykacke und/oder -kotze auf Hemd oder Bluse, stand einer da und lächelte erledigt/wütend in Kamera, die der andere hielt, Haare schlampig, weil Friseur teuer, unmodische Brille rutscht Nase runter, weil keine Zeit, Gestell richten zu lassen.

Und nach alldem, wo sind wir jetzt?

Einfach Pech.

Eben durch Flur, um nach Kids zu schauen. Thomas im Bett mit Ferber. Nicht erlaubt. Eva im Bett mit Lilly. Nicht erlaubt. Eva, Ursprung von ganzem Tohuwabohu, schläft wie Baby.

Am liebsten Eva geweckt und ihr gesagt, alles wird gut, sie hat gutes Herz, ist nur jung + verwirrt.

Nicht getan.

Eva braucht Ruhe.

Auf Lillys Schreibtisch: Plakat, an dem sie für »Tag der Lieblingssachen« im Unterricht gearbeitet hat. Plakat = Foto von allen SGs plus Karte von Heimatländern plus Geschichten, die Lilly offenbar bei Gesprächen (!) mit allen gesammelt hat: Gwen (Moldau) = sehr tough, wegen Jugend in Moldau: gebrauchte blutige Laken vom Müll + Klebeband, um Fußball zu basteln, dann, nach viel Übung mit Ball aus blutigen Laken, fast in Olympische Mannschaft geschafft (!). Betty (Philippinen) hat Tochter, die beim Schwimmen manchmal auf Panzer von Meeresschildkröte reitet. Lisa (Somalia) einmal Löwen auf Dach von Onkels »Mini-Lkw« gesehen. Tami (Laos) hatte Wasserbüffel als Haustier, Wasserbüffel auf ihren Fuß getreten, jetzt muss Tami Spezialschuh tragen. »Witzige Tatsache«: ihre Namen (Betty, Tami usw.) nicht ihre echten Namen. Sondern = SG-Namen, von Greenway bei Ankunft gegeben. »Tami« = Januka = »glücklicher Sonnenstrahl«. »Betty« = Nenita = gesegnet-geliebt. »Gwen« = Evgenia (weiß nicht, was ihr Name bedeutet). »Lisa« = Ayan = »glückliche Reisende«.

Denke heute Abend viel an SGs, Leser der Zukunft.

Wo sind sie jetzt? Warum sind sie gegangen?

Versteh's einfach nicht.

Brief kommt, Familie feiert, Mädchen vergießt Tränen, packt stoisch Koffer, denkt: muss weg, bin einzige Hoffnung für Familie. Setzt tapferes Gesicht auf, verspricht, sie kommt zurück, wenn Vertrag erfüllt. Gefühl ihrer Mutter, ihres Vaters: Wir können sie nicht gehen lassen. Aber tun es. Müssen.

Ganze Stadt begleitet Mädchen zu Bahnhof/Busbahnhof/Fähranleger? Gruppe fährt mit grellbuntem Van zu kleinem Regionalflughafen? Weitere Tränen und Schwüre. Während Zug/Fähre/Flugzeug anfährt, wirft sie letzten liebevollen Blick auf umgebende Hügel/Fluss/Steinbruch/Hütten, egal, d. h. das, was sie bislang von Welt kennengelernt hat, und sagt sich: Hab keine Angst, du wirst heimkehren & heimkehren als Gewinnerin, inkl. große Geschenktüte usw. usf.

Und jetzt?

Kein Geld, keine Papiere. Wer entfernt Mikroleitung? Wer gibt ihr Arbeit? Wenn sie sich bewerben will, muss sie Frisur so richten, dass Narben an Eintrittspunkten verdeckt. Wann wird sie je Zuhause + Familie wiedersehen? Warum hat sie das getan? Warum alles ruiniert und unseren Garten verlassen? Hätte schöne lange Zeit mit uns haben können. Was um alles in der Welt suchte sie? Was konnte sie sich so sehr wünschen, dass sie so eine verzweifelte Aktion bringt?

Jerry gerade eben Feierabend gemacht.

Leeres Gestell in Garten sieht im Mondschein komisch aus.

Notiz an mich selbst: Greenway anrufen, sollen hässliches Ding abholen.

# ZUHAUSE

## I.

Wie in der guten alten Zeit kam ich aus dem trockenen Bachbett hinterm Haus und machte mein kleines Getrommel am Küchenfenster.

»Komm rein, du«, sagte Ma.

Drinnen lagen Zeitungsstapel auf dem Herd und Zeitschriftenstapel auf den Stühlen, und ein großes Bündel Bügel ragte aus dem kaputten Ofen. Wie immer, all das. Neu war, dass über dem Kühlschrank ein Wasserfleck in der Gestalt eines Katzenkopfes prangte und dass der alte orange Teppich halb aufgerollt war.

»Bin immer noch keine verpiepte Putzfrau«, sagte Ma.

Ich warf ihr einen komischen Blick zu.

»Verpiept?«, fragte ich.

»Piep dich«, sagte sie. »Bei der Arbeit haben sie sich über mich beschwert.«

Es stimmte schon, Ma war ein ziemlich übles Schandmaul. Und arbeitete jetzt in einer Kirche, also.

Wir standen da und sahen uns an.

Dann kam so ein Kerl die Treppe runtergestapft: sogar

noch älter als Ma, in Boxershorts und Wanderstiefeln, sonst nichts, und einer Wintermütze, aus der hinten ein langer Pferdeschwanz raushing.

»Wer ist das?«, fragte er.

»Mein Sohn«, sagte Ma scheu. »Mikey, das ist Harris.«

»Was ist das Schlimmste, was du da drüben angestellt hast?«, sagte Harris.

»Was ist mit Alberto passiert?«, fragte ich.

»Alberto hat die Kurve gekratzt«, sagte Ma.

»Alberto hat dir seinen Arsch gezeigt«, sagte Harris.

»Ich hab diesem Pieper nichts vorzuwerfen«, sagte Ma.

»Ich hab diesem Wichser eine Menge vorzuwerfen«, sagte Harris. »Inklusive dass er mir einen Zehner schuldet.«

»Harris tut nichts gegen sein Schandmaul«, sagte Ma.

»Sie macht es nur wegen der Arbeit«, erklärte Harris.

»Harris hat keine«, sagte Ma.

»Na ja, wenn ich arbeiten würde, dann nicht an einem Ort, wo mir vorgeschrieben wird, wie ich reden darf«, sagte Harris. »Sondern wo ich reden kann, wie ich Lust habe. An einem Ort, der mich so akzeptiert, wie ich bin. An so einem Ort wäre ich bereit zu arbeiten.«

»Gibt nicht viele Orte von der Sorte«, sagte Ma.

»Orte, wo ich reden kann, wie ich Lust habe?«, fragte Harris. »Oder Orte, die mich so akzeptieren, wie ich bin?«

»Orte, an denen du bereit wärst zu arbeiten«, sagte Ma.

»Wie lang bleibt der?«, fragte Harris.

»So lang er will«, sagte Ma.

»Mein Haus ist dein Haus«, sagte Harris zu mir.

»Es ist überhaupt nicht dein Haus«, sagte Ma.

»Gib dem Jungen wenigstens was zu essen«, sagte Harris.

»Mach ich, aber nicht, weil du's gesagt hast«, sagte Ma und scheuchte uns aus der Küche.

»Großartige Braut«, sagte Harris. »Hatte sie schon seit Jahren im Auge. Dann ist Alberto abgehauen. Das kapier ich nicht. Da hast du eine großartige Braut in deinem Leben, und wenn sie krank wird, haust du ab?«

»Ma ist krank?«, fragte ich.

»Das hat sie dir nicht gesagt?«, fragte er.

Er schnitt ein Gesicht, ballte die Faust und hielt sie oben an seinen Kopf.

»Geschwulst«, sagte er. »Aber das hast du nicht von mir.«

Jetzt sang Ma in der Küche.

»Ich hoffe, du machst wenigstens Bacon«, rief Harris. »Wenn der Sohn nach Hause kommt, hat er ne Runde Bacon verdient, Scheiße.«

»Halt dich doch einfach raus«, rief Ma zurück. »Du hast ihn gerade erst kennengelernt.«

»Ich liebe ihn wie meinen eigenen Sohn«, sagte Harris.

»Was für ein lächerlicher Spruch«, sagte Ma. »Du hasst deinen Sohn.«

»Ich hasse meine beiden Söhne«, sagte Harris.

»Und du würdest deine Tochter hassen. Falls du ihr je begegnest«, sagte Ma.

Harris strahlte, als wäre er ganz gerührt, dass Ma ihn gut genug kannte, um zu wissen, er würde jedes von ihm gezeugte Kind unweigerlich hassen.

Ma kam mit Bacon und Eiern auf einer Untertasse herein.

»Könnte ein Haar drin sein«, sagte sie. »In letzter Zeit komm ich mir vor, als wär ich in der Piepmauser.«

»Gern geschehen«, sagte Harris.

»Du hast doch keinen Piep gemacht!«, sagte Ma. »Brauchst dich gar nicht zu brüsten. Geh da rein und spül das Geschirr. Das wäre mal eine Hilfe.«

»Ich kann nicht spülen, das weißt du genau«, sagte Harris. »Von wegen meinem Ausschlag.«

»Er kriegt einen Ausschlag von Wasser«, sagte Ma. »Frag ihn mal, warum er nicht abtrocknen kann.«

»Von wegen meinem Rücken«, sagte Harris.

»Er ist der König des Von-wegen«, sagte Ma. »Aber eins ist er nicht, nämlich der König des Wird-Erledigt.«

»Sobald der weg ist, zeig ich dir, wovon ich König bin«, sagte Harris.

»O Harris, das ist zu viel, das ist wirklich ekelhaft«, sagte Ma.

Harris hob beide Hände über den Kopf, so: Sieger und auch noch Champion.

»Wir bringen dich in deinem alten Zimmer unter«, sagte Ma.

## 2.

Auf meinem Bett lagen ein Jagdbogen und ein violettes Halloween-Cape mit eingebautem Gespenstergesicht.

»Der Piep da ist von Harris«, sagte Ma.

»Ma«, sagte ich. »Harris hat es mir gesagt.«

Ich ballte meine Hand zur Faust und hielt sie mir oben an den Kopf.

Sie warf mir einen verständnislosen Blick zu.

»Vielleicht hab ich ihn bloß nicht richtig verstanden«, sagte ich. »Geschwulst? Er sagte, du hättest eine –«

»Vielleicht ist er bloß ein großer Pieplügner«, sagte sie. »Er denkt sich ständig irgendwelchen verrückten Piep über mich aus. Das ist so sein Hobby. Dem Postboten hat er erzählt, ich hätte ein falsches Bein. Eileen im Deli hat er gesagt, ich hätte ein Glasauge. Im Haushaltswarenladen hat er behauptet, ich würde Ohnmachtsanfälle kriegen und Schaum vorm Mund, wenn ich mich aufrege. Jetzt beeilt sich der Typ jedes Mal, mich so schnell wie möglich wieder rauszukriegen.«

Um zu zeigen, wie gut es ihr ging, machte Ma einen Hampelmann.

Harris trampelte nach oben.

»Ich sag ihm nicht, dass du das mit der Geschwulst verraten hast«, sagte Ma. »Und du sagst ihm nicht, dass ich dir verraten habe, dass er ein Lügner ist.«

Jetzt kam es mir wieder so vor wie in den guten alten Zeiten.

»Ma«, sagte ich, »wo wohnen eigentlich Renee und Ryan?«

»Äh«, sagte Ma.

»Die haben eine süße Wohnung drüben«, sagte Harris. »Und schwimmen im Geld.«

»Ich weiß nicht, ob das die beste Idee ist«, sagte Ma.

»Deine Ma hält Ryan für einen Schläger«, sagte Harris.

»Ryan ist ein Schläger«, sagte Ma. »Einen Schläger erkenne ich sofort.«

»Er schlägt?«, fragte ich. »Er schlägt Renee?«

»Das hast du nicht von mir«, sagte Ma.

»Der soll sich bloß hüten, das Baby zu schlagen«, sagte Harris. »Martney, so süß und klein. Echt supergoldig.«

»Obwohl, was soll das fürn Piepname sein?«, sagte Ma. »Hab ich Renee gesagt. Genau so.«

»Ist das ein Jungen- oder ein Mädchenname?«, fragte Harris.

»Was redstn du für einen Piep?«, sagte Ma. »Du hast es doch gesehen. Im Arm gehalten.«

»Sieht wie ein Elf aus«, sagte Harris.

»Aber Mädchenelf oder Jungenelf?«, sagte Ma. »Guck dir das an. Er weiß es wirklich nicht.«

»Na ja, es hatte was Grünes an«, sagte Harris. »Das hilft mir schon mal nicht.«

»Denk nach«, sagte Ma. »Was haben wir ihm gekauft?«

»Du meinst, ich müsste Junge und Mädchen auseinanderhalten können«, sagte Harris. »Wo es mein Enkel ist, verdammt.«

»Ist ja gar nicht dein Enkel«, sagte Ma. »Wir haben ihm ein Boot gekauft.«

»Boot geht für Jungen und für Mädchen«, sagte Harris. »Nur keine Vorurteile. Mädchen können ein Boot lieben. So wie ein Junge eine Puppe lieben kann. Oder einen BH.«

»Tja, aber wir haben ihm keine Puppe gekauft und auch keinen BH«, sagte Ma. »Wir haben ihm ein Boot gekauft.«

Ich ging nach unten und holte mir das Telefonbuch. Renee und Ryan wohnten drüben in der Lincoln. Lincoln 27.

## 3

Lincoln 27, das war im guten Teil vom Zentrum.

Das Haus, unglaublich. Die Türmchen. Das hintere Tor war aus Redwood und öffnete sich so weich, als wären die Angeln hydraulisch.

Der Garten, unglaublich.

Ich hockte mich ins Gebüsch vor die mit Fliegengitter geschützte Veranda. Drinnen unterhielten sich Leute: Renee, Ryan, Ryans Eltern, wie es sich anhörte. Ryans Eltern hatten sonore/selbstbewusste Stimmen, die klangen, als wären sie durch plötzliche Geldzufuhr aus früheren, weniger sonoren/selbstbewussten Stimmen fabriziert worden.

»Über Lon Brewster kannst du sagen, was du willst«, sagte Ryans Dad. »Aber damals, als ich einen Platten hatte, ist er bis nach Feldspar rausgefahren und hat mich geholt.«

»In dieser unmöglichen Gluthitze«, sagte Ryans Mom.

»Und kein Wort der Klage«, sagte Ryans Dad. »Ein absolut reizender Mensch.«

»Fast so reizend – sagst du jedenfalls – wie die Flemings«, sagte sie.

»Und die Flemings sind wirklich furchtbar reizend«, sagte er.

»Und sie tun so viel Gutes!«, sagte sie. »Ein Flugzeug voller Babys haben sie hier rübergeflogen.«

»Russische Babys«, sagte er, »mit Hasenscharten.«

»Gleich nach der Ankunft wurden die Babys in OP-Säle im ganzen Land gebracht«, sagte sie. »Und wer hat das bezahlt?«

»Die Flemings«, sagte er.

»Haben sie nicht auch einiges Geld für das Studium beiseitegelegt?«, sagte sie. »Für die Russen?«

»Diese Kinder waren eben noch Behinderte in einem zusammenbrechenden Staat und bekamen kurz darauf ein Leben in dem großartigsten Land der Welt geschenkt«, sagte er. »Und wer hat das bewirkt? Ein Unternehmen? Die Regierung?«

»Ein privates Ehepaar«, sagte sie.

»Wahrhaft visionäre Leute«, sagte er.

Es gab eine lange Pause der Bewunderung.

»Obwohl, man würde es nicht meinen, so schroff redet er mit ihr«, sagte sie.

»Na ja, sie kann auch furchtbar schroff zu ihm sein«, sagte er.

»Manchmal ist er bloß schroff zu ihr und sie dann gleich schroff zurück«, sagte sie.

»So Henne oder Ei«, sagte er.

»Nur mit Schroffheit«, sagte sie.

»Trotzdem, die Flemings muss man einfach lieben«, sagte er.

»Man sollte so viel Gutes tun«, sagte sie. »Wann haben wir denn das letzte Mal ein russisches Baby gerettet?«

»Na ja, es geht uns ganz gut«, sagte er. »Wir können uns zwar nicht leisten, einen Haufen russische Babys einfliegen zu lassen, aber ich finde, auf unsere eigene unvollkommene Weise führen wir schon ein gutes Leben.«

»Wir können nicht mal einen Russen einfliegen lassen«, sagte sie. »Sogar ein kanadisches Baby mit Hasenscharte würde unsere Mittel überschreiten.«

»Wir könnten wahrscheinlich da hochfahren und eins abholen«, sagte er. »Aber was dann? Die Operation können wir uns nicht leisten und das Studium auch nicht. Dann würde das Baby bloß hier rumsitzen, in Amerika statt in Kanada, und immer noch mit der Schartengeschichte.«

»Haben wir euch Kindern das erzählt? Wir expandieren, fünf Läden. Fünf Läden in der Dreistädteregion. Jeden mit Erfrischungsangebot.«

»Das ist toll, Mom«, sagte Ryan.

»Das ist so toll«, sagte Renee.

»Und vielleicht können wir, wenn die fünf Läden gut laufen, noch drei oder vier weitere aufmachen und dann das ganze Thema mit den russischen Hasenscharten noch mal prüfen«, sagte Ryans Vater.

»Ihr seid immer wieder erstaunlich«, sagte Ryan.

Renee ging mit dem Baby nach draußen.

»Ich gehe mal mit dem Baby nach draußen«, sagte sie.


4.


Das Baby hatte seinen Tribut gefordert. Renee wirkte breiter, weniger quirlig. Auch blasser, so als wäre jemand mit einem farbauslaugenden Strahl über ihr Gesicht und ihre Haare gefahren.

Das Baby sah wirklich wie ein Elf aus.

Das Elfenbaby schaute zu einem Vogel hin, zeigte auf den Vogel.

»Vogel«, sagte Renee.

Das Elfenbaby schaute zu ihrem irrwitzigen Pool.

»Zum Schwimmen«, sagte Renee. »Aber noch nicht. Noch nicht, verstanden?«

Das Elfenbaby schaute in den Himmel.

»Wolken«, sagte Renee. »Wolken machen Regen.«

Es war, als forderte das Baby mit den Augen: Beeil dich, erklär mir diesen ganzen Mist hier, damit ich das schneller beherrschen und ein paar Läden aufmachen kann.

Das Baby schaute mich an.

Renee ließ das Baby beinahe fallen.

»Mike, Mikey, heilige Scheiße«, sagte sie.

Dann fiel ihr offenbar etwas ein, und sie hastete zur Verandatür zurück.

»Ry?«, rief sie. »Königsryter? Kannst du mal kommen und unsern Martzipan nehmen?«

Ryan nahm das Baby.

»Liebe dich«, sagte er.

»Liebe dich noch mehr«, sagte sie.

Dann kam sie zurück, ohne Baby.

»Ich nenne ihn meinen Königsryter«, sagte sie errötend.

»Hab ich gehört«, sagte ich.

»Mikey«, sagte sie. »Hast du es getan?«

»Kann ich reinkommen?«, fragte ich.

»Heute nicht«, sagte sie. »Morgen. Nein, Donnerstag. Seine Eltern fahren Mittwoch ab. Komm mal am Donnerstag, dann bequatschen wir alles.«

»Was bequatschen?«, fragte ich.

»Ob du reinkommen kannst«, sagte sie.

»Mir war nicht klar, dass das fraglich war«, sagte ich.

»Hast du?«, fragte sie. »Es getan?«

»Ryan wirkt nett«, sagte ich.

»O Gott«, sagte sie. »Buchstäblich der netteste Mensch, der mir je begegnet ist.«

»Außer wenn er zuschlägt«, sagte ich.

»Wenn was?«, sagte sie.

»Ma hat's mir erzählt«, sagte ich.

»Was hat sie dir erzählt?«, sagte sie. »Dass Ryan zuschlägt? Mich schlägt? Das hat Ma gesagt?«

»Sag ihr nicht, dass ich's dir verraten hab«, sagte ich, etwas in Panik, wie früher.

»Ma ist gestört«, sagte sie. »Ma hat echt nicht mehr alle Tassen in ihrem Scheißschrank. Typisch Ma. Weißt du, wer hier geschlagen wird? Ma. Und zwar von mir.«

»Warum hast du mir nicht geschrieben, was mit ihr los ist?«, sagte ich.

»Was soll mit ihr los sein?«, fragte sie misstrauisch.

»Dass sie krank ist?«, sagte ich.

»Das hat sie dir erzählt?«, sagte sie.

Ich ballte die Faust und hielt sie oben an meinen Kopf.

»Was soll das sein?«, fragte sie.

»Eine Geschwulst?«, sagte ich.

»Ma hat keine Geschwulst«, sagte sie. »Sie hat ein ramponiertes Herz. Wer hat dir erzählt, sie hätte eine Geschwulst?«

»Harris«, sagte ich.

»Ah, Harris, perfekt«, sagte sie.

Im Haus fing das Baby an zu weinen.

»Geh jetzt«, sagte Renee. »Wir reden Donnerstag. Aber vorher.«

Sie nahm mein Gesicht in die Hände und drehte meinen Kopf, so dass ich zum Fenster reinschaute, wo Ryan in der Küchenspüle ein Fläschchen warm machte.

»Sieht so ein Schläger aus?«, fragte sie.

»Nein«, sagte ich.

Tat er auch nicht. Kein Stück.

»Himmel«, sagte ich. »Sagt hier überhaupt irgendjemand die Wahrheit?«

»Ich ja«, sagte sie. »Und du auch.«

Ich schaute sie an, und einen Moment lang war sie acht und ich war zehn, und wir versteckten uns in der Hundehütte, während Ma und Dad und Tante Toni im Pilzrausch den Patio demolierten.

»Mikey«, sagte sie. »Ich muss das wissen. Hast du es getan?«

Ich riss mein Gesicht aus ihren Händen, drehte mich um und ging.

»Besuch deine eigene Frau, du Blödmann!«, rief sie hinter mir her. »Besuch deine eigenen Babys.«

## 5.

Ma war auf dem vorderen Rasen und schrie einen Fettsack mit hängender Hose an. Harris lauerte im Hintergrund und haute oder trat ab und zu auf irgendwas ein, um zu zeigen, wie furchterregend er im erbosten Zustand werden konnte.

»Das hier ist mein Sohn!«, sagte Ma. »Der gedient hat. Der gerade nach Hause gekommen ist. Und so behandeln Sie uns?«

»Ich danke Ihnen, dass Sie gedient haben«, sagte der Mann zu mir.

Harris trat gegen die metallene Mülltonne.

»Würden Sie ihm bitte sagen, er soll damit aufhören?«, sagte der Mann.

»Er kann mich nicht bremsen, wenn ich wild werde«, sagte Harris. »Das kann keiner.«

»Glauben Sie, das macht mir Spaß?«, sagte der Mann. »Sie hat seit vier Monaten keine Miete mehr gezahlt.«

»Drei«, sagte Ma.

»So behandeln Sie die Familie eines Helden?«, sagte Harris. »Er ist da drüben und kämpft, und Sie sind hier und behandeln seine Mutter ungerecht?«

»Mein Freund, entschuldigen Sie, das ist keine ungerechte Behandlung«, sagte der Mann. »Sondern eine Wohnungsräumung. Wenn sie ihre Miete bezahlt hätte, und ich würde sie rauswerfen, das wäre ungerechte Behandlung.«

»Und ich arbeite für eine Piepkirche!«, schrie Ma.

Der Mann war zwar ein Fettsack mit hängender Hose, aber bewundernswert kühn. Er betrat das Haus und kam mit dem Fernseher wieder heraus, den er so gelangweilt trug, als wäre es sein eigener, und er hätte ihn lieber im Garten.

»Nein«, sagte ich.

»Ich weiß zu schätzen, dass Sie gedient haben«, sagte er.

Ich packte ihn beim Hemd. Mittlerweile war ich gut darin, Leute beim Hemd zu packen, ihnen in die Augen zu sehen, sie direkt anzusprechen.

»Wessen Haus ist das?«, sagte ich.

»Meins«, sagte er.

Ich stellte meinen Fuß hinter ihn und ließ ihn zu Boden gehen.

»Mach mal sachte«, sagte Harris.

»Das war sachte«, sagte ich und trug den Fernseher wieder hinein.

# 6.

Am selben Abend kam der Sheriff mit ein paar Packern an, die das ganze Haus auf den Rasen leerten.

Ich sah sie kommen und ging zur Hintertür raus und schaute mir das Ganze von der High Street aus an, wo ich im Hochsitz hinter den Nestons saß.

Ma war auch draußen, schlug die Hände überm Kopf zusammen und lief zwischen ihrem aufgehäuften Plunder herum. Es war melodramatisch und auch wieder nicht. Ich meine, wenn Ma tiefe Empfindungen hat, macht sie genau das: Melodrama. Wodurch es dann wohl kein Melodrama mehr ist?

In letzter Zeit war es mir öfter passiert, dass ein Plan direkt von oben herniedergeschwebt kam und mir in Füße und Hände fuhr. Wenn das geschah, wusste ich, darauf konnte ich bauen. Dann wurde mein Gesicht heiß, und innerlich spürte ich so was wie, Los, los, los.

Meistens hatte mir das etwas gebracht.

Der jetzt herniederschwebende Plan lautete: Ma packen, sie ins Haus schubsen und hinsetzen, Harris einsammeln und hinsetzen, den Laden abfackeln oder zumindest die ersten Schritte unternehmen, um den Laden abzufackeln, damit sie mal aufpassten und mit den Kindereien aufhörten.

Ich stürmte den Hügel runter, schubste Ma ins Haus, setzte sie auf die Treppe, packte Harris am Hemd, stellte meinen Fuß hinter ihn und ließ ihn zu Boden gehen. Dann hielt ich ein Streichholz an den Teppich auf der Treppe, und sobald er anfing zu brennen, hob ich einen Finger, so: Ruhe, durch mich strömt die Kraft einer noch frischen finsteren Erfahrung.

Sie hatten beide dermaßen Angst, dass sie kein Wort sagten, worauf ich mich schämte, die Art Scham, die man nicht durch ein Tutmirleid wieder loswird, da gibt's nur eins: rausgehen und noch mehr Scham ansammeln.

Ich trat den brennenden Teppich aus und ging rüber in die Gleason Street, wo Joy und die Babys bei Arschloch wohnten.

## 7.

Voll der Hammer: Bei denen sah es noch schicker aus als bei Renee.

Im Haus war es dunkel. Drei Autos standen in der Einfahrt. D. h., sie waren alle zu Hause und lagen im Bett.

Ich stand da und dachte ein bisschen darüber nach.

Dann ging ich wieder zurück in die Innenstadt und in einen Laden. Ich glaube, es war ein Laden. Ich konnte nicht so genau sagen, was sie da verkauften. Auf gelben Tresen, die von innen beleuchtet waren, lagen schwere Schilder aus blauem Plastik. Ich nahm eins in die Hand. Darauf stand das Wort »MiiVOXMAX«.

»Was ist das?«, fragte ich.

»Mehr so, wofür ist das, so würd ich das sagen«, antwortete ein Jungchen.

»Wofür ist das?«, fragte ich.

»Eigentlich ist das hier«, sagte er, »wohl mehr das Richtige für Sie.«

Er gab mir das gleiche Schild, aber mit dem Wort »Mii-VOXMIN« drauf.

Dann kam ein anderes Jungchen mit Espresso und Keksen.

Ich legte das MiiVOXMIN-Schild hin und nahm mir das MiiVOXMAX-Schild.

»Wie viel?«, fragte ich.

»Sie meinen Geld?«, sagte er.

»Was kann das?«, fragte ich.

»Also, wenn Sie fragen, ob es ein Datenspeicher ist oder eine informationshierarchische Domain?«, sagte er. »Dann wäre die Antwort: Ja und Nein.«

Sie waren goldig. Keine Falte im Gesicht. Wenn ich sage, es waren Jungchen, dann meine ich, sie waren ungefähr in meinem Alter.

»Ich bin lange weg gewesen«, sagte ich.

»Willkommen zu Hause«, sagte das erste Jungchen.

»Wo waren Sie?«, fragte Nummer zwei.

»Im Krieg?«, sagte ich im beleidigendsten Ton, den ich zustande brachte. »Schon mal gehört?«

»Ja«, sagte Nummer eins respektvoll. »Vielen Dank, dass Sie gedient haben.«

»In welchem?«, fragte Nummer zwei. »Laufen nicht grad zwei?«

»Ist nicht einer grad abgepfiffen worden?«, fragte Nummer eins.

»Mein Cousin ist da«, sagte Nummer zwei. »In einem von den beiden. Glaub ich zumindest. Ich weiß, dass er da hinsollte. Wir hatten nie so viel Kontakt.«

»Jedenfalls danke«, sagte Nummer eins und streckte seine Hand aus, die ich schüttelte.

»Ich war dagegen«, sagte Nummer zwei. »Aber ich weiß, es war nicht Ihre Entscheidung.«

»Na ja«, sagte ich. »Irgendwie schon.«

»Du warst dagegen oder du bist dagegen?«, fragte das erste das zweite Jungchen.

»Beides«, sagte Nummer zwei. »Obwohl, läuft der denn jetzt noch?«

»Welcher?«, fragte Nummer eins.

»Läuft der, wo Sie waren, immer noch?«, sagte Nummer zwei.

»Ja«, sagte ich.

»Besser oder schlechter, was meinen Sie?«, fragte Nummer eins. »Also, von Ihrer Warte aus, siegen wir? Oh, was mach ich denn da? Eigentlich ist mir das egal, das ist ja das Komische daran!«

»Jedenfalls«, sagte Nummer zwei und streckte seine Hand aus, die ich schüttelte.

Sie waren so nett und positiv und arglos – sie waren so *für* mich –, dass ich lächelnd hinausging und erst einen Block entfernt merkte, ich hatte noch immer das MiiVOXMAX in der Hand. Unter einer Straßenlaterne musterte ich es genauer. Ein Plastikschild, mehr nicht. So, wenn man MiiVOXMAX wollte, gab man dieses Schild ab, und irgendwer ging los und holte einem MiiVOXMAX, was immer das war.

## 8

Arschloch kam an die Tür.

Eigentlich hieß er Evan. Wir waren auf derselben Schule gewesen. Ich hatte ein undeutliches Bild von ihm im Kopf, wie er mit einem Indianerkopfschmuck einen Korridor runterrannte.

»Mike«, sagte er.

»Kann ich reinkommen?«, fragte ich.

»Ich glaube, dazu muss ich nein sagen«, sagte er.

»Ich würde gern die Kinder sehen«, sagte ich.

»Nach Mitternacht«, sagte er.

Mir war ziemlich klar, dass er log. Waren nach Mitternacht noch Geschäfte auf? Aber der Mond stand hoch am Himmel, und es lag etwas Feuchtes, Trauriges in der Luft, das zu sagen schien, Na ja, früh ist es nicht.

»Morgen?«, fragte ich.

»Wäre das für dich in Ordnung?«, fragte er. »Nachdem ich von der Arbeit heimkomme?«

Ich merkte, dass wir übereingekommen waren, vernünftig zu bleiben. Zum Vernünftigbleiben gehörte, dass wir alles als Frage ausdrückten.

»Gegen sechs?«, fragte ich.

»Geht sechs für dich?«, fragte er.

Das Komische daran war, ich hatte die beiden niemals zusammen gesehen. Die Frau, die da hinten in seinem Bett lag, hätte jemand völlig anderes sein können.

»Ich weiß, es ist nicht leicht«, sagte er.

»Du hast mich aufs Kreuz gelegt«, sagte ich.

»Da wäre ich, bei allem Respekt, anderer Ansicht«, sagte er.

»Keine Frage«, sagte ich.

»Ich habe dich nicht aufs Kreuz gelegt und sie auch nicht«, sagte er. »Die Umstände waren eine Herausforderung für alle Beteiligten.«

»Für einige mehr als für andere«, sagte ich. »Würdest du mir insoweit recht geben?«

»Sind wir gerade ehrlich?«, fragte er. »Oder umkreisen wir den Streit auf Zehenspitzen?«

»Ehrlich«, sagte ich, und in seinem Gesicht passierte etwas, wofür ich ihn einen Moment lang wieder mochte.

»Es war schwer für mich, weil ich mich beschissen fühlte«, sagte er. »Es war schwer für sie, weil sie sich beschissen fühlte. Es war schwer für uns, weil wir, während wir uns beschissen fühlten, auch all das andere fühlten, was wir fühlten, und das war und ist, glaub mir, so real wie irgendetwas sonst, ein absoluter Segen, wenn ich es so ausdrücken darf.«

Da kam ich mir plötzlich vor wie ein Trottel, so als würde mich eine Meute Typen am Boden festhalten, damit mir ein anderer Typ seine New-Age-Faust in den Arsch rammen konnte, nicht ohne mir zu erklären, es sei keineswegs seine erste Wahl gewesen, mir die Faust in den Arsch zu rammen, er habe dabei sogar gemischte Gefühle.

»Sechs Uhr«, sagte ich.

»Sechs Uhr ist perfekt«, sagte er. »Zum Glück hab ich gleitende Arbeitszeit.«

»Du musst nicht hier sein«, sagte ich.

»Wenn du an meiner Stelle wärst und ich an deiner, hättest du dann vielleicht das Gefühl, du müsstest irgendwie hier sein?«, fragte er.

Ein Wagen war ein Saab, einer ein Escalade und der dritte

ein neuerer Saab, mit zwei Kindersitzen drin und einer Clownspuppe, die ich nicht kannte.

Drei Autos für zwei Erwachsene, dachte ich. Was für ein Land. Was für egoistische Säcke waren meine Frau und ihr neuer Mann. Ich sah vor mir, wie meine Babys sich über die Jahre langsam in Egosack-Babys verwandeln würden, dann Egosack-Krabbelkinder, -Kinder, -Teenager und -Erwachsene, und ich würde mich die ganze Zeit herumdrücken wie ein verdächtiger Schmuddelonkel.

In diesem Teil der Stadt wimmelte es von Palästen. In dem einen umarmte sich ein Paar. In einem anderen hatte eine Frau ungefähr neun Millionen kleiner Weihnachtshäuser auf dem Tisch stehen, als machte sie gerade Inventur. Auf der anderen Seite des Flusses wurden die Paläste kleiner. Und in unserem Teil der Stadt waren die Häuser wie Bauernhütten. In einer Bauernhütte standen fünf Kinder vollkommen still auf der Rückenlehne eines Sofas. Dann sprangen sie alle gleichzeitig runter, und ihre Hunde drehten durch.

## 9.

Mas Haus war leer. Ma und Harris saßen im Wohnzimmer auf dem Boden, machten Anrufe und suchten nach einem Ort, wo sie hinkonnten.

»Wie spät ist es?«, fragte ich.

Ma schaute an die Wand, wo früher die Uhr war.

»Die Uhr liegt auf dem Bürgersteig«, sagte sie.

Ich ging nach draußen. Die Uhr lag unter einem Mantel.

Zehn. Evan hatte mich aufs Kreuz gelegt. Ich erwog, wieder zurückzugehen und zu verlangen, dass ich die Kinder sah, aber ich hätte es nicht vor elf dorthin geschafft, und dann wäre das Argument der späten Uhrzeit doch ziemlich triftig gewesen.

Der Sheriff kam herein.

»Bleiben Sie sitzen«, sagte er zu Ma.

Ma stand auf.

»Stehen Sie auf«, sagte er zu mir.

Ich blieb sitzen.

»Sind Sie das, der Mr Klees zu Boden gestoßen hat?«, fragte der Sheriff.

»Er ist gerade aus dem Krieg zurückgekommen«, sagte Ma.

»Vielen Dank, dass Sie gedient haben«, sagte der Sheriff. »Darf ich Sie bitten, dass Sie in Zukunft darauf verzichten, Leute zu Boden zu stoßen?«

»Mich hat er auch zu Boden gestoßen«, sagte Harris.

»Ich mag hier nicht durch die Gegend laufen und Veteranen festnehmen«, sagte der Sheriff. »Ich bin selber einer. Also, wenn Sie mir helfen, indem Sie niemanden mehr zu Boden stoßen, helfe ich Ihnen. Indem ich Sie nicht verhafte. Abgemacht?«

»Er wollte auch das Haus niederbrennen«, sagte Ma.

»Ich würde nicht empfehlen, irgendetwas niederzubrennen«, sagte der Sheriff.

»Er ist nicht er selbst«, sagte Ma. »Ich meine, gucken Sie ihn doch mal an.«

Der Sheriff hatte mich noch nie zuvor gesehen, aber es war, als wäre ihm das Eingeständnis, dass er keine Vergleichsgrundlage hatte, um mein Aussehen einzuschätzen, professionell peinlich.

»Müde sieht er aus«, sagte der Sheriff.

»Aber ganz schön stark«, sagte Harris. »Hat mich einfach umgestoßen.«

»Wo wollt ihr morgen hin, Leute?«, fragte der Sheriff.

»Vorschläge?«, fragte Ma.

»Freunde, Familie?«, fragte der Sheriff.

»Zu Renee«, sagte ich.

»Und falls das nicht klappt, das Obdachlosenheim in der Fristen Street?«, fragte der Sheriff.

»Also eins tu ich ganz bestimmt nicht, nämlich zu Renee gehen«, sagte Ma. »In dem Haus sind sie alle so hochnäsig. In deren Augen sind wir schon Unterschicht.«

»Na ja, wir sind Unterschicht«, sagte Harris. »Verglichen mit denen.«

»Und ein verpieptes Obdachlosenheim kommt genauso wenig in Frage«, sagte Ma. »In so Heimen kriegt man Filzläuse.«

»Als wir uns kennenlernten, hatte ich Filzläuse aus genau dem Obdachlosenheim«, steuerte Harris hilfreich bei.

»Tut mir leid, was hier passiert«, sagte der Sheriff. »Alles läuft rückwärts und falschrum.«

»Kann man wohl sagen«, sagte Ma. »Da arbeitet man für eine Kirche, der eigene Sohn ist ein Held. Mit einem silbernen Stern ausgezeichnet. Hat einen Marine gerettet, an seinem verpiepten Fuß rausgezogen. Wir haben den Brief gekriegt. Und wo bin ich? Auf der Straße.«

Der Sheriff hatte abgeschaltet und machte sich bereit für den Abgang, zurück in seine Wirklichkeit, wie immer die aussah.

»Sucht euch eine neue Wohnmöglichkeit, Leute«, war sein genialer Rat, als er ging.

Harris und ich zerrten zwei Matratzen zurück ins Haus. Da

waren immer noch die Laken und Decken und alles drauf. Aber das Laken auf ihrer Matratze hatte Grasflecken an einer Ecke, und die Kissen rochen nach Schlamm.

Dann verbrachten wir eine lange Nacht in dem leeren Haus.

## 10.

Am Morgen rief Ma ein paar Frauen an, die sie als junge Mutter gekannt hatte, aber eine hatte eine Bandscheibe draußen und die andere Krebs und eine Dritte frisch diagnostizierte manisch-depressive Zwillinge.

Bei Tageslicht wurde aus Harris wieder ein tapferer Mann.

»Also, dieses Ding mit dem Kriegsgericht«, sagte er. »War das das Schlimmste, was du je gemacht hast? Oder hast du noch Schlimmeres gemacht, und sie haben dich bloß nicht erwischt?«

»Davon ist er freigesprochen worden«, sagte Ma knapp.

»Na ja, mich haben sie damals auch freigesprochen, bei dem Einbruch«, sagte Harris.

»Überhaupt, was geht das dich an?«, sagte Ma.

»Wahrscheinlich will er reden«, sagte Harris. »Es sich von der Seele reden. Das tut gut.«

»Guck dir mal sein Gesicht an, Har«, sagte Ma.

Harris guckte sich mal mein Gesicht an.

»Hab nix gesagt«, meinte er.

Dann kam der Sheriff zurück. Er zwang mich und Harris dazu, die Matratzen wieder nach draußen zu schleppen. Auf der Veranda sahen wir ihm zu, wie er die Tür mit einem Vorhängeschloss sicherte.

»Achtzehn Jahre lang warst du mein liebes Zuhause«, sagte Ma, wahrscheinlich imitierte sie irgendeine Sioux-Squaw aus einem Film.

»Sie sollten sich lieber einen Möbelwagen bestellen«, sagte der Sheriff.

»Mein Sohn hat im Krieg gedient«, sagte Ma. »Und so behandeln Sie mich.«

»Ich bin derselbe, der gestern hier war«, sagte der Sheriff und machte aus irgendeinem Grund mit den Händen einen Rahmen um sein Gesicht. »Erinnern Sie sich? Das haben Sie schon mal zu mir gesagt. Ich habe ihm dafür gedankt, dass er gedient hat. Rufen Sie einen Möbelwagen. Sonst landet Ihr Krempel auf der Müllkippe.«

»Siehst du, wie eine Frau behandelt wird, die für die Kirche arbeitet«, sagte Ma.

Ma und Harris wühlten ihren Plunder durch, fanden einen Koffer und füllten ihn mit Kleidern.

Dann fuhren wir zu Renee.

Mein Bauch sagte mir, Oh, das wird lustig.

II.

Obwohl, ja und nein. Was der Bauch halt so sagt.

Er sagte nämlich auch, Oh, Ma, ich weiß noch, als du jung warst und Zöpfe trugst, ich wäre gestorben, wenn ich gesehen hätte, dass du so tief sinkst.

Und, Letzte Nacht hast du mich mit irgendwas betäubt, du verrückte alte Schachtel. Was sollte das denn?

Und, Mom, Mommy, ich möchte mich so gern vor dir hinknien und dir erzählen, was Smelton und Ricky G. und ich in Al-Raz getan haben, und dann streichst du mir übers Haar und sagst, das hätte jeder andere genauso gemacht.

Als wir über die Roll Creek Bridge fuhren, konnte ich sehen, dass Mas Bauch sagte, Wenn diese Renee sich nicht zu mir bekennt, dann servier ich der kleinen Piep ihren verpiepten Piep auf dem Tablett.

Aber dann, pling, als wir das andere Ufer erreicht hatten und die Luft von flusskühl wieder auf normal gegangen war, sagte ihr Gesicht schon: O Gott, wenn sich Renee vor Ryans Eltern nicht zu mir bekennt und die wieder nur Abschaum in mir sehen, dann sterbe ich, dann sterbe ich ganz einfach.


12.


Renee bekannte sich prompt nicht vor Ryans Eltern zu ihr, und prompt sahen die nur Abschaum in ihr.

Aber sie starb nicht.

Ihre Gesichter, als wir hereinmarschierten, waren vielleicht ein Anblick.

Renee zog eine Leidensmiene. Ryan zog eine Leidensmiene. Ryans Mom und Dad strengten sich so sehr an, keine Leidensmiene zu ziehen, dass sie ständig irgendwas umwarfen. Eine Vase ging zu Boden, als Ryans Dad nach vorn stürmte und es mit einer munteren/willkommenheißenden Miene versuchte. Ryans Mom torkelte in ein Bild hinein und hielt es einfach in ihren verschränkten, rotpulloverigen Armen fest.

»Ist das das Baby?«, fragte ich.

Ma fiel mir wieder in den Rücken.

»Was dachtest du denn, was das ist?«, sagte sie. »Ein Liliputaner, der nicht sprechen kann?«

»Ja, das ist Martney«, sagte Renee und hielt mir das Baby hin.

Ryan räusperte sich und warf Renee einen Blick zu, so, Hatten wir das nicht besprochen, mein Liebesmuffin?

Renee veränderte den Kurs des Babys und riss es hoch, so als gäbe es, wenn sie es nur hoch genug reckte, keinen Grund mehr für mich, es zu halten, von wegen Nähe zur Deckenlampe und so.

Das tat weh.

»Scheiße, Mann«, sagte ich. »Was denkst du denn, was ich tue?«

»Bitte sag nicht Scheiße in unserem Zuhause«, sagte Ryan.

»Bitte sag meinem Sohn nicht, was er verpiept noch mal für einen Piep sagen darf«, sagte Ma. »Wo er im Krieg war und überhaupt.«

»Vielen Dank, dass Sie gedient haben«, sagte Ryans Dad.

»Wir können ohne weiteres ins Hotel gehen«, sagte Ryans Mom.

»Ihr geht nicht ins Hotel, Mom«, sagte Ryan. »Die können ins Hotel gehen.«

»Wir gehen nicht ins Hotel«, sagte Ma.

»Du kannst ohne weiteres ins Hotel gehen, Mutter. Du magst doch gute Hotels«, sagte Renee. »Schon gar, wenn wir bezahlen.«

Sogar Harris war nervös.

»Ein Hotel, das klingt wunderbar«, sagte er. »Es ist schon manches Jahr her, dass ich mein Haupt an einem freundlichen Ort nach Art eines Hotels gebettet habe.«

»Du würdest deine eigene Mutter, die für die Kirche arbeitet, zusammen mit deinem Bruder, einem Helden mit silbernem Stern, der gerade aus dem Krieg heimgekehrt ist, in irgendeine Wanzenabsteige schicken?«, sagte Ma.

»Ja«, sagte Renee.

»Kann ich wenigstens mal das Baby halten?«, fragte ich.

»Nicht, solang ich hier aufpasse«, sagte Ryan.

»Jane und ich möchten Ihnen gern sagen, wie sehr wir Ihre Mission unterstützt haben und immer noch unterstützen«, sagte Ryans Vater.

»Manche Menschen wissen ja gar nicht, dass ihr Jungs da drüben so viele Schulen gebaut habt«, sagte Ryans Mutter.

»Die Menschen neigen dazu, sich auf das Negative zu konzentrieren«, sagte Ryans Dad.

»Wie geht dieses Sprichwort?«, sagte Ryans Mutter. »Wo gedingst wird, fallen Dingens?«

»Ich finde, er kann das Baby schon mal halten«, sagte Renee. »Ich meine, wir stehen ja direkt daneben.«

Ryan zuckte zusammen und schüttelte den Kopf.

Das Baby wand sich, als glaubte es ebenfalls, dass gerade über sein Schicksal entschieden würde.

Dass diese Leute alle dachten, ich würde dem Baby was tun, brachte mich dazu, mir vorzustellen, dass ich dem Baby was tat. Wenn ich mir vorstellte, dass ich dem Baby was tat, hieß das etwa, ich würde dem Baby wirklich was tun? *Wollte* ich dem Baby was tun? Nein, Himmel. Aber: Hieß die Tatsache, dass ich nicht vorhatte, dem Baby was zu tun, dann auch, dass ich dem Baby, wenn es hart auf hart kam, wirklich nichts tun würde? Hatte ich in der näheren Vergangenheit nicht die Erfahrung gemacht, dass ich zwar keineswegs vorhatte, Handlung A durchzuführen, mich dann aber plötzlich dabei ertappte, genau die Handlung A durchzuführen?

»Ich will das Baby nicht halten«, sagte ich.

»Das weiß ich zu schätzen«, sagte Ryan. »Das ist okay von dir.«

»Ich will diesen Krug halten«, sagte ich, nahm einen Krug und hielt ihn wie ein Baby, so dass die Limonade rausschwappte, und als die Limonade eine hübsche Pfütze auf dem Hartholzparkett gebildet hatte, schmetterte ich den Krug zu Boden.

»Du hast mich echt verletzt!«, sagte ich.

Und dann stürmte ich draußen über den Bürgersteig.


13.


Und zurück in diesen Laden.

Da standen jetzt zwei andere Jungchen, jünger als die vorherigen beiden. Hätten gut von der Highschool sein können. Ich gab ihnen das MiiVOXMAX-Schild rüber.

»O Scheiße, holla!«, sagte der eine. »Wir haben uns schon gefragt, wo das wohl ist.«

»Wir wollten es schon melden«, sagte der andere und brachte Espresso und Kekse rüber.

»Ist es wertvoll?«, fragte ich.

»Mannomann«, sagte das erste Jungchen und holte ein Spezialtuch unter der Theke hervor, mit dem er das Schild abwischte, bevor er es wieder in den Schaukasten stellte.

»Was ist es?«, fragte ich.

»Mehr so, wofür ist das, so würd ich das sagen«, sagte das erste Jungchen.

»Wofür ist das?«, fragte ich.

»Eigentlich ist das hier«, sagte er, »wohl mehr das Richtige für Sie«, und reichte mir das MiiVOXMIN-Schild.

»Ich war lange weg«, sagte ich.

»Wir auch«, sagte Nummer zwei.

»Wir sind grad erst aus der Armee zurück«, sagte Nummer eins.

Dann erzählten wir uns nacheinander, wo wir gewesen waren.

Wie sich rausstellte, waren das erste Jungchen und ich praktisch am selben Ort gewesen.

»Moment, du warst also in Al-Raz?«, fragte ich.

»Absolut war ich in Al-Raz«, sagte Nummer eins.

»Voll in der Scheiße war ich nie, muss ich zugeben«, sagte Nummer zwei. »Obwohl, einmal hab ich mit einem Gabelstapler einen Hund überfahren.«

Ich fragte das erste Jungchen, ob er sich an das Zicklein erinnern konnte, die durchlöcherte Mauer, das heulende Kleinkind, den dunklen Torbogen, die Tauben, die plötzlich unter dem abblätternden grauen Dachvorsprung hervorschossen.

»Da drüben war ich nicht«, sagte er. »Ich war mehr beim Fluss und dem umgekippten Boot und der kleinen Familie, ganz in Rot, die überall auftauchte, wo man hinguckte?«

Ich wusste genau, wo er gewesen war. Unglaublich, wie oft

mir, vor und nach dem Hervorschießen der Tauben, am Horizont unten am Fluss irgendeine flehentliche oder kriechende oder flüchtende Gestalt in Rot ins Blickfeld geraten war.

»Ist dann aber noch okay ausgegangen mit dem Hund«, sagte das zweite Jungchen. »Hat überlebt und so. Bis ich dann wegmusste, fuhr er die ganze Zeit immer so mit mir im Gabelstapler mit.«

Eine neunköpfige, indisch-amerikanische Familie kam rein, und das zweite Jungchen ging mit dem Espresso und den Keksen rüber.

»Al-Raz, wow«, sagte ich, so als Versuchsballon.

»Für mich?«, sagte Nummer eins. »War Al-Raz das Schlimmste an der ganzen Sache.«

»Ja, für mich auch, genau«, sagte ich.

»Ich hab in Al-Raz so was von Scheiße gebaut«, sagte er.

Plötzlich blieb mir die Luft weg.

»Mein Melvin?«, sagte er. »Kriegt ne Ladung Schrapnell voll zwischen die Beine. Meine Schuld. Ich hab zu lang gewartet mit dem Melden. Da lief so ne Art Damenparty direkt in der Nähe? Fünfzehn Bräute ungefähr, in nem Eckladen. Und Kinder dabei. Deshalb hab ich gewartet. Pech für Melvin. Zwischen den Beinen.«

Jetzt wartete er darauf, dass ich ihm erzählte, welche Scheiße ich gebaut hatte.

Ich legte MiiVOXMIN ab, nahm es in die Hand, legte es hin.

»Melvin geht's jetzt aber wieder«, sagte er und trommelte kurz mit zwei Fingern zwischen seinen eigenen Beinen herum. »Er ist zu Hause, ja, Aufbaustudium. Und anscheinend fickt er auch.«

»Hör ich gerne«, sagte ich. »Wahrscheinlich fährt er sogar manchmal neben dir im Gabelstapler herum.«

»Wie bitte?«, sagte er.

Ich warf einen Blick auf die Wanduhr. Die hatte anscheinend keine Zeiger. Sie bestand nur aus einem beweglichen Muster von Gelb und Weiß.

»Weißt du, wie spät es ist?«, fragte ich.

Das Jungchen sah zur Uhr hoch.

»Sechs.«

14.

Draußen auf der Straße fand ich eine Telefonzelle und rief Renee an.

»Tut mir leid«, sagte ich. »Tut mir leid wegen dem Krug.«

»Ach, na ja«, sagte sie in ihrem unaufgemotzten Ton. »Dann kaufst du mir halt einen neuen.«

Ich konnte hören, dass sie Frieden schließen wollte.

»Nein«, sagte ich. »Das werde ich nicht tun.«

»Wo bist du, Mikey?«, fragte sie.

»Nirgendwo«, sagte ich.

»Wo willst du hin?«, fragte sie.

»Nach Hause«, sagte ich und legte auf.

## 15

Auf der Gleason packte mich dieses Gefühl. Meine Hände und Füße wussten nicht genau, was sie wollten, aber sie neigten zu Folgendem: Dräng dich vorbei an jedem Hindernis, wer oder was auch immer, geh rein, misch den Laden auf, indem du den Scheiß durch die Gegend schmeißt, schrei alles raus, was dir in den Sinn kommt, und guck, was passiert.

Ich war so auf einer Rutschbahn der Scham. Kennen Sie das? Einmal auf der Highschool hat mich ein Typ angestellt, damit ich ihm irgendwelchen Schmodder aus seinem Teich holte. Man schnappte sich den Schmodder mit einem Rechen und schleuderte das Ganze raus. Irgendwann flog der Metallaufsatz des Rechens in den rausgeholten Haufen. Als ich ihn wieder rausfischen wollte, lagen da ungefähr eine Million Kaulquappen rum, tot und im Sterben, in diesem Stadium, wo sie so aufgequollene Bäuche haben wie kleine schwangere Frauen. Die Toten und die Sterbenden hatten eins gemeinsam, ihre zarten weißen Unterbäuche waren davon aufgerissen worden, dass der Schmodder plötzlich von hoch oben auf sie runterklatschte. Der Unterschied war, dass die Sterbenden noch das wilde Panikgezappel machten.

Ich versuchte, ein paar zu retten, aber sie waren so zart, dass ich sie durch das bloße Berühren nur noch schlimmer quälte.

Manch einer hätte vielleicht zu dem Typen, der mich engagiert hatte, gesagt: »Äh, ich muss jetzt aufhören, mir geht's nicht gut, weil ich so viele Kaulquappen getötet habe.« Aber das konnte ich nicht. Also schwang ich weiter den Rechen.

Jedes Mal, wenn ich wieder einen Rechen voll Schmodder

schleuderte, dachte ich, jetzt mache ich noch mehr Bäuche blutig.

Und dass ich weiter den Rechen schwang, machte mich schließlich ganz wütend auf die Frösche.

Es war entweder so, dass ich A) ein furchtbarer Kerl war, der immer wieder dieselbe widerliche Sache durchzog, oder es war B) eigentlich gar nicht so widerlich, sondern einfach normal, und dass es einfach normal war, ließ sich dadurch bestätigen, dass ich immer weitermachte, die ganze Zeit.

Jahre später, in Al-Raz, kannte ich das Gefühl schon.

Da stand das Haus.

Da stand das Haus, wo sie kochten, lachten, fickten. Da stand das Haus, in dem es zukünftig, wenn mein Name fiel, ganz still werden würde, und dann würde Joy sagen, so: »Obwohl Evan, nein, eigentlich nicht euer richtiger Daddy ist, haben Daddy Evan und ich das Gefühl, dass ihr beide Daddy Mike nicht so wahnsinnig oft zu sehen braucht, weil Daddy Evan und mir liegt vor allem eines sehr am Herzen, nämlich dass ihr stark und gesund aufwachst, und manchmal müssen Mommys und Daddys eine ganz besondere Atmosphäre schaffen, damit das möglich ist.«

Ich hielt nach den drei Autos in der Einfahrt Ausschau. Drei Autos, das hieß: alle zu Hause. Wollte ich sie alle zu Hause? Ja. Ich wollte, dass sie alle, auch die Babys, sahen und mitkriegten und bedauerten, was mit mir passiert war.

Aber statt drei Autos in der Einfahrt standen da fünf.

Evan war auf der Veranda, wie erwartet. Außerdem waren auf der Veranda: Joy, plus zwei Kinderwagen. Plus Ma.

Plus Harris.

Plus Ryan.

Renee trottete unbeholfen die Einfahrt entlang, im Schlepptau hatte sie Ryans Mom, die sich ein Taschentuch an die Stirn presste, und Ryans Dad, der die Nachhut gab, er hinkte nämlich, was mir vorher nicht aufgefallen war.

Ihr?, dachte ich. Ihr Witzbolde? Ihr irren Wichser seid alles, was Gott losgeschickt hat, um mich aufzuhalten? Das ist zum Brüllen. Das ist so verdammt komisch. Womit wollt ihr mich aufhalten? Mit euren Wohlstandsbäuchen? Euren guten Absichten? Euren Target-Jeans? Euren Jahren, in denen ihr vom Fett des Landes gezehrt habt? Eurem Glauben, dass alles und jedes mit Reden repariert werden kann, mit Reden, endlosem Gelaber, hoffnungsfrohem Gerede?

Die Umrisse des aufziehenden Desasters vergrößerten sich, umfassten jetzt den Tod aller Anwesenden.

Mein Gesicht wurde heiß, und ich dachte, Los, los, los.

Ma versuchte von der Verandaschaukel aufzustehen und schaffte es nicht. Ryan half ihr formvollendet am Ellbogen auf.

Dann wurde plötzlich etwas ganz weich in mir, vielleicht als ich Ma so schwach sah, und ich senkte den Kopf und watete ganz brav in diese Meute von Nichtswissern hinein und dachte: Okay, okay, ihr habt mich losgeschickt, jetzt holt mich wieder zurück. Findet einen Weg, mich zurückzubringen, ihr Wichser, oder es wird euch leidtun, ihr Missgeburten, so leid, das hat die Welt noch nicht gesehen.

## MEIN RITTERFIASKO

Und wieder war es FackelNacht.

Gegen neun ging ich zum Pinkeln raus. Hinten im Wald war der große Tank, der unseren künstlichen Fluss speiste, plus ein Haufen alter Rüstungen.

Don Murray raste an mir vorbei, er sah erledigt aus. Dann hörte ich ein Schluchzen. Martha aus der Spülküche lag auf dem Rücken neben dem Haufen Rüstungen, ihren Bauernrock bis zur Taille hochgeschoben.

Martha: Dieser Kerl ist mein Chef. O Gott o Gott.

Ich wusste, dass Don Murray ihr Chef war, weil Don Murray auch mein Chef war.

Plötzlich erkannte sie mich.

Ted, sag nichts, bat sie mich. Bitte. Es ist nicht schlimm. Nate darf nichts erfahren. Es würde ihn umbringen.

Dann war sie auch schon weg Richtung Parkplatz, mit schwarzen Augenringen vom Weinen.

Die Küche hatte auf einer Tafel aus rohem Holz drüben beim SchlossTurm IV ein großes Festessen aufgetischt: echte Schweineköpfe und ganze Hühner und Blutwurst.

Don Murray stand da und stocherte launisch im Kohlsalat herum.

Und nickte mir zu, so freundlich wie noch nie.

Frauen, sagte er.

Kommen Sie in mein Büro, stand auf einem Zettel, den ich am nächsten Morgen an meinem Spind fand.

In Don Murrays Büro war Martha.

Also, Ted, sagte Don Murray. Gestern Abend wurden Sie Zeuge von etwas, das nach einem Fehler aussehen könnte, wenn man es nicht im richtigen Zusammenhang betrachtet. Martha und ich finden das lustig. Nicht wahr, Mar? Ich habe Martha gerade eben tausend Dollar gegeben. Für den Fall, dass es zu einem Missverständnis gekommen sein sollte. Martha findet jetzt, dass wir eine kleine Affäre hatten. Was wir, da wir beide verheiratet sind, zutiefst bedauern. Und wegen dem ganzen Alkohol plus der Romantik der FackelNacht, was ist da passiert, Martha?

Martha: Wir haben uns hinreißen lassen. Hatten eine kleine Affäre.

Don: Eine freiwillige kleine Affäre.

Martha: Freiwillige kleine Affäre.

Don: Und das ist noch nicht alles, Ted. Martha steigt auf. Aus der Spülküche. Zu einer Universalen Mimin. Aber hiermit sei betont: Sie steigen nicht auf, Martha, weil wir eine freiwillige kleine Affäre hatten. Es ist reiner Zufall. Warum steigen Sie auf?

Martha: Reiner Zufall.

Don: Reiner Zufall, außerdem hatten Sie immer eine Bombenarbeitsethik. Ted, Sie steigen auch auf. Vom Hausmeisterpersonal. Zu den Schreitenden Wächtern.

Was der Hammer war. Ich arbeitete seit sechs Jahren beim

Hausmeisterpersonal. Ein Mann meines Kalibers. Das war ein gelegentlicher Witz zwischen MQ und mir.

Erin rief zum Beispiel runter, so: MQ, jemand hat im Hain der Trauer gekotzt.

Und MQ dann so: Ein Mann meines Kalibers?

Oder Erin sagte so: Ted, eine Dame hat ihre Halskette in den Schweinekoben fallen lassen und macht mir hier eine Scheißszene.

Und ich dann so: Ein Mann meines Kalibers?

Erin dann so: Mach schon. Das ist nicht witzig. Sie steht direkt hier in meinem Grill.

Unsere Schweine waren künstlich und unsere Jauche war künstlich und unser Mist war künstlich, aber es war trotzdem nicht lustig, wenn ich Wathosen anziehen und den Filter-BoyDeLuxe in den Schweinekoben schleifen musste, um beispielsweise die Halskette dieser Dame wiederzufinden. Um mit dem FilterBoyDeLuxe Spitzenresultate zu erzielen, mussten erst einmal die künstlichen Schweine auf die Seite gehievt werden. Da sie auf Automatik standen, grunzten die Schweine immer weiter, während man sie hievte. Was eventuell lustig aussah, wenn man das jeweilige Schwein gerade falsch hielt.

Dann könnte irgendein dahergelaufener Knabe sagen: Guck mal, der Typ säugt dieses Schwein.

Und dann würden alle lachen.

Deshalb war mir eine Beförderung zu den Schreitenden Wächtern sehr willkommen.

Zu dem Zeitpunkt war ich das einzige Familienmitglied in Lohn und Brot. Wo Mom krank war und Beth schüchtern und Dad leider das Rückgrat gebrochen hatte, seit neulich ein Auto, das er gerade reparierte, auf ihn draufgefallen war. Bei uns mussten auch ein paar Fenster erneuert werden. Den ganzen Winter lang lief Beth herum und saugte schüchtern Schnee auf. Wenn man hereinkam, während sie saugte, war sie sogar zu schüchtern, um weiterzumachen.

An dem Abend kalkulierte Dad zu Hause, wir könnten Mom bald ein verstellbares Bett kaufen.

Dad: Wenn du weiter befördert wirst, können wir in absehbarer Zeit vielleicht auch eine Rückenbandage für mich anschaffen.

Ich: Total. Ich sorge dafür.

Nach dem Essen, unterwegs in die Stadt, um Moms Rezept gegen Schmerzen und Beths Rezept gegen Schüchternheit und Dads Rezept gegen Schmerzen einzulösen, kam ich bei Martha und Nate vorbei.

Ich hupte, lehnte mich raus und winkte, fuhr rechts ran und stieg aus.

Hey, Ted, sagte Nate.

Was läuft?, sagte ich.

Ach, die Bude hier nervt, sagte Nate. Guck sie dir doch an. Nervt, oder? Ich krieg einfach nie genug Energie zusammen.

Ihr Haus sah wirklich ziemlich übel aus. Das Dach war mit blauen Plastikplatten verschalt, die Kinder hüpften zögernd von einer Schubkarre in eine Matschpfütze, ein dünnes Pony lag unter der Schaukel und leckte sich die Haut runter, als wollte es sauber für den Augenblick sein, wenn es ausbrechen und in eine bessere Lebenssituation fliehen konnte.

Ich frag mich, wo sind die Erwachsenen hier?, sagte Nate.

Dann hob er eine leere GummiSchnodderchen-Tüte vom Boden auf und sah sich um, wo er sie hintun sollte. Schließlich schmiss er sie wieder hin, und sie landete auf seinem Schuh.

Perfekt, sagte er. Die Geschichte meines Lebens.

Himmel, sagte Martha und zupfte sie weg.

Jetzt geh du mir bloß nicht auch von der Fahne, sagte Nate. Ich hab nur dich, Baby.

Gar nicht wahr, sagte Martha. Du hast die Kinder.

Wenn noch irgendwas schiefgeht, geb ich mir die Kugel, sagte Nate.

Irgendwie bezweifelte ich, dass er genug Mumm hatte, um dafür den Hintern hochzukriegen. Aber man weiß ja nie.

Und, was läuft so bei euch auf Arbeit?, sagte Nate. Die Madam hier war in letzter Zeit oberlaunisch. Obwohl sie grad befördert wurde.

Ich spürte Marthas Blick auf mir, so: Ted, du hast mich in der Hand.

Ich fand, das war ihre Sache. Wenn ich von den Erfahrungen in meinem Leben ausgehe, mit denen es allerdings nicht besonders weit her ist, halte ich es gern mit dem Spruch: Wenn es nicht kaputt ist, reparier nicht dran rum. Würde sogar noch weiter gehen und sagen: Selbst wenn es kaputt ist, lass die Finger davon, wahrscheinlich würdest du's nur schlimmer machen.

Also sagte ich was in Richtung, Beförderungen können auch ganz schön hart sein, die stressen einen nämlich.

Martha strahlte vor lauter Dankbarkeit. Sie brachte mich zum Auto und schenkte mir sogar drei Tomaten aus dem eigenen Garten, auch wenn die ehrlich gesagt irgendwie greisenhaft aussahen: winzig, schüchtern, runzlig.

Danke, flüsterte sie. Du hast mir das Leben gerettet.

Am nächsten Morgen lagen meine Schreitender-Wächter-Uniform und ein Pappbecher mit einer gelben Pille drin in meinem Spind.

Hurra, dachte ich, endlich eine Medikamentöse Rolle.

Auftritt Mrs Bridges von Gesundheit & Sicherheit mit dem SDB zur Pille.

Mrs Bridges: So, das hier sind dann hundert Milligramm RytterSporn®. Das hilft beim Improvisieren. Aber Obacht mit RytterSporn®, Sie müssen immer genug trinken.

Ich nahm die Pille und ging zum Thronsaal. Ich sollte vor einer Tür auf und ab schreiten, hinter der angeblich ein König nachdachte. Da war wirklich ein König drin: Ed Phillips. Sie setzten da einen König rein, weil eins von unseren gescripteten Szenarien so ablief: Bote kommt an, rennt an Schreitendem Wächter vorbei, stößt Tür auf, König schimpft Boten aus, weil er sich erdreistet, schimpft Schreitenden Wächter Trottel, Bote zuckt zusammen, schließt Tür, kurzer Wortwechsel mit Schreitendem Wächter.

Bald war unser FunCenter praktisch voll mit Gästen. Der Bote (alias Kyle Sperling) sauste an mir vorbei, stieß die Tür auf. Ed schimpfte Kyle aus, weil er sich erdreistete, schimpfte mich einen Trottel. Kyle zuckte zusammen, schloss die Tür.

Kyle: Ich bitte um Vergebung, dass ich das Protokoll verletzt habe.

Ich hatte einen Hänger, eigentlich hätte ich sagen müssen: Euer Übereifer zeugt von männlicher Leidenschaft.

Stattdessen ich so: Ähm, kein Problem.

Kyle, echter Profi, kam nicht aus dem Takt.

Kyle (Umschlag aushändigend): Bitte sorgt dafür, dass er dies erhält. Es ist von äußerster Dringlichkeit.

Ich: Seine Majestät trägt schwer an seinen Gedanken.

Kyle: An der Last seiner vielen Gedanken?

Ich: Genau. Last seiner vielen Gedanken.

In dem Augenblick fing die RytterSporn® an zu wirken. Ich bekam einen trockenen Mund. Ich fand es nett von Kyle, dass er mir meinen Patzer nicht vorhielt. Mir wurde klar, dass ich Kyle total mochte. Fast liebte. Wie einen Bruder. Einen Gefährten. Edlen Gefährten. Wir hatten schon viele Stürme gemeinsam überstanden, das war mein Gefühl. So als hätten wir zum Beispiel irgendwann in einem fernen Land uns am Fuß einer Burgmauer, von der heißer Teer herunterprasselte, aneinandergekauert und wehmütig miteinander gelacht, als wollten wir sagen: Alles währt nur so kurz, also wollen wir leben. Und dann: Hol's der Kuckuck! Und Angriff. Holzleitern hoch, voll männlicher Verwünschungen, obwohl ich mich weder der genauen Verwünschungen noch des Ausgangs besagten Angriffs entsinnen konnte.

Kyle entschwand sogleich. Und ich kümmerte mich frohgemut um die Unterhaltung unserer Gäste, durch Einsatz von Geist und manchen Scherzen, froh, dass ich nach meinen mannigfachen Mühen nunmehr in einen Hafen des Lebens eingelaufen war, von wo ich derlei Ergötzung Allen & Jedem zuteilwerden lassen konnte.

Bald erhob sich die Erfreulichkeit jenes Tages, die bereits beträchtlich war, in noch schwindelndere Höhen, da mein Wohltäter Don Murray nahte.

Also sprach Don Murray mit einem freudenreichen Zwinkern: Ted, wissen Sie, was wir mal machen sollten, Sie und ich? Einen Ausflug zusammen, so was. Angeln vielleicht, mögen Sie das? Zelten, egal.

Mein Herz schwoll bei dieser Aussicht. Angeln, jagen, ein Zelt mit diesem edlen Edelmann aufschlagen! Durch weite Felder & üppige Wälder schweifen! Um am Ende des Tages an einem schattigen Plätzchen bei einem rauschenden Bach ruhen und dort bei dem gedämpften Wiehern unserer Rösser leise von vielerlei Dingen zu sprechen – der Ehre; der Liebe; der Gefahr; der wohl erfüllten Pflicht!

Doch dann begab sich ein unheilvolles Geschehnis.

Und zwar das Eintreffen bereits erwähnter Martha im Gewand eines Gespenstes – Gespenst Nummer drei, genauer gesagt –, begleitet von zwei anderen Burgfräulein in Weiß (das waren Megan und Tiffany). Dieses Maidentrio führte eine Vergnügliche List auf: Sie waren Gespenster, die diese Burg heimsuchten, unter manch Kettenrasseln und Klagegesängen, während unsere Gäste in jenem FunCenter, von roten Seilen ausgesperrt, gafften & huchten & hachten ob des Spektakels, das dort drinnen geboten ward.

Als ich Marthas Antlitz erblickte – welches bei aller Fröhlichkeit obendrein Spuren einer trüben Erinnerung barg (die mir durchaus bekannt war) –, packte mich trotz allem Glück der letzten Zeit eine Art Wehmut.

Da sie diese Veränderung meiner Stimmung bemerkte, sprach Martha leis beiseit zu mir.

Martha: Alles cool, Ted. Bin drüber weg. Echt, im Ernst. Lass gut sein.

Ei dass ein Weib von solch beneidenswerter Tugend, das gar so gelitten hat, sich nun herablassen sollte, in dergestalt offener & direkter Manier zu mir zu sprechen, durch ihre Worte Einverständnis verkündend, dass ihre Schande im trostlosen Dunkel des Verschweigens weggeschlossen bleiben möge!

Martha: Ted, alles okay?

Worauf ich erwiderte: Wahrlich, mir war nicht wohl, ich war zerstreut & nachlässig; doch nunmehr ist mir geschenkt, von Neuem ganz bei mir zu sein, und hiermit bitte ich untertänigst um Verzeihung für meinen früheren Mangel an Respekt für Euch, gütigste Dame.

Martha: Ganz locker bleiben, Ted.

In diesem Augenblick trat Don Murray höchstselbst vor, streckte eine Hand aus und legte sie mir auf die Brust, als wollte er mich zurückhalten.

Ted, ich schwöre bei Gott, sprach er. Stopf dir ne Socke rein oder was, sonst landest du so was von schnell auf dem Müllhaufen der Geschichte, ich sag's dir.

Und fürwahr, aus einem Teil meines Geistes war guter Rat nicht teuer, der da lautete: Befleißige dich, diese Gefühle zu dämpfen, auf dass du keine überstürzten Schritte tuest und dein Glück in Unglück verwandelst.

Doch des Menschen Herz ist ein Organ, das sich schlichter Voraussage ebenso verschließt wie leichter Zähmung.

Denn wie mein Blick auf Don Murray fiel, sammelten sich mannigfache Gedanken in meinem Geist gleich Gewitterwolken: Welchen Sinn hat das Leben, wenn der lebende Mensch nicht Anstand walten lässt & für Gerechtigkeit aufsteht, wo ihm doch Gott die Kraft dazu verliehen? War es etwa glückliche Fügung, dass ein Missetäter ungehindert schalten & walten konnte? Müssen die Schwachen auf ewig ungeschützt über dieses schöne Erdenrund wandeln? Bei diesen Gedanken erhob sich in mir etwas Aufrichtiges und Männliches, woraufhin ich, da dem Ehrenmann Heimlichkeit nicht wohl ansteht, mitten in die Mitte des Raumes trat und den vielen dort versammelten Gästen eine aufrechte Erklärung verkündete, laut & vernehmlich, nämlich:

– dass Don Murray in übler Weise Martha benutzt habe, indem er in der FackelNacht seine Rute gegen Marthas Willen in ihren Schoß stieß;

– und ferner: dass dieser elende Schurke Marthas Schweigen durch diverse Bestechungen erzwungen habe, einschließlich ihrer derzeitigen Arbeytsstelle;

– und ferner: dass er in gleicher Weise bestrebt gewesen sei, mein Schweigen käuflich zu erwerben; doch dass ich NICHT WEITER SCHWEIGEN könne, als Mann, der ich sei, wenn auch nicht viel mehr, und der Rechtschaffenheit DIENEN wolle, WAS IMMER es mich koste.

Zu Martha gewandt, ersuchte ich sie mit einem Neigen meines Kopfes um Zustimmung zu diesen Äußerungen & Bestätigung der Wahrheit, die ich verkündet. Doch o weh! Das Frauenzimmer sprang mir nicht bei. Senkte lediglich den Blick, ganz wie in Scham, und floh den Ort.

Die Sicherheitskräfte, mittlerweile von Don Murray herbeigerufen, nahten und nutzten die Gelegenheit gar wohl, ihr Waidmannsheil mit mir zu treiben und mir an Kopf & Gliedern mannigfache Schläge & Hiebe zu versetzen. Zerrten mich sodann von dannen und stießen mich auf die Straße, traten mich in den Staub und rissen vor meinen Augen meine Zeitkarte in Stücke und warfen unter grausamem Hohngelächter das Gestöber in die Luft, waren grausam auch gegen meinen Gefiederten Hut, dessen eine Feder sie übel knickten.

Ich saß voll Blut und Wunden am Boden, bis ich, was an Würde mir geblieben, zusammenraffte und heimwärts strebte, zu etwaigem Trost, der meiner dort harren mochte.

Nicht einmal genug Barschaft für die Busfahrkarte war mir vergönnt (da mein Rucksack an jenem üblen Ort verblieben), und so schleppte ich mich länger als eine Stunde dahin, bis die Sonne schon tief auf ihrem Wege stand, und die ganze Zeit grübelte ich trübsinnig, dass meine Urteilskraft gescheitert war und ich meine Familie in eine gar fatale Lage gebracht hatte, denn unsere Armut, schon zuvor einem günstigen Leben als Hindernis entgegenstehend, würde sich nur mehr vervielfachen.

Also keine Rückenbandage für Vater, kein verstellbares Bett für Mutter, und durch welche Methode wir es zukünftig bewerkstelligen wollten, uns ihre diversen notwendigen Arzneien zu leisten, war nun schier Rätsel & Verdruss.

Sogleich unweit des Wendy's am Center Boulevard, gleich neben dem geschlossenen Maredo, kam ich wieder auf den Boden, und zwar hart, denn mir dämmerte, dass schon bald die Wirkung des Elixiers nachlassen und ich mich vor unserem kläglichen Fernseher befinden würde, in meiner eigenen Mindersprache nach Worten ringend, um zu erklären, obgleich der Winterschnee schon bald über uns käme (gar in unsere Behausung hinein, wie ich zuvor bereits zu Protokoll gegeben), würde keine Gnade gewährt: Ich war gefeuert; gefeuert, in Schimpf & Schande!

Worauf obendrein eine Art Todesstreich folgte, der meine Narretei noch deutlicher machte, verabreicht durch Martha höchstselbst, die mich auf meinem Mobiltelefon anrief und mit echtem Schmerz in der Stimme zu mir sprach, was mich bis ins Mark traf, und also lauteten ihre Worte: Tausend Dank, Ted, falls es dir noch nicht aufgefallen sein sollte, wir wohnen in einer verkackten Kleinstadt, o Gott o Gott!

Und fing als Nächstes an zu weinen & zwar richtig.

Wahr gesprochen: Klatsch & Tratsch der bösen Zungen verbreiteten sich in unserem Städtchen in der Tat wie Lauffeuer und würden zweifellos auch das Ohr von unserem armen Tropf Nate in Bälde erreichen. Und kaum sähe er sich über den üblen Missbrauch seiner Martha so grausam ins Bild gesetzt, würde Nate definitiv ausflippen.

O Mann.

Was n beschissener Tag.

Ich nahm eine Abkürzung über den Übungsplatz der Highschool, wo die Silhouetten der FootballDummies mich zu verspotten schienen, als wären sie Männer, die ihre Zunge zu hüten wussten, und versuchte mich zu trösten, sagte mir, ich hätte recht gehandelt und der Wahrheit gedient und Mut und Anstand an den Tag gelegt. Doch fand ich keinen Trost darin. Es war so schräg. Was hatte mich bloß geritten? Ich kam mir vor wie die totale DummBratze, die sich nicht mit einer guten Sache zufriedengeben & fünfe grade sein lassen konnte. Ich hatte es voll versaut, echt ey. Obwohl, andererseits, warf nicht der Teufel selbst bei Gelegenheit das Gewand der Mäßigung über, wenn es seinen Zwecken diente? Wäre ein weiteres Voranschreiten der Ereignisse, bei dem Don Murray seiner gerechten Strafe zugeführt würde, nicht heilbringend? Und wiederum andererseits, für wen hielt ich mich denn, für Mr Großkotz vom Dienst?

Dammich.

Gottverdammich.

Was ne Megascheiße.

Es würde gar mühevoll werden, darüber Gras wachsen zu lassen.

Ich war jetzt wieder fast völlig mein altes Ich, und das war kein Spaziergang, ehrlich.

Ein letzter Pillenkrümel wurde nun verdaut, wie's aussah. Und führte zu einem letzten kurzen, aber machtvollen Aufwallen der Rückkehr. Zu diesem vorherigen Ich. Das mich, übertrieben selbstbewusst & hocherhoben, so schlimm vom Wege abgebracht hatte.

Ich begab mich zum Flussgestade und verweilte dort ein wenig, während sich die sinkende Sonne mit den Wassern vereinte, sich selbst und ihre verschiedenen Farben freigiebig in einem prachtvollen Fächer verströmend, gefolgt von der allerköstlichsten Stille.

# ZEHNTER DEZEMBER

Der blasse Junge mit dem unvorteilhaften Prinz-Eisenherz-Pony und dem täppischen Gehabe stürmte schnaubend zum Schrank am Hintereingang und beschlagnahmte Dads weißen Mantel. Dann beschlagnahmte er die Stiefel, die er weiß besprüht hatte. Das Luftgewehr weiß zu lackieren ging gar nicht. Es war ein Geschenk von Tante Chloe. Jedes Mal, wenn sie zu Besuch kam, musste er es rausholen, damit sie einen Riesenwind über die Holzmaserung machen konnte.

Aufgabe des Tages: zum Teich gehen, Biberdamm überprüfen. Wahrscheinlich würden sie ihn festsetzen. Die Spezies, die inmitten der alten Steinmauer lebte. Kleine Wesen, aber wenn sie herauskamen, nahmen sie gewisse Proportionen an. Und nahmen die Jagd auf. Das war einfach ihre Methodik. Seine Souveränität machte sie fertig. Das wusste er. Und genoss es. Er würde sich umdrehen, das Luftgewehr auf sie richten und tönen: Ist euch der Gebrauch dieser menschlichen Gerätschaft ein Begriff?

*Päng!*

Sie waren Jenseitsweltler. Oder Jensis. Sie standen in einer eigenartigen Verbindung zu ihm. Manchmal pflegte er tagelang einfach nur ihre Wunden. Mitunter schoss er, nur aus

Spaß, einem von ihnen in den Hintern, einem Flüchtigen. Der von nun an bis ans Ende seiner Tage humpeln würde. Was noch weitere neun Millionen Jahre dauern konnte.

Der Angeschossene sagte dann, in der Sicherheit seiner Steinmauer, Jungs, guckt euch mal meinen Hintern an.

Als Gruppe guckten sich dann alle Gzeemons Hintern an und wechselten finstere Blicke, so: In der Tat, Gzeemon wird die nächsten neun Millionen Jahre humpeln, der arme Knabe.

Denn ja: Jensis redeten ungefähr so wie dieser eine Typ aus *Mary Poppins*.

Was natürlich einige Rätsel aufgab in Bezug auf ihre genauen Ursprünge hier auf Erden.

Ihn festzusetzen war problematisch für die Jensis. Er war abgefeimt. Plus zu groß für die Öffnung in ihrer Steinwand. Wenn sie ihn fesselten und hineingingen, um ihren besonderen Verkleinerungstrank zu brauen, dann sprengte er – *rums!* – ihre antiquierten Seile mit einer Bewegung aus seinem selbst entwickelten Kampfkunstsystem Toi Foi alias Tödliche Unterarme. Und platzierte einen unerbittlichen Stein der Erstickung vor ihrem Eingang, so dass sie in der Falle saßen.

Später, wenn er sie schon in den Fängen des Todes wähnte, taten sie ihm leid, dann kam er zurück und versetzte den Stein.

Mein lieber Schwan, konnte dann einer von drinnen sagen. Danke, Chef. Ihr seid in der Tat ein würdiger Gegner.

Manchmal kam es auch zu Folterungen. Dann zwangen sie ihn dazu, auf dem Rücken zu liegen und hoch in die dahinrasenden Wolken zu schauen, während sie ihn folterten, aber so, dass er es aushalten konnte. Seine Zähne ließen sie eher in Ruhe. Ein Glück. Er hielt ja nicht mal die Zahnreinigung aus. In dieser Hinsicht waren sie Döspaddel. Sie ließen seinen Pimmel in Ruhe und seine Fingernägel auch. Und so verharrte er einfach dort und machte sie rasend mit seinen Schneeengeln. Manchmal sagten sie, im Glauben, das wäre der Gnadenstoß, weil sie nicht wussten, dass er den Spruch schon vor Urzeiten von gewissen schulinternen Dummbolzen gehört hatte, Wow, wir wussten ja gar nicht, dass Robin auch ein Jungenname sein kann. Sagten es und schnaubten ihr Jensi-Lachen.

Heute hatte er so eine Ahnung, als könnten die Jensis Suzanne Bledsoe entführen, das neue Mädchen in seiner Klasse. Sie stammte aus Montreal. Er stand total darauf, wie sie redete. Die Jensis anscheinend auch, denn sie hatten vor, sie zu benutzen, um ihre dezimierte Anzahl aufzustocken und diverse Dinge zu backen, die sie selber nicht backen konnten.

Hallo NASA, bin jetzt in voller Montur. Drehte sich unbeholfen um, Richtung Tür.

*Positiv. Wir haben Ihre Koordinaten. Vorsicht da draußen, Robin.*

Puh, kalt, Scheibenkleister!

Schwimmthermometer sagt minus zwölf. Und das war noch ohne Windchill. Großer Spaß also. Real. Ein grüner Nissan parkte, wo die Poole Street als Sackgasse auf den Fußballplatz stieß. Hoffentlich war der Besitzer kein Perverser, den er austricksen musste.

Oder ein als Mensch verkleideter Jensi.

Hell, hell, blau und kalt. Knirsch machte der Schnee, als er den Fußballplatz überquerte. Warum kriegte man beim

Laufen Kopfweh von der Kälte? Wahrscheinlich war die auffällige Windgeschwindigkeit daran schuld.

Der Pfad in den Wald war so breit wie ein Mensch. Anscheinend hatte der Jensi tatsächlich Suzanne Bledsoe entführt. Verflucht sei er! Und seine Sippe. Nach der Einzelspur zu urteilen, trug der Jensi sie wohl. Fieser Drecksack. Wehe, der fasste Suzanne unsittlich an, während er sie trug. In dem Fall würde sich Suzanne ganz bestimmt mit unzähmbarer Wut widersetzen.

Das war besorgniserregend, äußerst besorgniserregend.

Wenn er sie einholte, würde er sagen: Hör zu, Suzanne, ich weiß, du kennst meinen Namen nicht, weil du mich mal irrtümlicherweise Roger genannt hast, als du wolltest, dass ich zur Seite rutsche, aber trotzdem muss ich gestehen, ich finde, es gibt da was zwischen uns. Findest du das auch?

Suzanne hatte die unglaublichsten braunen Augen. Jetzt waren sie feucht, vor Angst und plötzlicher Wirklichkeit.

Hör auf, mit ihr zu reden, Alter, sagte der Jensi.

Lass stecken, sagte er. Und, Suzanne? Selbst wenn du nicht findest, dass es was zwischen uns gibt, du kannst dir sicher sein, ich werde diesen Burschen hier erschlagen und dich sicher nach Hause bringen. Wo wohnst du noch mal? In El Cirro drüben? Beim Wasserturm? Gibt paar schöne Häuser da.

Ja, sagte Suzanne. Wir haben auch einen Pool. Du musst mal vorbeikommen, nächsten Sommer. Ist auch cool, wenn du beim Schwimmen dein T-Shirt anlässt. Und Ja auch zu der Frage, ob es was zwischen uns gibt. Du bist mit Abstand der vernünftigste Junge in unserer Klasse. Sogar wenn ich die Jungs, die ich in Montreal kannte, mit einbeziehe, denk ich mir so: Gibt keinen Vergleich.

Das höre ich aber gern, sagte er. Danke, dass du das sagst. Ich weiß, der Dünnste bin ich nicht.

Weißt du, wir Mädchen?, sagte Suzanne. Wir sind einfach stärker inhaltsbezogen.

Hört ihr zwei mal endlich auf?, sagte der Jensi. Jetzt wird's nämlich Zeit für euren Tod. Eure Tode.

Also, Zeit für den Tod von irgendwem hier wird's ganz sicher, sagte Robin.

Das Bescheuerte bei der Sache war, dass man ja nie jemanden wirklich retten konnte. Letzten Sommer war hier draußen ein sterbender Waschbär gewesen. Er hatte überlegt, ihn nach Hause zu schaffen, damit Mom den Tierarzt rufen konnte. Aber so aus der Nähe war er zu gruselig. Waschbären sind nämlich in Wirklichkeit größer, als sie im Comic aussehen. Und der da machte den Eindruck, als könnte er gut zubeißen. Also lief er nach Hause, um zumindest Wasser für ihn zu holen. Bei seiner Rückkehr sah er, dass der Waschbär noch ein bisschen Last-Minute-Randalieren veranstaltet hatte. Das war traurig. Mit traurig konnte er nicht so gut umgehen. Es war dann wohl noch zu etwas Fastweinen gekommen, seinerseits, im Wald.

Das heißt einfach, dass du ein großes Herz hast, sagte Suzanne.

Ach, ich weiß nicht, sagte er bescheiden.

Da lag der alte Lkw-Reifen. Wo die Highschool-Kids Party machten. In dem Reifen lagen, schneeüberkrustet, drei Dosen Bier und eine zusammengeknüllte Decke.

Wahrscheinlich machst du gerne Party, hatte der Jensi kurz zuvor, als sie genau da vorbeikamen, zu Suzanne abgelassen.

Nein, gar nicht, sagte Suzanne. Ich spiele gerne. Und ich kuschele gerne.

Weia, sagte der Jensi. Wie laaaangweilig.

Irgendwo gibt es einen Mann, der gern spielt und kuschelt, sagte Suzanne.

Er kam jetzt aus dem Wald, vor ihm lag der hübscheste Anblick, den er kannte. Der Teich war reines gefrorenes Weiß. Irgendwie schweizerisch, fand er. Eines Tages würde er das überprüfen. Wenn die Schweizer eine Parade für ihn veranstalteten oder so.

Hier verließen die Spuren vom Jensi den Pfad, als hätte er sich einen Moment der Muße gegönnt, um den Teich zu bewundern. Vielleicht war dieser Jensi ja nicht nur schlecht. Vielleicht erlitt er gerade eine schwächende Gewissensattacke bezüglich der tapfer strampelnden Suzanne auf seinem Rücken. Zumindest schien er Natur irgendwie zu mögen.

Dann kehrten die Spuren auf den Pfad zurück, umrundeten den Teich und strebten Lexow Hill hoch.

Was war dieses seltsame Objekt? Ein Mantel? Auf der Bank? Der Bank, die die Jensis für ihre Menschenopfer verwendeten?

Keine Schneeablagerungen auf dem Mantel. Mantelinneres noch leicht warm.

Ergo: der vor kurzem abgelegte Mantel des Jensis.

Das war jetzt aber schräges Karma. Ein spannendes Rätsel, im Rahmen der Rätsel, die ihm bislang begegnet waren. Und da gab es einige. Einmal hatte er einen BH an einem Fahrradlenker gefunden. Einmal hatte er ein komplettes unberührtes Steak mit Beilagen auf einem Teller hinter dem Fresno's gefunden. Und es nicht gegessen. Obwohl es ziemlich gut aussah.

Irgendwas war im Gange.

Dann gewahrte er einen Mann am Lexow Hill, auf halber Strecke nach oben.

Einen mantellosen kahlköpfigen Mann. Superdünn. Sah nach Schlafanzug aus, was er anhatte. Kletterstapfte mit Schildkrötengeduld da hoch, die nackten weißen Arme ragten aus seinem Schlafanzugoberteil raus wie zwei nackte weiße Äste, die aus einem Schlafanzugoberteil rausragten. Oder einem Grab.

Welcher Mensch ließ an einem Tag wie heute seinen Mantel liegen? Ein Irrer, genau. Dieser Kerl wirkte irgendwie irre. Wie ein Typ aus Auschwitz oder ein trauriger verwirrter Opa.

Dad hatte mal gesagt, Verlass dich auf deinen Kopf, Rob. Wenn es wie Scheiße riecht, aber quer drübergeschrieben steht *Happy Birthday* und ne Kerze steckt drin, was ist es dann?

Ist da auch Zuckerguss drauf?, hatte er gefragt.

Dad hatte dieses Augenzusammenkneifen gemacht, das er immer machte, wenn eine Antwort noch nicht ganz saß.

Was sagte ihm sein Kopf jetzt?

Irgendwas stimmte hier nicht. Ein Mensch brauchte einen Mantel. Selbst wenn es ein erwachsener Mensch war. Der Teich war zugefroren. Das Schwimmthermometer zeigte minus zwölf. Wenn der Mensch ein Irrer war, musste man ihm erst recht zu Hilfe kommen, denn hatte Jesus nicht gesagt, Gesegnet ist, wer denjenigen hilft, die sich nicht selbst helfen können, weil sie zu irre, tatterig oder behindert sind?

Er schnappte sich den Mantel von der Bank.

Es war eine Rettung. Endlich eine echte Rettung, quasi.

Zehn Minuten zuvor hatte Don Eber eine Pause am Teich gemacht, um wieder zu Atem zu kommen.

Er war so müde. Das war ja was, heiliger Bimbam. Wenn er früher hier mit Sasquatch rausging, liefen sie immer sechsmal um den Teich und dann noch den Hügel hoch, klatschten den Felsen am Gipfel ab und sprinteten wieder runter.

*Komm mal in die Gänge*, sagte der eine von den beiden Typen in seinem Kopf, die schon den ganzen Vormittag herumdiskutierten.

*Also, falls du die Idee mit dem Felsen immer noch gut findest*, sagte der andere.

*Die uns immer noch ziemlich schickimickimäßig vorkommt.*

Als wäre der eine Typ Dad und der andere Kip Flemish.

Blöde Betrüger. Sie hatten die Ehefrauen getauscht, sie dann verlassen und waren zusammen nach Kalifornien gegangen. Waren sie schwul gewesen? Oder bloß Swinger? Schwule Swinger? Der Dad und der Kip in seinem Kopf hatten ihre Sünden gebeichtet, und alle drei hatten sich auf etwas geeinigt: Er würde ihnen verzeihen, dass sie möglicherweise schwule Swinger waren und ihn bei dem Seifenkisten-Derby alleingelassen hatten mit Mom, und sie würden ihm dafür brauchbare männliche Ratschläge geben.

*Er hätte gern, dass es nett aussieht.*

Das war jetzt Dad. Anscheinend war Dad eher auf seiner Seite.

*Nett?*, sagte Kip. *Das Wort würde mir dazu nicht einfallen.*

Ein Kardinal zischte durch den Tag.

Es war erstaunlich. Echt erstaunlich. Er war jung. Er war dreiundfünfzig. Jetzt würde er seine große landesweite Rede zum Thema Mitgefühl nie mehr halten. Und den Mississippi im Kanu runterfahren, was war damit? Was war mit dem Nurdachhaus an einem schattigen Bach, dem Zuhause für ihn und die zwei Hippiemädchen, die er 1968 in einem Souvenirladen in den Ozarks-Bergen kennengelernt hatte, als sein Stiefvater Allen mit dieser wahnsinnigen Fliegerbrille ihm eine Tüte voll fossiler Steine schenkte? Eins der Hippiemädchen hatte gesagt, er, Eber, würde bestimmt ein echtes Schlitzohr werden, so als Erwachsener, und könnte er sie dann bitte unbedingt anrufen? Dann hatten die beiden Hippiemädchen ihre lohfarbenen Köpfe zusammengesteckt und über seine zu erwartende Schlitzohrigkeit gekichert. Und das hatte nie –

Das hatte irgendwie nie –

Schwester Val hatte gesagt, warum nicht danach streben, der nächste JFK zu sein? Also hatte er sich zur Wahl des »Klassenpräsidenten« gestellt. Allen hatte ihm einen Strohhut aus Styropor geschenkt. Sie hatten zusammen das Hutband mit Magic-Marker beschriftet: MIT EBER SIEGEN! Und auf der Rückseite: LÄSSIG! Allen hatte ihm geholfen, ein Band aufzunehmen. Mit einer kleinen Rede. Allen hatte das Band mitgenommen und war mit dreißig Kopien zurückgekommen, die man »rumgeben« konnte.

»Du hast eine gute Message«, hatte Allen gesagt. »Und du bist unglaublich eloquent. Du kannst das wuppen.«

Und er hatte es gewuppt. Er hatte gewonnen. Allen hatte eine Siegesparty für ihn geschmissen. Eine Pizzaparty. Alle anderen Kinder waren gekommen.

Ach, Allen.

Der freundlichste Mann überhaupt. War mit ihm schwimmen gegangen. War mit ihm zum Serviettenfalten gefahren.

Hatte seine Haare so geduldig gekämmt, als er damals mit Läusen nach Hause gekommen war. Nie ein hartes usw. usf.

Alles anders, nachdem das Leiden angegangen hatte. Angefangen. Verflucht. Seine Worte immer. Schiefer. Seine Worte waren immer weniger das, was er gehofft würde.

Hätte.

Nachdem das Leiden angefangen hatte, war Allen zu einem Wüterich geworden. Sagte Dinge, die niemand sagen sollte. Zu Mom, zu Eber, zu dem Mann, der das gefilterte Wasser lieferte. Wurde von einem schüchternen Mann, der einem immer eine beruhigende Hand auf die Schulter legte, zu einer dahingewelkten blassen Gestalt im Bett, die FOTZPACK! schrie.

Aber so komisch genuschelt, dass es nach VOLKSPARK! klang.

Als Allen zum ersten Mal VOLKSPARK! geschrien hatte, folgte ein seltsamer Moment, in dem Mom und er sich anschauten, um festzustellen, wer von ihnen beiden gerade VOLKSPARK gerufen worden war. Aber dann verbesserte Allen zur größeren Klarheit: VOLKSENPARK!

Es war also eindeutig, dass er sie beide meinte. Große Erleichterung.

Sie waren in Lachen ausgebrochen.

Meine Güte, wie lange stand er schon hier? Das Tageslicht wand dahin.

Schwand.

*Ich wusste wirklich nicht mehr ein noch aus. Aber er hat es uns so leicht gemacht.*

*Alles auf sich genommen.*

*Erzähl mir was Neues.*

*Genau.*

Das waren jetzt Jodi und Tommy.

Hi, Kinder.

Großer Tag heute.

*Klar wär's nett gewesen, sich richtig verabschieden zu können.*
*Aber zu welchem Preis?*

*Genau. Und verstehst du – das wusste er.*

*Er war ein Vater. Väter sind so.*

*Machen den Menschen, die sie lieben, die Last leichter.*

*Bewahren die Menschen, die sie lieben, vor schmerzvollen letzten Bildern, die sie ihr Leben lang ertragen müssen.*

Bald war Allen zu DEM DA geworden. Und keiner hätte irgendwem vorgeworfen, wenn er DAS DA meiden wollte. Manchmal drängten sich Mom und er in der Küche aneinander. Lieber keine Gefahr laufen, DEM DA und seinem Zorn zu begegnen. Selbst DAS DA verstand den Deal. Man schlurfte mit einem Glas Wasser rein, setzte es ab, sagte sehr höflich, Sonst noch etwas, Allen? Und dann sah man, wie DAS DA dachte, All die Jahre war ich so gut zu euch, und jetzt bin ich nur noch DAS DA? Manchmal war auch der freundliche Allen da drin und sagte mit seinem Blick, Hör zu, geh weg, bitte geh weg, ich gebe mir solche Mühe, dich nicht VOLKSPARK! zu nennen.

Spindeldürr, mit vorstechenden Rippen.

Katheter an den Schwanz getaped.

Wogender Scheißegestank.

*Du bist nicht Allen, und Allen ist nicht du.*

Das hatte Molly gesagt.

Was Dr. Spivey betraf, der konnte das nicht. Wollte es nicht. Er war damit beschäftigt, ein Gänseblümchen auf einen Post-it-Zettel zu malen. Dann sagte er schließlich, Also, ganz ehrlich? Während diese Dinger wachsen, können sie die komischsten Sachen auslösen. Aber es muss nicht unbedingt schrecklich sein. Hatte mal einen, der sich nur immer unbedingt ein Sprite reinziehen wollte.

Und Eber hatte gedacht, Haben Sie, lieber Doktor/Erlöser/Rettungsanker, gerade gesagt, *ein Sprite reinziehen?*

So kriegten sie einen. Man dachte, Vielleicht will ich mir einfach bloß ein Sprite reinziehen. Und als Nächstes war man plötzlich DAS DA, brüllte VOLKSPARK!, schiss das Bett voll und schlug nach den Leuten, die sich dabei abrackerten, einen wieder sauber zu kriegen.

Läuft nicht.

Läuft auf gar keinen Fall.

Mittwoch war er wieder mal aus dem Krankenhausbett gefallen. Und da am Boden im Dunkeln war er draufgekommen: Das könnte ich ihnen ersparen.

*Es uns ersparen? Oder dir ersparen?*

Geh mir aus den Augen.

Geh mir aus den Augen, Kleines.

Eine Brise schickte Schneegestöber in regelmäßigen Schüben von irgendwo da oben herunter. Wunderbar. Warum sind wir so erschaffen worden, dass wir so viele Dinge, die jeden Tag geschehen, hübsch finden?

Er zog seinen Mantel aus.

Heiliger Himmel.

Zog seine Mütze und seine Handschuhe aus, stopfte sie in einen Mantelärmel, ließ den Mantel auf der Bank liegen.

So würden sie Bescheid wissen. Sie würden das Auto finden, den Weg nehmen, den Mantel finden.

Es war ein Wunder. Dass er so weit gekommen war. Tja, er war eben immer kräftig gewesen. Einmal war er mit gebrochenem Fuß einen Halbmarathon gelaufen. Gleich nach seiner Sterilisation hatte er die Garage geputzt, kein Problem.

Er hatte in seinem Krankenhausbett abgewartet, bis Molly zur Apotheke aufgebrochen war. Das war das Schwerste gewesen. Einfach ganz normal auf Wiedersehen zu sagen.

Seine Gedanken schweiften jetzt zu ihr, und er riss seine Aufmerksamkeit zurück mit einem Gebet: Lass es mich schaffen. Lieber Gott, lass mich nicht versagen. Lass mich keine Schande machen. Lass es mit tauber ernedigen.

Mich. Lass es mich tauber ernedigen.

Sauber.

Erledigen.


Geschätzte Zeit bis zum Überholen des Jensis zur Übergabe seines Mantels? Zirka neun Minuten. Sechs Minuten Wegstrecke um den Teich herum, weitere drei Minuten, um den Hügelhang emporzusausen wie ein Liefergeist oder gnädiger Engel, das schlichte Geschenk eines Mantels überm Arm.

Hallo, NASA, das ist lediglich ein geschätzter Wert. Ziemlich frei erfunden.

*Das wissen wir, Robin. Wir wissen mittlerweile sehr gut, wie respektlos du vorgehst.*

*So wie damals, als du auf dem Mond einen Furz abgelassen hast.*

*Oder als du Mel reingelegt hast, und er sagte: »Herr Präsident, es war eine köstliche Überraschung, einen Asteroiden zu entdecken, der den Uranus umkreiste.«*

Dieser Schätzungswert war ganz besonders ungewiss. Wo

sich dieser Jensi als überraschend flink zeigte. Robin war selber ja nicht das schnellste Licht im Porzellanladen. Er hatte eine gewisse Leibesfülle. Die sich laut Dads Prognose schon bald triumphierend zu solider Verteidigermasse verfestigen würde. Na hoffentlich. Im Moment verfügte er nur über die Titten eines Weichlings.

Robin, beeil dich, sagte Suzanne. Dieser arme alte Kerl tut mir so leid.

Er ist ein Dummkopf, sagte Robin, denn Suzanne war jung und begriff noch nicht, dass Männer, die Dummköpfe waren, anderen Männern, die weniger dumm waren, das Leben schwer machten.

Er hat nicht mehr viel Zeit, sagte Suzanne, der Hysterie nahe.

Na, na, sagte er und tröstete sie.

Ich hab einfach solche Angst, sagte sie.

Und dabei kann er von Glück sagen, dass er jemanden hat wie mich, der seinen Mantel diesen Monsterhügel hochschleppen will, denn mit dieser Steigung ist der nicht gerade meine Kragenweite, sagte Robin.

Das ist wohl die Definition von »Held«, sagte Suzanne.

Ja, ist sie wohl, sagte er.

Ich will ja nicht unverschämt sein, sagte sie. Aber es sieht so aus, als würde der Abstand zwischen euch immer größer.

Was schlägst du vor?, sagte er.

Bei allem Respekt, sagte sie, und da ich weiß, dass du uns als verschieden, aber gleichwertig betrachtest, wobei ich eher für Hirn und Spezialerfindungen und so was alles zuständig bin?

Ja, ja, sprich weiter, sagte er.

Na ja, wenn ich jetzt nach den Regeln simpler Geometrie die ganze Sache durchrechne –

Er begriff, worauf sie hinauswollte. Und sie hatte durchaus recht. Kein Wunder, dass er sie liebte. Er musste quer über den Teich abkürzen, was den Umgebungswinkel verringern, ergo wertvolle Sekunden Aufholzeit einsparen würde.

Moment, sagte Suzanne. Ist das gefährlich?

Nein, sagte er. Das habe ich schon oft gemacht.

Bitte sei vorsichtig, flehte Suzanne.

Na ja, einmal, sagte er.

Du bist so souverän, wandte Suzanne ein.

Ehrlich gesagt, noch nie, sagte er leise, da er sie nicht beunruhigen wollte.

Deine Tapferkeit ist brachial, sagte Suzanne.

Er setzte sich in Bewegung, über den Teich.

Es war eigentlich ziemlich cool, auf dem Wasser zu gehen. Im Sommer schwammen hier Kanus. Wenn Mom ihn sehen könnte, würde sie einen Anfall kriegen. Mom behandelte ihn, als wäre er aus Glas. Wegen seiner angeblichen Operationen als Kleinkind. Sie war schon auf Alarmstufe Rot, wenn er zwei Blatt Papier zusammenheften wollte.

Aber Mom war eine gute Haut. Eine verlässliche Ratgeberin und stetige Führungshand. Sie hatte einen üppigen Schwall langer silberner Haare und eine raue Stimme, obwohl sie gar nicht rauchte und sogar Veganerin war. Sie war nie eine Bikerbraut gewesen, obwohl ein paar der schulinternen Dummbolzen behaupteten, sie sähe wie eine aus.

Eigentlich mochte er Mom ganz schön.

Jetzt war er zu zirka drei Vierteln drüben, das entsprach so etwa sechzig Prozent.

Zwischen ihm und dem Ufer lag ein gräulicher Flecken. Im Sommer mündete hier ein Bach. Sah ein bisschen fragwürdig aus. Am Rand des gräulichen Fleckens verpasste er dem Eis ein Boing mit dem Kolben seines Gewehrs. Es war fest wie nur was.

Also weiter. Das Eis bewegte sich ein bisschen unter seinen Füßen. Wahrscheinlich war es hier drunter nicht tief. Hoffte er jedenfalls. Urgs.

Wie läuft es?, fragte Suzanne zaghaft.

Könnte besser sein, sagte er.

Vielleicht solltest du umkehren, sagte Suzanne.

Aber mussten sich nicht alle Helden schon früh in ihrem Leben genau diesem Gefühl der Angst aussetzen? Und war nicht gerade der wahrhaft Tapfere imstande, dieses Gefühl der Angst zu überwinden?

Umkehr kam nicht in Frage.

Oder doch? Vielleicht doch. Vielleicht war es nicht mal eine Frage.

Das Eis gab nach, und der Junge fiel durch.


Brechreiz war in *Die Steppe der Demut* nicht vorgekommen.

*Ein Gefühl der Glückseligkeit überkam mich, als ich am Rand der Gletscherspalte in den Schlaf sank. Keine Angst, kein Unwohlsein, nur eine vage Trauer über all das, was unerledigt bleiben würde. Das soll der Tod sein?, dachte ich. Es ist nur ein Nichts.*

Autor, an dessen Namen ich mich nicht erinnern kann, auf ein Wort.

Du A-Loch.

Das Zittern war der Wahnsinn. Wie ein Tremor. Sein Kopf

wackelte auf dem Hals. Er hielt inne, um ein bisschen in den Schnee zu kotzen, gelblichweiß vor dem Bläulichweiß.

Das war gruselig. Echt gruselig jetzt.

Jeder Schritt war ein Sieg. Das durfte er nicht vergessen. Mit jedem Schritt floh er veiter und veiter. Veiter veg von den Vätern. Stiefveiter. Welch einen Sieg entrang er. Dem klaffenden Schlund darniederlag.

Hinten in seiner Kehle spürte er ein Bedürfnis, es richtig zu sagen.

Dem klaffenden Schlund der Niederlage. Dem klaffenden Schlund der Niederlage.

Oh, Allen.

Selbst als du DAS DA warst, warst du für mich immer noch Allen.

Das sollst du wissen.

*Hingefallen*, sagte Dad.

Eine Zeitlang wartete er, um zu sehen, wo er landen und wie weh es tun würde. Dann hatte er einen Baum im Bauch. Er stellte fest, dass er sich in fötaler Position um einen Baum geschlungen hatte.

Scheißdreck.

Autsch, autsch. Das war zu viel. Nach den Operationen oder während der Chemo hatte er nicht geweint, aber jetzt hätte er es gern getan. Das war nicht fair. Angeblich kam für jeden irgendwann der Moment, aber jetzt kam er gerade ganz konkret für ihn. Er hatte immer auf einen besonderen Dispens gehofft. Aber nein. Etwas oder jemand Größeres als er verweigerte ihm den standhaft. Da erzählten sie einem, das große Etwas oder der große Jemand würde einen ganz besonders lieben, aber am Ende begriff man, dass die Dinge anders lagen. Das große Etwas oder der große Jemand war neutral. Gleichgültig. Und zerquetschte mit jeder unschuldigen Bewegung Menschen.

Vor Jahren hatten Molly und er in *Der erleuchtete Körper* eine Scheibe Hirn gesehen. Ein münzgroßer brauner Fleck war der einzige Makel auf dieser Scheibe Hirn. Mehr hatte es nicht gebraucht, um den Mann zu töten. Der hatte bestimmt auch seine Hoffnungen und Träume gehabt, einen Kleiderschrank voller Hosen und so weiter, ein paar liebe Kindheitserinnerungen: ein Schwarm Kois im Schatten der Weiden im Gage Park zum Beispiel, oder Oma, die in ihrer nach Kaugummi riechenden Handtasche ein Kleenex suchte – so was. Wäre dieser braune Fleck nicht gewesen, hätte der Mann zu den Leuten gehören können, die an ihnen vorbei zum Mittagessen ins Atrium strebten. Aber nein. Er war jetzt hinüber und vermoderte irgendwo, ohne Hirn im Kopf.

Als er auf die Scheibe Hirn schaute, hatte sich Eber überlegen gefühlt. Armer Kerl. Ziemlich viel Pech, dass ihm das passiert war.

Molly und er waren ins Atrium geflüchtet, hatten heiße Scones bestellt und einem Eichhörnchen zugeschaut, das sich mit einem Plastikbecher anlegte.

Wie ein Fötus um den Baum geschlungen, versuchte Eber die Narbe auf seinem Kopf zu ertasten. Versuchte sich aufzurichten. Keine Chance. Versuchte sich am Baum aufzurichten. Seine Hand wollte sich nicht schließen. Er griff mit beiden Händen um den Stamm, verschränkte die Hände an den Handgelenken und zog sich hoch, stützte sich gegen den Baum.

Wie war das?

Ordentlich.

Gut sogar.

Vielleicht war's das jetzt. Vielleicht kam er nur bis hier. Er hatte sich vorgestellt, dass er mit gekreuzten Beinen oben auf dem Hügel am Felsen sitzen würde, aber machte das wirklich einen Unterschied?

Er brauchte jetzt nur noch an Ort und Stelle zu bleiben. Indem er sich zu denselben Gedanken zwang, mit denen er sich aus dem Krankenhausbett getrieben hatte, in den Wagen und über den Fußballplatz und durch den Wald: MollyTommyJodi, die sich in der Küche aneinanderschmiegten, voller Mitleid/Abscheu, MollyTommyJodi, die vor einem grausamen Satz von ihm zurückwichen, Tommy, der seinen dünnen Oberkörper umschlang und hochhob, damit Molly-Jodi mit einem Waschlappen drunterkamen –

Dann wäre es geschafft. Dann wäre er sämtlichen zukünftigen Erniedrigungen zuvorgekommen. Und alle seine Ängste wegen der kommenden Monate wären abgehakt.

Abgehackt.

Das war's. War's das? Noch nicht. Aber bald. Eine Stunde? Vierzig Minuten? Tat er das wirklich? Ja, er tat es. Wirklich? Würde er es zurück zum Auto schaffen, wenn er es sich anders überlegte? Wohl kaum. Da war er nun. Er war da. Die unglaubliche Gelegenheit, alles in Würde zu beenden, lag in seiner Hand.

Er brauchte nur noch an Ort und Stelle zu bleiben.

*Ich werde von nun an nicht mehr kämpfen.*

Konzentrier dich auf die Schönheit des Teichs, die Schönheit des Waldes, die Schönheit, zu der du zurückkehrst, die Schönheit, die in allem steckt, so weit du –

Ach, verdammt noch mal.

Ach du Schande.

Da war ein Junge auf dem Teich.

Dicker Junge in Weiß. Mit Gewehr. Und Ebers Mantel.

Du kleiner Pupser, leg den Mantel hin, schaff deinen Arsch nach Hause, kümmer dich um deine eigene –

Verflucht. Verflucht noch mal.

Jetzt klopfte er mit dem Gewehrkolben aufs Eis.

Man will doch nicht von irgendeinem Kind gefunden werden. Das würde dem einen Schrecken einjagen. Obwohl Kinder andauernd irgendwelches schaurige Zeugs fanden. Einmal hatte er ein Nacktfoto von Dad und Mrs Flemish gefunden. Das war schaurig gewesen. Natürlich nicht so schaurig wie ein grimassierender alter –

Jetzt schwamm der.

Schwimmen war nicht erlaubt. Da stand ein eindeutiges Schild. SCHWIMMEN VERBOTEN.

Der Junge war ein schlechter Schwimmer. Die reinste Strampelorgie da unten. Der Junge sorgte mit seinem Gestrampel für einen schnell größer werdenden schwarzen Tümpel. Mit jedem Strampeln erweiterte der Junge stufenweise den Umfang des schwarzen –

Er war auf dem Weg nach unten, bevor ihm klar war, dass er sich in Bewegung gesetzt hatte. *Junge im Teich, Junge im Teich*, lief ihm immer wieder durch den Kopf, während er vorantrippelte. Von Baum zu Baum, so ging es voran. Wenn man keuchend dastand, lernte man einen Baum gut kennen. Dieser hier hatte drei Knoten: Auge, Auge, Nase. Der da fing als ein Baum an und wurde zu zweien.

Plötzlich war er nicht mehr nur der sterbende Mann, der

nachts in seinem Krankenhausbett aufwachte und dachte, Bitte mach, dass das nicht wahr ist, bitte mach, dass das nicht wahr ist, sondern teilweise wieder der Mann, der Bananen ins Tiefkühlfach packte, sie dann auf dem Tresen zerschlug und flüssige Schokolade über die Trümmer goss, der Mann, der einmal bei einem Unwetter draußen vor einem Klassenzimmerfenster gestanden hatte, um zu sehen, wie Jodi mit dem kleinen rothaarigen Scheißer klarkam, der ihr am Büchertisch Probleme gemacht hatte, der Mann, der an der Uni Futterhäuschen für Vögel bemalte und am Wochenende in Boulder verkaufte, dabei einen Narrenhut trug und einen Jongliertrick vorführte, mit dem er –

Er drohte wieder hinzufallen, fing sich ab, erstarrte in einer gebückten Haltung, stürzte vornüber, klatschte aufs Gesicht, schlug sich das Kinn an einer Wurzel auf.

Man musste lachen.

Man musste beinahe lachen.

Er rappelte sich auf. Rappelte sich beharrlich auf. Seine rechte Hand ein blutiger Handschuh. Dumm gelaufen, harter Mann. Einmal hatte beim Football ein Zahn dran glauben müssen. Später, in der Halbzeit, hatte Eddie Blank den Zahn gefunden. Er hatte ihn Eddie abgenommen und weggeschmissen. Auch das war typisch für ihn.

Hier war die Spritzkehre. Jetzt war's nicht mehr weit. Spitzkehre.

Was tun? Wenn er hinkam? Den Jungen aus dem Teich schaffen. Und wegschicken. Den Jungen durch den Wald, über den Fußballplatz und zu einem der Häuser an der Poole Street bugsieren. Wenn niemand zu Hause war, den Jungen in den Nissan stecken, Heizung voll aufdrehen, und dann –

ins Mater Dolorosa? In die Notaufnahme? Der schnellste Weg zur Notaufnahme?

Noch fünfzig Meter bis zum Anfang des Pfades.

Noch zwanzig Meter bis zum Anfang des Pfades.

Danke, Gott, für meine Stärke.


Im Teich bestand er nur noch aus animalischen Impulsen, keine Worte, kein Ich, blinde Panik. Er beschloss, es richtig zu versuchen. Er griff nach der Kante. Die Kante brach ab. Er ging unter. Er traf auf Schlamm und stieß sich ab. Er griff nach der Kante. Die Kante brach ab. Er ging unter. Es hätte doch einfach sein müssen, da rauszukommen. Aber er schaffte es einfach nicht. Wie beim Jahrmarkt. Es müsste einfach sein, drei Hunde aus Sägespänen von einer Leiste zu ballern. Und es war auch einfach. Nur halt nicht mit der Anzahl von Bällen, die man dafür bekam.

Er wollte ans Ufer. Er wusste, dass das der richtige Ort für ihn war. Aber der Teich sagte immer weiter nein.

Dann sagte er vielleicht.

Die Eiskante brach wieder ab, aber beim Abbrechen zog er sich ein winziges bisschen näher ans Ufer heran, und seine Füße trafen schneller auf den Schlamm, als er dieses Mal unterging. Das Ufer war abschüssig. Plötzlich gab es Hoffnung. Er wurde wild. Er drehte total durch. Dann war er draußen, das Wasser strömte an ihm herab, ein Stück Eis stak in seinem Mantelärmel wie eine kleine Glasscherbe.

Trapezoid, dachte er.

In seinem Kopf war der Teich nicht endlich und kreisförmig und hinter ihm, sondern unendlich und allumschließend.

Er hatte das Gefühl, er sollte besser still liegen, sonst würde das, was ihn gerade hatte umbringen wollen, einen weiteren Versuch starten, es war nämlich nicht nur im Teich, sondern auch hier draußen, in jedem natürlichen Ding. Hier gab es weder ihn noch Suzanne, noch Mom, gar nichts außer dem lauten Schluchzen eines Jungen, das sich anhörte wie ein Baby unter Schock.

Eber humpeltrappelte aus dem Wald und fand: keinen Jungen. Nur schwarzes Wasser. Und einen grünen Mantel. Sein Mantel. Sein früherer Mantel, da draußen auf dem Eis. Das Wasser beruhigte sich schon wieder.

O Scheiße.

*Deine Schuld.*

*Der Junge war nur wegen –*

Am Ufer lag neben einem umgedrehten Boot irgendein Ignorant. Mit dem Gesicht nach unten. Bei der Arbeit. Legt sich bei der Arbeit hin. Muss auch schon dagelegen haben, als der arme Junge –

Halt, zurückspulen.

Es war der Junge. Oh, Gott sei Dank. Bäuchlings, wie die Leichen auf den Matthew-Brady-Fotos aus dem Bürgerkrieg. Beine immer noch im Wasser. Als hätte ihn beim Herauskrabbeln die Kraft verlassen. Der Junge war durchgeweicht, der weiße Mantel war grau von der Feuchtigkeit.

Eber zerrte den Jungen heraus. Dazu brauchte es viermal einen heftigen Ruck. Er hatte nicht die Kraft, ihn umzudrehen, aber wenigstens den Kopf konnte er bewegen, so dass der Mund nicht mehr im Schnee lag.

Der Junge hatte ein Problem.

Völlig durchnässt bei minus zwölf.

Todesurteil.

Eber ging auf ein Knie und erklärte dem Jungen mit ernster väterlicher Stimme, dass er aufstehen müsse und sich bewegen, sonst könne er seine Beine verlieren oder sterben.

Der Junge starrte Eber an, blinzelte und blieb liegen.

Er packte den Jungen am Mantel, rollte ihn herum und richtete ihn einigermaßen auf. Das Zittern des Jungen ließ sein eigenes Zittern nach gar nichts aussehen. Als hätte der Junge einen Presslufthammer in der Hand. Er musste ihn wärmen. Wie bloß? Umarmen, sich auf ihn drauflegen? Das wäre wie zwei Eis am Stiel aufeinandergelegt.

Eber fiel sein Mantel ein, draußen auf dem Eis, am Rand des schwarzen Wassers.

Puh.

Einen Ast finden. Nirgendwo Äste. Wo zum Kuckuck war ein guter abgefallener Ast, wenn man einen –

Schon gut, schon gut, er würde es ohne Ast tun.

Er ging fünfzehn Meter am Ufer entlang, trat auf den Teich, ging in einem großen Bogen über das feste Eis, wandte sich dem Ufer zu und näherte sich dem schwarzen Wasser. Seine Knie zitterten. Warum? Er hatte Angst, er könnte einbrechen. Ha. Depp. Angeber. Der Mantel war knapp fünf Meter weg. Seine Beine stießen sich vom Boden ab. Seine Beine waren abstoßend.

*Herr Doktor, meine Beine sind abstoßend.*

*Was Sie nicht sagen.*

Er näherte sich trippelnd. Der Mantel war drei Meter weg. Er ging auf die Knie, rutschte auf Knien näher heran. Ging auf den Bauch. Streckte einen Arm aus.

Rutschte auf dem Bauch weiter.

Noch bisschen.

Noch bisschen.

Dann hatte er eine winzige Ecke mit zwei Fingern erwischt. Er zerrte ihn zu sich, rutschte mit so etwas wie einem Rückwärts-Brustschwimmzug zurück, ging auf die Knie, stand auf, wich noch ein paar Schritte zurück und war von neuem ungefähr fünf Meter weit weg und in Sicherheit.

Dann war es wie früher, wenn er Tommy oder Jodi fürs Bett fertig machte und sie schon halb ausgeknipst waren. Man sagte »Arm«, und der Junge hob einen Arm. Man sagte »Anderer Arm«, und der Junge hob den anderen Arm. Als der Junge seinen Mantel ausgezogen hatte, konnte Eber sehen, dass sein Hemd zu Eis wurde. Eber zog ihm das Hemd aus. Armer kleiner Bursche. Ein Mensch war doch nur Fleisch auf einem Gestell. Der kleine Bursche würde bei dieser Kälte nicht lange durchhalten. Eber zog sein Schlafanzugoberteil aus und zog es dem Jungen an, schob den Arm des Jungen in den Mantelärmel. Darin steckten Ebers Mütze und Handschuhe. Er streifte sie dem Jungen über und zog den Reißverschluss des Mantels hoch.

Die Hosen des Jungen waren steifgefroren. Seine Stiefel waren Eisskulpturen von Stiefeln.

Wenn schon, denn schon. Eber setzte sich auf das Boot, zog seine Stiefel und Socken aus, zog seine Schlafanzughose aus, setzte den Jungen auf das Boot, kniete sich vor ihm hin und zog ihm die Stiefel aus. Er klopfte die Hose mit ein paar Fausthieben locker und hatte bald das eine Bein teilweise draußen. Er zog bei minus zwölf Grad einen Jungen aus. Vielleicht war das gerade falsch. Vielleicht würde er den

Jungen damit umbringen. Er wusste es nicht. Er wusste es einfach nicht. Verzweifelt boxte er noch ein paar Mal auf die Hose. Dann stieg der Junge raus.

Eber zog ihm die Schlafanzughose an, dann die Socken, dann die Stiefel.

Der Junge stand in Ebers Kleidung da, schwankte mit geschlossenen Augen.

Und jetzt gehen wir, okay?, sagte Eber.

Nichts.

Eber gab dem Jungen einen ermutigenden Klaps auf die Schultern. So footballmäßig.

Wir bringen dich jetzt nach Hause, sagte er. Wohnst du in der Nähe?

Nichts.

Ein härterer Klaps.

Der Junge starrte ihn verblüfft an.

Klaps.

Der Junge ging los.

Klaps-klaps.

Wie auf der Flucht.

Eber trieb den Jungen vor sich her. Wie ein Cowboy eine Kuh. Zuerst schien die Angst vor den Klapsen den Jungen zu motivieren, aber dann setzte die gute alte Panik ein, und er fing an zu rennen. Bald konnte Eber nicht mehr Schritt halten.

Der Junge war an der Bank. Der Junge war am Anfang des Pfades.

Guter Junge, schaff dich nach Hause.

Der Junge verschwand im Wald.

Eber kam wieder zu sich.

O Mann. O wow.

Er hatte noch nie Kälte kennengelernt. Noch nie Müdigkeit.

Er stand in seiner Unterwäsche im Schnee, nicht weit von einem umgekippten Boot.

Er humpelte zu dem Boot hin und setzte sich in den Schnee.

Robin rannte.

An der Bank und dem Anfang des Pfades vorbei, in den Wald, über den alten, vertrauten Weg.

Was zum Henker? Was zum Henker war gerade passiert? Er war in den Teich gefallen? Seine Jeans steifgefroren? Das waren keine Blue Jeans mehr gewesen. Eher White Jeans. Er schaute an sich herunter, ob seine Jeans immer noch White Jeans waren.

Er hatte eine Schlafanzughose an, die in irgendwelchen gigantoiden Stiefeln steckte und nach einer Clownshose aussah.

Hatte er gerade eben geweint?

Ich finde, Weinen ist gesund, sagte Suzanne. Das bedeutet, du bist im Kontakt mit deinen Gefühlen.

Puh. Das war vorbei, wie dämlich, sich im Geist mit einem Mädchen zu unterhalten, das einen im wahren Leben Roger nannte.

Mist.

So müde.

Da war ein Baumstumpf.

Er setzte sich hin. Gutes Gefühl, sich auszuruhen. Er würde seine Beine nicht verlieren. Sie taten nicht mal weh.

Er spürte sie gar nicht. Er würde nicht sterben. Sterben hatte er in seinem jungen Alter gar nicht auf dem Schirm. Um sich etwas wirksamer auszuruhen, legte er sich hin. Der Himmel war blau. Die Kiefern wogten. Nicht alle im selben Maße. Er erhob eine behandschuhte Hand und beobachtete, wie sie zitterte.

Vielleicht machte er mal ein bisschen die Augen zu. Manchmal im Leben verspürte man so einen Wunsch, alles hinzuschmeißen. Dann würden sie alle begreifen. Jeder würde begreifen, dass Hänseln nicht nett war. Manchmal waren seine Tage vor lauter Hänseln suberträglich. Manchmal hatte er das Gefühl, er konnte es nicht ein einziges Mal mehr aushalten, sein Mittagessen unterwürfig auf der zusammengerollten Ringermatte neben dem zerbrochenen Barren in der Ecke der Cafeteria zu verzehren. Er musste da nicht sitzen. Es war ihm nur lieber so. Wenn er woanders saß, bestand immer die Gefahr, ein, zwei Bemerkungen abzukriegen. Über die er dann den Rest des Tages nachdenken konnte. Manchmal gab es Bemerkungen darüber, dass es bei ihm zu Hause unaufgeräumt war. Dank Bryce, der ihn einmal besucht hatte. Manchmal gab es Bemerkungen darüber, wie er redete. Manchmal gab es Bemerkungen über die Styling-Fauxpas seiner Mom. Die, das muss man schon sagen, ein echtes Mädel der 8oer geblieben war.

Mom.

Er mochte es gar nicht, wenn sie ihn wegen Mom hänselten. Mom hatte keine Ahnung von seinem niederen Status in der Schule. Mom sah ihn eher als ein Musterbeispiel oder den Typus Goldjunge.

Einmal hatte er in geheimer Messung Moms Telefonate

aufgenommen, nur um das Auskundschaften mal auszuprobieren. Meistens waren sie öde, banal, drehten sich gar nicht um ihn.

Außer dieses eine mit ihrer Freundin Liz.

Ich hätte mir nie träumen lassen, dass ich jemanden so sehr lieben könnte, hatte Mom gesagt. Ich mache mir nur Sorgen, dass ich ihm nicht gerecht werden kann, weißt du? Er ist so *gut*, so *dankbar*. Dieser Junge verdient – dieser Junge verdient einfach alles. Eine bessere Schule, die wir uns nicht leisten können, ein paar Reisen, ins Ausland zum Beispiel, aber das ist auch, äh, außerhalb unserer Preisklasse. Ich will ihn bloß nicht *hängenlassen*, verstehst du? Sonst will ich gar nichts von meinem Leben, verstehst du? Liz? Nur das Gefühl, am Ende, dass ich es richtig gemacht habe mit dem kleinen Prachtkerl.

In dem Moment hörte es sich so an, als hätte Liz den Staubsauger eingeschaltet.

Kleiner Prachtkerl.

Er sollte wohl mal weitergehen.

Kleiner Prachtkerl war quasi sein Indianername.

Er rappelte sich hoch, sammelte die Unmenge Kleider auf, wie eine Art hinderliche Königsschleppe, und machte sich auf den Heimweg.

Da war der Lkw-Reifen, da die Stelle, wo der Weg kurz breiter wurde, da die Stelle, wo sich die Bäume oben kreuzten, als streckten sie sich die Hände entgegen. Flechtdecke, sagte Mom dazu.

Da war der Fußballplatz. Auf der gegenüberliegenden Seite hockte sein Haus wie ein dickes süßes Tier. Es war unglaublich. Er hatte es geschafft. Er war in den Teich gefallen und hatte es überlebt und konnte davon erzählen. Er hatte ein bisschen geweint, na schön, aber dann hatte er einfach diesen Augenblick sterblicher Schwäche weggelacht und sich mit ironisch-zerstreuter Miene auf den Heimweg gemacht, wobei er, das musste er schon zugeben, durchaus von der sehr dankenswerten Unterstützung eines gewissen älteren –

Erschrocken erinnerte er sich an den alten Kerl. Was zum Henker? Ein Bild blitzte auf, der alte Kerl, der mit blauer Haut einsam und verlassen in seinen langen weißen Unterhosen dastand, wie ein Kriegsgefangener, den sie am Stacheldraht hatten stehen lassen, weil kein Platz mehr auf dem Laster war. Oder ein trauriger traumatisierter Storch, der sich von seinen Jungen verabschiedete.

Er war abgehauen. Er war dem alten Kerl abgehauen, Hatte keinen Gedanken mehr an ihn verschwendet.

Verflixt.

Was für ein Schisser machte denn so was.

Er musste zurück. Sofort. Dem alten Kerl helfen, da wegzuhumpeln. Aber er war so müde. Er war sich nicht sicher, ob er es schaffen konnte. Wahrscheinlich ging es dem alten Kerl gut. Wahrscheinlich hatte er irgendeinen Alter-Kerl-Plan auf Lager.

Aber er, er war abgehauen. Damit konnte er nicht leben. Sein Kopf sagte ihm, dass es nur einen Weg gab, das Abhauen wieder ungeschehen zu machen, nämlich indem er jetzt zurückging und die Lage rettete. Sein Körper sagte ihm etwas anderes: Das ist zu weit, du bist nur ein Kind, hol Mom, Mom weiß bestimmt, was zu tun ist.

Gelähmt stand er am Rand des Fußballplatzes wie eine Vogelscheuche in viel zu großen, wehenden Kleidern.

Eber saß zusammengesackt am Boot.

Was für ein Wetterwechsel. Die Leute wanderten mit Sonnenschirmen und all so was im offenen Teil des Parks umher. Es gab ein Karussell und eine Band und einen Pavillon. Manche brieten sich was zu essen auf dem Rücken der Karussellpferde. Dabei ritten auf anderen Pferden Kinder. Woher wussten sie das? Welche Pferde heiß waren? Im Moment lag noch überall Schnee, aber Schnee konnte sich nicht lange halten in diesem lärmenden.

Wärmenden. Egal.

*Wenn du die Augen zumachst, ist es das Ende. Das weißt du, oder?*

Zum Brüllen.

Allen.

Genau seine Stimme. Nach all den Jahren.

Wo war er? Am Ententeich. So oft war er mit den Kindern hierhergekommen. Er sollte jetzt gehen. Mach's gut, Ententeich. Obwohl, Moment mal. Er konnte nicht aufstehen. Außerdem durfte man hier keine Kinder allein lassen. Nicht so nah beim Wasser. Sie waren vier und sechs. Um Himmels willen. Was dachte er sich dabei? Diese zwei kleinen Schätzchen am Teich zurückzulassen. Sie waren brave Kinder, sie würden warten, aber würden sie sich nicht auch langweilen? Und schwimmen? Ohne Rettungsweste? Nein, nein, nein. Das machte ihn ganz krank. Er musste dableiben. Arme Kinder. Arme verlassene –

Moment, zurückspulen.

Seine Kinder waren hervorragende Schwimmer.

Seine Kinder waren nie auch nur im Ansatz verlassen worden.

Seine Kinder waren erwachsen.

Tom war dreißig. Großer Schlaks. So bemüht darum, Wissen anzusammeln. Aber selbst wenn er dachte, er wüsste über etwas Bescheid (Kampfdrachen, Kaninchenzucht), zeigte sich bald, wer er war: der liebste, angenehmste junge Bursche, den es gab, der nicht mehr von Kampfdrachen/Kaninchenzucht wusste, als jeder andere Durchschnittsmensch sich binnen zehn Minuten aus dem Internet holen konnte. Nicht dass Tom nicht klug gewesen wäre. Tom war klug. Tom lernte verdammt schnell. Ach Tom, Tommy, Tommilino! So ein großes Herz! Aber er rackerte und rackerte. Kämpfte um die Liebe von seinem Dad. Ach Junge, du hattest sie, du hast sie, Tom, Tommy, selbst jetzt denke ich an dich, du gehst mir so oft durch den Kopf.

Und Jodi, Jodi war da draußen in Santa Fe. Sie hatte gesagt, sie würde sich freinehmen und nach Hause fliegen. Nach Bedarf. Aber es bestand kein Bedarf. Er wollte sich nicht aufdrängen. Die Kinder hatten ihr eigenes Leben. Jodi-Jode. Kleines Sommersprossengesicht. Schwanger jetzt. Nicht verheiratet. Nicht mal in Beziehung. Blöder Lars. Was für ein Mann ließ denn so ein hübsches Mädchen sitzen? Ein totaler Schatz. Kam gerade ein bisschen in ihrem Beruf voran. Man konnte sich doch nicht so lange Zeit freinehmen, wenn man gerade erst angefangen hatte –

Wenn er die Kinder so in Gedanken aufrief, wurden sie wieder ganz wirklich für ihn. Was – nein, den Ball willst du nicht wieder ins Grollen bringen. Jodi war schwanger. Ins Rollen. Er hätte lang genug durchhalten können, um das Baby zu sehen. Das Baby zu halten. Das war traurig, ja. Dieses Opfer musste er bringen. Das hatte er in seiner Nachricht erklärt. Oder? Nein. Hatte keine Nachricht hinterlassen. Konnte er nicht. Aus irgendeinem Grund hatte er es nicht gekonnt. Aus welchem noch mal? Er war sich ziemlich sicher, dass es da irgendeinen –

Versicherung. Es durfte nicht so aussehen, als hätte er es absichtlich getan.

Kleine Panik.

Kleine Panik jetzt.

Er war dabei, sich aus dem Verkehr zu ziehen. Und dabei hatte er einen Jungen in die Sache reingezogen. Der unterkühlt durch den Wald lief. Zwei Wochen vor Weihnachten zog er sich aus dem Verkehr. Mollys Lieblingsfeiertag. Molly hatte was mit der Herzklappe, was mit Panik, und diese Sache könnte –

So war er aber – so war er nicht. So was hätte er nicht getan. Nie getan. Nur dass er – es getan hatte. Er war gerade dabei. Es war bereits im Gang. Wenn er sich nicht in Bewegung setzte, würde es – würde es bald geschafft sein. Getan.

*Heute wirst du mit mir im Paradiese –*

Er musste kämpfen.

Schaffte es aber nicht mal mehr, die Augen offen zu halten.

Er versuchte, letzte Gedanken an Molly zu schicken. Verzeih mir, mein Schatz. Der größte Loser aller Zeiten. Vergiss diesen Teil. Vergiss, dass ich solcherart abgetreten bin. Du kennst mich. Du weißt, ich habe es nicht so gewollt.

Er war in seinem Haus. Er war nicht in seinem Haus. Er wusste das. Aber er konnte jede Einzelheit erkennen. Da stand das leere Krankenhausbett, das Porträtfoto von IhmMolly-TommyJodi, wie sie um einen Pseudo-Rodeozaun herum posierten. Da stand der kleine Nachttisch. Seine Medikamente im Pillendöschen. Das Glöckchen, mit dem er Molly rief. Was für ein Ding. Ein grausames Ding. Plötzlich erkannte er glasklar, wie grausam es war. Und selbstsüchtig. O Gott. Was war er für ein Mensch? Die Haustür ging auf. Molly rief ihn. Er würde sich in der Glasveranda verstecken. Rausspringen, sie überraschen. Irgendwie hatten sie umgebaut. Ihre Glasveranda war jetzt die Glasveranda bei Mrs Kendall, der Klavierlehrerin seiner Jugend. Wäre doch nett für die Kinder, Klavierunterricht zu bekommen in demselben Raum, wo er –

Hallo?, sagte Mrs Kendall.

Sie meinte eigentlich: Stirb noch nicht. Hier in der Glasveranda sind wir viele, die ein hartes Urteil über dich sprechen wollen.

Hallo, hallo!, rief sie.

Um den Teich kam eine silberhaarige Frau herum.

Er brauchte nur zu rufen, sonst nichts.

Er rief.

Um ihn am Leben zu halten, häufte sie alle möglichen Dinge des Lebens auf ihn, Dinge, die nach einem Zuhause rochen – Mäntel, Pullover, einen Blumenregen, eine Mütze, Socken, Schuhe –, zog ihn mit erstaunlicher Kraft auf die Füße und bugsierte ihn hinein in ein Baumgewirr, ein Baumwunderland voller Eiszapfen. Er hatte einen Kleiderhaufen auf sich. Er war das Bett bei einer Party, wo alle die Kleider draufwarfen. Sie wusste auf alles eine Antwort: wo er langgehen sollte, wann er Pause machen sollte. Sie war so stark wie ein Ochse. Er war jetzt auf ihrer Hüfte wie ein Baby; sie hatte beide Arme um seine Taille geschlungen und hievte ihn über eine Wurzel.

Sie waren gefühlt stundenlang unterwegs. Sie sang.

Schwatzte. Fauchte ihn an, erinnerte ihn mit Stupsern gegen seine Stirn (mitten auf seine Stirn) daran, dass ihr verdammtes *Kind* zu *Hause* sei, praktisch *erfroren*, und deshalb müssten sie sich jetzt *ranhalten*.

Meine Güte, es gab so viel zu tun. Falls er es schaffte. Er würde es schaffen. Diese Frau würde nicht zulassen, dass er es nicht schaffte. Er würde versuchen müssen, Molly begreiflich zu machen – begreiflich, warum er es getan hatte. *Ich hatte Angst, ich hatte Angst, Mol.* Vielleicht wäre sie bereit, es Tommy und Jodi nicht zu erzählen. Es gefiel ihm nicht, dass sie von seiner Angst erfuhren. Und erfuhren, was für ein Narr er gewesen war. Ach, scheiß drauf! Erzähl's doch aller Welt! Er hatte es getan! Er hatte sich dazu getrieben gefühlt, er hatte es getan, und das war's. Das war er. Das war ein Teil von ihm. Keine Lügen mehr, kein Schweigen, jetzt würde ein neues, ein anderes Leben kommen, wenn er nur –

Sie überquerten den Fußballplatz.

Da stand der Nissan.

Sein erster Gedanke war: Steig ein, fahr den Wagen nach Hause.

O nein, das machen Sie nicht, sagte sie mit ihrem rauchigen Lachen und führte ihn in ein Haus. Ein Haus am Park. Er hatte es eine Million Mal gesehen. Und jetzt war er drinnen. Es roch nach Männerschweiß und Spaghettisoße und alten Büchern. Wie eine Bibliothek, wo verschwitzte Männer hingingen und Spaghetti kochten. Sie setzte ihn vor einen Holzofen und brachte ihm eine braune Decke, die nach Medikamenten müffelte. Redete nur in Anweisungen: Trinken Sie das, geben Sie das her, wickeln Sie sich ein, wie heißen Sie, wie lautet Ihre Telefonnummer?

Was für ein Ding! Erst fast in Unterwäsche im Schnee sterben und dann das hier! Wärme, Farben, Hirschgeweihe an den Wänden, ein altes Kurbeltelefon, wie man es aus Stummfilmen kannte. Das war ein Ding. Jede Sekunde war ein Ding. Er war nicht in der Unterhose im Schnee am Teich gestorben. Der Junge war nicht tot. Er hatte niemanden getötet. Ha! Irgendwie hatte er alles zurückbekommen. Alles war jetzt gut, alles war –

Die Frau bückte sich zu ihm und berührte seine Narbe.

Wow, autsch, sagte sie. Das ist Ihnen aber nicht da draußen passiert, oder?

Da fiel ihm wieder ein, dass der braune Fleck kein bisschen weniger in seinem Kopf saß als zuvor.

Ach Gott, durch all das musste er ja immer noch durch.

Wollte er das immer noch? Wollte er immer noch leben?

Ja, ja, o Gott, ja, bitte.

Weil, okay, die Sache war die – das begriff er jetzt, fing an, es zu begreifen –, wenn ein Mensch am Ende auseinanderfiel und schlimme Dinge sagte oder tat oder Hilfe brauchte, in ganz beachtlichem Maße Hilfe brauchte? Na und? Was war dann? Warum sollte er nicht komische Sachen tun oder sagen oder seltsam oder ekelhaft aussehen? Warum sollte ihm nicht die Scheiße an den Beinen herunterlaufen? Warum sollten die Menschen, die ihn liebten, ihn nicht hochheben und beugen und füttern und abwischen, wo er dasselbe mit Freuden für sie tun würde? Er hatte befürchtet, all das Hochheben und Beugen und Füttern und Abwischen hätte ihn entwürdigt, das befürchtete er immer noch, aber zugleich begriff er plötzlich, dass vor ihm noch viele – viele Tropfen Güte, so kam ihm das jetzt in den Kopf – viele Tropfen glücklicher – guter

Gemeinschaft – liegen konnten und dass es ihm nicht zustand – niemals zugestanden hatte –, diese gemeinschaftlichen Tropfen zu hindern.

Verhindern.

Der Junge kam aus der Küche, verloren in Ebers großem Mantel, und jetzt, wo er die Stiefel nicht mehr anhatte, bildete die Schlafanzughose eine Pfütze um seine Füße. Er nahm sanft Ebers blutige Hand. Sagte, es tue ihm leid. Dass er im Wald so ein Dummkopf gewesen sei. Dass er abgehauen sei. Er hätte es einfach nicht mehr gerafft. So vor lauter Angst und so.

Hör zu, sagte Eber heiser. Du hast dich unglaublich gut geschlagen. Du hast es perfekt gemacht. Ich bin jetzt hier. Wer hat das geschafft?

So. Das konnte er doch immer noch tun. Vielleicht fühlte sich der Junge jetzt besser? Und er hatte es bewirkt? Das war ein Grund. Weiter durchzuhalten. Oder? Kannst keinen trösten, wenn du nicht mehr da bist. Kannst nicht mal mehr einen Pups lassen, wenn du weg bist.

Als es auf Allens Ende zuging, hatte Eber in der Schule ein Referat über die Manatis gehalten. Und dafür eine Eins von Schwester Eustace bekommen. Die ganz schön hart sein konnte. An der rechten Hand fehlten ihr zwei Finger von einem Rasenmäherunfall, und manchmal benutzte sie diese Hand, um ein Kind zu Tode zu erschrecken.

Daran hatte er seit Jahren nicht mehr gedacht.

Sie hatte diese Hand auf seine Schulter gelegt, nicht um ihn zu erschrecken, sondern als eine Art Lob. *Das war ganz toll. Ihr solltet eure Arbeit alle so ernst nehmen wie Donald. Donald, ich hoffe, du gehst nach Hause und erzählst deinen El-*

*tern davon.* Er war nach Hause gegangen und hatte Mom davon erzählt. Die ihm vorgeschlagen hatte, Allen davon zu erzählen. Der an jenem Tag mehr Allen als DAS DA gewesen war. Und Allen –

Ha, wow, Allen. Was für ein Mann.

Ihm kamen die Tränen, jetzt vor dem Holzofen.

Allen hatte – Allen hatte gesagt, das sei großartig. Ein paar Fragen gestellt. Zu den Manatis. Was fraßen die noch mal? Und konnten die sich tatsächlich miteinander verständigen, was meinte er? Das musste vielleicht eine Strapaze gewesen sein! In seinem Zustand. Vierzig Minuten über Rundschwanzseekühe? Inklusive ein Gedicht, das Eber geschrieben hatte? Ein Sonett? Über die Manatis?

Er war so glücklich, Allen wiederzuhaben.

Ich werde es ihm gleichtun, dachte er. Ich werde versuchen, es ihm gleichzutun.

Die Stimme in seinem Kopf war zittrig, hohl, wenig überzeugt.

Dann: Sirenen.

Irgendwie: Molly.

Er hörte sie an der Haustür. Mol, Molly, au weia. Zu Anfang ihrer Ehe hatten sie sich oft gestritten. Die wahnwitzigsten Sachen gesagt. Nachher flossen manchmal Tränen. Tränen im Bett? Und dann machten sie – dann presste Molly ihr heißes, feuchtes Gesicht an sein heißes, feuchtes Gesicht. Mit ihren Körpern sagten sie einander, dass es ihnen leidtat, jeder nahm den anderen wieder an, und dieses Gefühl, dieses Gefühl, immer wieder angenommen zu werden, dieses Gefühl der Zuneigung eines anderen für dich, die immer größer wurde, um jegliches neue schlimme Ding auch noch umfassen zu können, das sich gerade in dir gezeigt hatte, das war das tiefste, wertvollste Erlebnis, das er je –

Sie kam hochrot herein, Bedauern und einen Hauch Zorn im Gesicht. Er hatte sie in eine peinliche Lage gebracht. Das erkannte er. Er hatte sie in eine peinliche Lage gebracht, denn sein Handeln bewies, dass sie nicht genug darauf geachtet hatte, wie sehr er sie brauchte. Sie war zu beschäftigt mit seiner Pflege gewesen, um seine Angst wahrzunehmen. Sie war wütend auf ihn, weil er diese Nummer abgezogen hatte, und schämte sich dafür, dass sie wütend auf ihn war, wo er sie doch brauchte, und jetzt versuchte sie, Scham und Wut hinter sich zu lassen, damit sie tun konnte, was nötig war.

All das stand ihr ins Gesicht geschrieben. Er kannte sie so gut.

Auch Sorge.

Stärker als alles andere auf diesem wunderschönen Gesicht war die Sorge.

Und jetzt, leicht über eine Unebenheit im Boden dieses fremden Hauses stolpernd, kam sie zu ihm.

# DANKSAGUNGEN

Ich möchte mich gern bei der MacArthur Foundation, der Guggenheim Foundation, der American Academy of Arts and Letters und der Syracuse University für ihre großzügige Unterstützung meiner Arbeit an diesem Buch bedanken.

Außerdem gilt mein Dank:

Esther Newberg, für ihre unermüdliche Beratung und Freundschaft in den letzten sechzehn Jahren, in denen sie mir das Gefühl vermittelt hat, ich müsse nur so gut schreiben, wie es mir möglich ist, und um alles andere würde sie sich schon kümmern – das hat sie mit unglaublicher Differenziertheit und Energie getan, was ein großes Geschenk ist.

Deborah Treisman, für das meisterliche Lektorat, das sie meinen Texten für den *New Yorker* angedeihen lässt, für die großzügige und liebenswürdige Art, in der sie das macht, und für die folgenreichen Auswirkungen ihrer Ansichten auf meine Arbeit.

Andy Ward, für seine Freundschaft, seine klugen Ratschläge und seinen Glauben an mich und für den glücklichen Einfluss, den sein stetiger Optimismus auf mich ausübt – in Dubai, Nepal, Afrika, Mexiko, Fresno und bei der gemeinsamen Arbeit an diesem Buch.

Caitlin und Alena: Ich habe euch über die Jahre beobachtet und dabei gelernt, dass Güte nicht nur möglich ist, es ist unser natürlicher Daseinszustand.

Paula: Alles, was ich an Nennenswertem in den letzten fünfundzwanzig Jahren hervorgebracht habe, ist durch deine Güte, deinen Rat und dein unverwüstliches Vertrauen inspiriert, selbstlos unterstützt und liebevoll geprägt worden. Ich danke dir millionenfach. Irgendwann in meiner Jugend oder Kindheit muss ich mal was richtig Saugutes gemacht haben.